中国古代文学审美视角与价值研究

苏雄辉　刘　博　李甜甜◎著

吉林文史出版社

图书在版编目（CIP）数据

中国古代文学审美视角与价值研究 / 苏雄辉, 刘博, 李甜甜著. -- 长春 : 吉林文史出版社, 2023.4

ISBN 978-7-5472-9346-1

Ⅰ. ①中… Ⅱ. ①苏… ②刘… ③李… Ⅲ. ①中国文学—古典文学研究 Ⅳ. ①I206.2

中国国家版本馆CIP数据核字（2023）第073996号

ZHONGGUO GUDAI WENXUE SHENMEI SHIJIAO YU JIAZHI YANJIU

书　　名　中国古代文学审美视角与价值研究

作　　者　苏雄辉　刘　博　李甜甜

责任编辑　张　蕊

出版发行　吉林文史出版社有限责任公司

地　　址　长春市福祉大路 5788 号

网　　址　www. jlws. com. cn

印　　刷　北京四海锦诚印刷技术有限公司

开　　本　185 毫米×260 毫米　1/16

印　　张　11

字　　数　256 千字

版　　次　2023 年 4 月第 1 版　2023 年 4 月第 1 次印刷

定　　价　52. 00 元

书　　号　ISBN 978-7-5472-9346-1

前　言

审美活动是和社会文化活动分不开的，所以，不同的文化传统、不同的价值取向形成的最终审美形态是不同的。这就如同一个导演，创造的一系列艺术作品，往往会显示出不同的色调和风貌，进而形成自己的风格。中国的古代文学作品里，都蕴含着丰富多彩的意象形态，具有不同的审美价值。古代文学创作，一般是讲究含蓄和凝练的，所以抒情时主人公感情不是直接流露的，而是“言在此而意在彼”，创造出一个又一个新奇的意象来借景抒情、咏物言志。

本书立足于中国古代文学理论的发展，围绕中国古代文学审美视角与价值展开研究。首先对中国古代文学理论的系统、中国古代文学理论与思想的融合、中国古代文学观念的发展演变、中国古代文学的主体意识进行论述，使读者对于中国古代文学有一个初步的认识，进而解析中国古代文学的审美观念。其次基于松柏、灵芝、蔷薇、桃花四点着重分析中国古代文学的审美意象与题材。接着探讨中国古代文学的不同价值体现，主要包括文化价值、教育价值以及对当代文学的价值；鉴于古诗词是中国古代文学发展的重要形式，因此，本书将其审美价值单独列出。最后研究中国古代文学传播及方式革新。

全书内容充实，通俗易懂，视角新颖，视野开阔，有一定的创新性和学术研究价值，可读性较强。

本书的撰写得到了许多专家学者的指导和帮助，在此表示诚挚的谢意。由于笔者水平有限，加之时间仓促，书中有不尽如人意处在所难免，欢迎各位不吝批评指正，笔者会在日后进行修改，以飨读者。

作　者

2022年5月

目 录

第一章 中国古代文学理论及主体意识 …… 1

第一节 中国古代文学理论的系统研究 …… 1

第二节 中国古代文学理论与思想的融合 …… 11

第三节 中国古代文学观念的发展演变 …… 13

第四节 中国古代文学的主体意识解读 …… 64

第二章 中国古代文学的审美观念解析 …… 81

第一节 中国古代文学的审美标准 …… 81

第二节 中国古代文学的审美形态 …… 84

第三节 中国古代文学的审美特征 …… 87

第四节 中国古代文学的审美理想 …… 89

第三章 中国古代文学的审美意象与题材 …… 95

第一节 中国古代文学松柏意象与题材 …… 95

第二节 中国古代文学灵芝意象与题材 …… 98

第三节 中国古代文学蔷薇意象与题材 …… 100

第四节 中国古代文学桃花意象与题材 …… 114

第四章 中国古代文学的不同价值体现 …… 118

第一节 中国古代文学的文化价值 …… 118

第二节　中国古代文学的教育价值 …… 123
第三节　中国古代文学对当代文学的价值 …… 126

第五章　中国古诗词审美与价值研究 …… 129

第一节　中国古诗词暮愁主题的美感魅力 …… 129
第二节　中国古诗词中杜鹃意象的审美价值 …… 135
第三节　中国古诗词中哀怨意象的审美价值 …… 139
第四节　中国古诗词歌曲的审美价值表现 …… 143

第六章　中国古代文学传播及方式革新 …… 145

第一节　中国古代文学传播的主要目的 …… 145
第二节　中国古代文学传播的主体分析 …… 146
第三节　中国古代文学传播方式及其影响 …… 156
第四节　新媒体时代中国古代文学传播的创新革新 …… 161

参考文献 …… 165

第一章 中国古代文学理论及主体意识

第一节 中国古代文学理论的系统研究

“20 世纪以来，西方的哲学、美学、文化理论都深刻地影响着国人的思想观念和思维方式，我国的文学理论研究也不可避免地受其影响。”① 中国古代文学理论，就其源流而言，最早见于“诗言志，歌永言”等观念之中，诗是最早形成的文学形式，故早期的文学理论出现在诗论中是很自然的。随着文化的进步，汉文字逐渐形成并被广泛使用，出现了“文”和“文章”的概念，虽然这是对各种文字表现的作品的泛称，但其中也包含有我们今天所说的“文学”的内容，那就是要求文章内容的充实与文字的华美，“文质彬彬”的概念，已被引入文学批评之中。但当时的文学观念还是一种文学观，还没有接近我们今天所使用的“文学”的有明确规定性的概念。在先秦两汉时代，由于多种文体已经形成，诗歌和散文、文史派别已日趋明显，所以，具有艺术性的美文和哲学、历史一类文章的差别，亦已逐渐被人们认识，这才出现了鲁迅先生所说的魏晋南北朝时期的文学的“自觉”。

凡是属于文学的作品，具有其最基本的特征：形象地反映社会现实生活，鲜明地抒发思想感情，优美的语言文字表达。而作家的主体创造性和个性化的表现是其最主要的特点。这些观念当然是我们现在的认识，但是，在中国古代文学理论中，已有不同程度的认识和理论表述。《文赋》是中国古代最早的一篇较完整的文学理论提纲，《文赋》是刘勰的《文心雕龙》以前，唯一一篇比较完整的文学创作专论。《文赋》中的若干理论，是中国文学发展到一定历史阶段的产物，因此，它具有鲜明的时代特征。主要表现在：第一，魏晋时期，人们对文学的认识已有了新的发展，文学已经开始和经史学术著作区别开来，

---

① 房伊宁. 浅谈中国古代文学理论的表现主义阐释——评《中国古代文学理论》[J]. 语文建设，2021（02）：82.

文学批评和文学理论的对象，已逐步从广义的文学（包括一切书面著作）缩小到接近于文学的范畴。第二，就内容而言，《文赋》特别强调“缘情”“体物”，这和两汉以前的文人是不同的。文学作品不是学术论著，它更多地富有感情色彩和具体形象的特征；“缘情”和“体物”应该说是当时人们对文学特征认识的重要标志。第三，由于对文学的艺术特征有了一定的认识，因此在文学的艺术性以及形式技巧方面，引起人们的重视而对其加以研究。

至于《文心雕龙》中所阐述的理论观念，则更趋明确并更为理论化和系统化了。这里还值得一提的是南朝梁昭明太子萧统主编的《文选》及《文选序》。这部选集所选作品，已明确地把经、史、子各类著作排除在外，所选的作品基本上是中国古代属于文学范畴的作品，这是当时文学观念转变最明显的标志。尤其难得的是，《文选序》中十分明确地表明了他们的文学观念：老、庄之作，管、孟之流，都是“以立意为宗，不以解文为本”，故不选；至于那些辩驳性文章和记事史书，一律不选。所选的作品，应该符合“事出于沉思，义归乎翰藻”的标准，特别是“沉思”和“翰藻”这两条，可以说是中国古代对美文学的高度概括，是对文学的艺术特色的基本要求。如果我们把西方的文学理论概念作为参照系去审视，那么可以看出它们之间也有相通之处。但“沉思”“翰藻”之论，毕竟是具有民族特色的中国自己的理论，而不是外来的理论模式的演绎。

中国古代文学理论具体如下（图 1-1）：

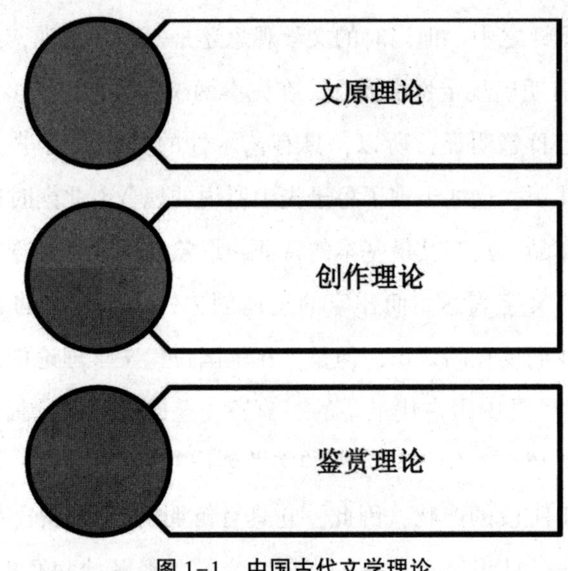

图 1-1　中国古代文学理论

一、文原理论

这里是借用明儒宋濂的《文原》一文的题目作为标题，宋濂论的是广义的“文”，当

然也可包括文学，但这里取的不是宋濂的原意，而是赋予“文原”二字以新的含义。文指文学，本也，有本源、本体、本质多义，故《荀子》有《原道训》，刘勰、韩愈、章学诚等俱有《原道》之作。用“文原论”作为标题，就是含有文学本体论、文学的本质论或文学的基本原理之类的意思。这也是符合中国古代哲学、文学理论中所习惯用的概念，就是宋濂用这个词语时也有“本体”的意思。

在文学本原问题的讨论中，“文原于道”“文以明道”“文以载道”等，成为以儒学为宗的主流派文学理论的纲领性见解。“道”的概念早见于先秦诸多典籍中，《荀子》中已较系统地提出“明道”思想，而刘勰在《文心雕龙》中，旗帜鲜明地认为“原道”为论文之纲，这就把文学的本体和“道”联系起来。文原于道，这是就文学发生而言；文以明道，则是就文学的功能作用而言。可以说，刘勰是第一个系统地站在哲学和政治的高度去考索文学本体的人，他既看到“文”对“道”的依附，又看到“文”具有相对独立性，所以“文”与“道”的关系问题才成为中国古代文学史上长期争论的问题。关于这个问题，近代学术界研究的成果已很多了，这个问题之所以重要是因为它涉及文学的一个最根本的问题，即文学的社会本质及其社会地位和作用的问题。

所以纪昀才给予很高的评价，说刘勰论文首次说明“‘原道’自汉以来，论文者罕能及此。以此发端，所见在六朝文士之上”，又说：“文以载道，明其当然；文原于道，明其本然，识其本乃不逐其末。”这是很有见地的。刘勰论道，把文学提到宇宙、社会、人生的崇高地位上来，但他并不是把文学神秘化，而是把文学从形而上的“自然之道”，拉回到现实社会生活中的“圣贤之道”上来，他的理论逻辑就是“道沿圣以垂文，圣因文而明道”，所谓“心生而言立，言立而文明”，“文”就是作为“五行之秀，天地之心”的人的创造性产物。一言以蔽之，文学所原之道，就是圣贤之道，是社会生活中的人伦物理之道。由此，自然也就引申出文与道的关系中，重视文学与政治、文学与社会现实、文学与教化的密切关系。唐宋时期关于文与道的关系问题的讨论席卷整个文坛，对中国古代文学观念的影响甚为深远，直至明清。从宋代理学家到明代的心性之学，以至于前后七子、公安竟陵，论诗论文，虽门户各立，立论各异，但无不以伦理道德为宗，以有益于教化为文学之本。宋濂论“文原”，实际上也没有多少新意，多半是重申前人的“原道”之论，可见，把文学的原质和道联系起来，和天地万物联系起来，和圣贤之道联系起来，从而引申出“成孝敬，厚人伦，美教化，移风俗”和“发乎情，止乎礼义”等一系列议论，成为中国古代文学理论中具有纲领性的见解，而且作为正统思想在中国文学史上影响了几千年，这也许是中国古代文学理论的一大特色吧。所以中国古代对文学本质及其功能的认识，虽以“原道”立论，但实际上是“原人”，即是从人的社会实践去研究文学现象。

与“原道”说紧密相连的又一文学观念就是“情志说”，即我们现在还常用的抒情与言志说。“诗言志”是中国古老的文学观念，“志”自然就是讲人们的思想志向，在儒学中早就对此做过规定性的解释，孔子就说过：“志于道，据于德，依于仁，游于艺。”（《论语·述而》）可见，那时的志是要合乎道德标准的，无论是“赋诗言志”还是“献诗明志”，当然也要符合道德规范。作为文学的主要门类之一的诗，如果把言志做这样理解，那必然要走向教条化的道路，所以《毛诗序》中才根据诗歌自身的艺术特征，做了如下发挥：“诗者，志之所之也，在心为志，发言为诗。情动于中而形于言，言之不足故嗟叹之，嗟叹之不足故永歌之，永歌之不足，不知手之舞之，足之蹈之也。”从这段话中可看出中国古代文学观念的重要发展，那就是把单纯的“言志”和抒情联系起来，情志合一。

由明道、载道到言志、抒情，到魏晋南北朝时期强调“缘情”和“情性”，是文学观念的一大转变。陆机在《文赋》中明确提出“诗缘情而绮靡”。刘勰在《文心雕龙》中则说：“诗者，持也，持人情性。”（《明诗》）又说：“情以物迁，辞以情发。”（《物色》）情性之论，实际上把文学回归到“人学”上来了，也就是说文学可以突破“止乎礼义”的束缚，走向作家主体性的发挥与个性的张扬。中国古代文学理论中，明心见性、独抒性灵、才胆识力等，都把作家的主体精神提到十分重要的地位。

文学的社会功能，历来是理论家们所关注的问题。在西方文学理论中，有功利主义的主张，但也有不少超政治、超功利的所谓“纯文学”的理论。

在中国古代文学理论中，也存在有类似的情况，但是从总体上说，强调文学的社会政治功能，强调文学的教化作用，这是占主导地位的观点。无疑，这和“原道”的思想分不开。孔子提出的“志于道，据于德，依于仁，游于艺”的总体观念，已把包括文学在内的一切文化纳入道德规范之中，而其最终目的就是为“政教”服务。所以“原道”“明道”“载道”等口号的提出，都是对文学功能的定位。至于文学功能的具体内容，就大体而言，就是孔子论诗时说的：“诗可以兴，可以观，可以群，可以怨。迩之事父，远之事君，多识于鸟兽草木之名。”所谓“事父”“事君”，就是诗序中说的经夫妇、成孝敬、厚人伦、美教化、移风俗种种政教作用，兴、观、群、怨是诗的特殊功能，推而广之也就是文学的政教功能。所谓“讽喻”“寄托”“讽劝”，说的都是文学的政教功能，当然，这些都是以文学的特殊方式所产生的功能。除诗歌之外，小说、戏曲都强调其教化功能，明代的“三言”“二拍”，就其书名看，曰《醒世恒言》，曰《警世通言》，曰《喻世明言》，都明确标出讽喻教化的宗旨，并把这些小说作为“六经国史之辅”，能起六经国史所不能替代的教化作用。

意境论是中国古代文学艺术本质特征的极具民族特色的理论概括，是足以表述中国文学艺术审美属性的理论概念，所以，把它称作中国古代美学的基本范畴，它拥有极其丰富的美学内涵。我们也可以这样说，意境论在中国古代文学理论体系中应居于核心的地位。中国意境理论的生成，最早可追溯到《易传》和老子、庄子著作，还有佛经的影响，逐渐形成意、象、境等概念；尔后，又和言与意、情和景、心和物、形和神、韵和味等诸多审美概念结合起来，形成涵盖上述多种理论因素的文学艺术所通用的专有名词，也是中国古代美学中的专有名词。

二、创作理论

在中国古代文学理论中，文章作法、诗律启蒙之类的书不少，应该说也属于创作理论的范畴，但真正的创作论，则应是研究一些带有规律性的根本问题，诸如创作动机的发生、创作构思的特点、内容与形式的关系、语言文字的魅力等。而对这些问题，中国古代文学理论中也有许多精辟的见解，并有系统的论述，分别见于诗论、文论、戏曲论、小说论中。

文学创作是一种复杂的精神活动，又是一种实践活动，许多创作方法之类的理论，都是在创作实践的基础上总结出来的，对作家们具有引导和借鉴的作用。但是，理论毕竟不能替代实践，创作主要是在实践中完成，其中甘苦只有实践者才能体味得到。我们的先辈早已体会到文学艺术创作，不仅是一般的方法技巧问题，其中有一些是带有规律性却又难以言说的奇妙玄机，只有在反复实践中才能领悟，这就是“伊挚不能言鼎，轮扁不能语斤”的含义。虽然如此，但文学创作总是有一些具有共同性的最基本的问题可供借鉴。

心物感应论是中国古代哲学中的一个重要命题，也是文学创作理论的一个基本命题。在西方文艺理论中，也有现实主义的流派，努力从社会现实生活中寻找创作的源泉，解释文艺创作的种种现象；但也有许多流派把文艺创作看作是神的启示，或是主观意志的冲动，或是梦幻中的迷狂，诸如此类，可谓是五花八门。而中国古代文学理论中，则很明确地把文学创作的冲动，看作是心物感应的结果，是创作主体和客体相结合的产物，而且这是一以贯之的观点，是贯穿在各种文学艺术门类创作中的共同观念。我们很难用唯物主义、唯心主义去判断中国古代的文学理论家，因为强调“心”的人并不舍弃“物”的作用，强调“物”的人，也不忘“心”的主导作用。心与物互相依存，但“感于物而动”

“人心之动，物使之然也”（《乐记·乐本》），则是最根本的，物是基础，心为主导，这就是创作的基本理论。心物感应的物，不只是自然界的景物，还包括整个社会的客观事物，关于这个问题，《乐记》中说得最清楚，而具体用之于文学创作，刘勰和钟嵘阐述得最为充分。刘勰在具体描述了“物色之动，心亦摇焉”的种种现象之后，提出了“情以物迁，辞以情发”的著名论断。钟嵘在《诗品序》中，说得尤为透彻，他首先提出“气之动物，物之感人，故摇荡性情，形诸舞咏”这一心物感应的前提，然后做了如下论述：若乃春风春鸟，秋月秋蝉，夏云暑雨，冬月祁寒，斯四候之感诸诗者也。嘉会寄诗以亲，离群托诗以怨。至於楚臣去境，汉妾辞宫，或骨横朔野，魂逐飞蓬；或负戈外戍，杀气雄边；塞客衣单，孀闺泪尽。或士有解佩出朝，一去忘返；女有扬娥入宠，再盼倾国。

这里凡是以“感荡心灵”的种种事物，既有自然界的，也有社会政治的，用我们现在的话来说，那就是现实生活的反映，也就是古人说的心物感应。诗歌如此，小说、戏剧亦然。《离骚》《庄子》《史记》、杜甫诗、李后主词、八大山人的画、王实甫的《西厢记》、曹雪芹的《红楼梦》都说明文学创作与社会人生的难解难分的关系。由此看来，无论是白居易的“为时为事而作”之论，还是韩愈的“不平则鸣”之说，也无论是欧阳修的“穷而后工”之喻，总其精神，都来自心物感应的观念。

文学创作过程中的构思活动，也即是创作思维活动，这是不同于一般思维活动的艺术思维。作家在感于物而动之后，就进入艺术构思过程，中国古代文学理论中，讲神思妙悟、讲兴会神到，都与艺术构思有关。在艺术构思中的这种思维活动，其特点如下：一是丰富的想象。这种超越时空的想象力，使得艺术思维活动有很广阔的自由空间。二是鲜明的形象性。“神与物游”，既说明心物感应的关系，又说明神思不是逻辑推理，而是伴随物象的思维活动，也即是形象思维。三是明确了创作过程中的“物—神—辞”的相互关系。这也就是陆机《文赋》中说的“恒患意不称物，文不逮意”的关系。这种对文学创作过程中的思维特征的认识，也正表明魏晋南北朝时人们对文学的艺术特征已有了较明确的认识。故“神思”一词，已被赋予深刻的美学内涵，并成为中国古代文学理论的专有名词，被用以标明文学创作构思的微妙而复杂的特征。到了宋代，严羽在《沧浪诗话》中提出“妙悟”之说。他在《诗辨》中说：“大抵禅道惟在妙悟，诗道亦在妙悟。且孟襄阳学力下韩退之远甚，而其诗独出退之之上者，一味妙悟而已。惟悟乃为当行，乃为本色。”妙悟是一种独特的艺术认知方式，严羽称之为“别才”和“别趣”，其特点在于“不涉理路，不落言筌”，如镜花水月，言有尽而意无穷；又如羚羊挂角，无迹可求，才能使人产生“兴趣”。可见，妙悟与神思，虽指称不同，但异曲同工，都是想去说明文学创作的思维活动，有自身的特殊性。在王夫之的《姜斋诗话》、胡应麟的《诗薮》、叶燮的《原诗》等著作中，也有许多论述，表明中国古代文学理论中，对文学艺术思维的特征，早已有了认识；其理论概念和所用词语，虽和西方理论不同，但是它已注意到文学艺术思维活动的特征。

中国古代文学理论中，研究语言文字技巧的文章甚多，诸如遣词造句、修辞炼字，以至于篇章结构、详略等。但是，从理论上去分析，最突出的问题是语言文字如何表现思想内容，能不能完全表达思想内容。魏、晋时期哲学界的“言意之辨”，给文学理论提供了理论依据。“言不尽意”还是“言能尽意”是争论的焦点。关于这个问题的讨论，对中国古代意境理论的形成，无疑也起到促进的作用。西方符号美学对语言符号功能的分析，给我们以很多启示，从能指与所指的关系看，我们可以理解“意在言外”和“言意之外”等诸层面的指称关系。

关于言和意的关系问题，中国古代哲学中早已有许多论述。语言概念是相对的、有局限的，言有尽而意无穷是常有的现象，只有透过语言又超越语言，人才能进入无穷的境界。《庄子・天道》中对此阐述得尤为透彻。他说：“世之所贵道者书也。书不过语，语有所贵也；语之所以贵者意也。意有所随，意之所随者，不可以言传也。”这就是我们常说的“只可意会，不可言传”的境界，因而庄子得出“得意忘言”的结论。

中国古代有许多文学理论家，正是受了这“言意之辨”的启示，对文学艺术的特殊规律及其审美特征，对文艺创作构思的甘苦，有了较深刻的体悟。陆机的“恒患意不称物，文不逮意”，刘勰的“意翻空而易奇，言征实而难巧”，都是对“言不尽意”的经验之谈，所以才有“曲尽其妙”之慨叹。姜白石引苏东坡云，“言有尽而意无穷者，天下之至言也”又说“句中有余味，篇中有余意，善之善者也”，这些都可称得上是“得其用心”之说，非精于创作者所不能道也。

中国文学以汉语言文学为主，所以如何充分发挥汉字的功能及其特殊的表现力，这是历代作家所精心研究的问题，因此也就有很多理论，其中包括语法修辞、章句炼字等。由于汉字结构的特点和声韵特殊性，使之具有与拉丁文拼音文字不同的特殊表现力。中国古代诗歌形成固定的格律，这种汉字四声的组合变化及方块字所特有的声形意的结合，使文字组合具有特殊的表现力。

关于声律的研究，其直接用之于文学者，盛行于南北朝时期。魏晋南北朝时期，人们已更重视语言文字自身的声韵之美，除诗歌外，骈文的出现说明追求文字的形式美和音乐美已扩大到散文中，人们已常把音乐中的宫商角徵羽五音变化，借用到诗歌音韵之中。及至沈约等的“四声八病”之论出，才明确地运用汉字四声的变化以追求诗歌的音乐之美及其艺术表现力。齐、梁时期文坛上讲声韵已风靡一时，诗歌中的“四声八病”之说就是集中表现。当时的声韵说，是有它的一整套符合诗歌美学的理论的。中国诗歌靠文字声韵的变协调，产生抑扬高下、强弱顿挫的节奏旋律之美，增强其艺术表现力。刘勰在《文心雕龙》中专写了《声律》《丽辞》两篇，论述了四声变化和双声、叠韵以及文辞对偶等问题。六朝声律之论，对后来格律诗（近体诗）的形成，无疑有极大影响，直至宋、元词曲的发展，都起了巨大的作用。这也是中国汉文字的特点决定了文学创作的民族特征。中国古代文学理论中，属创作论范畴的理论很多，诸如赋比兴的方法以及谋篇布局、立义创意、义理辞章、死法活法，等等，虽多属形式技巧问题，但也是创作经验的总结。

三、鉴赏理论

鉴赏论也可称作批评论，过去习惯把古代文学理论史称为文学批评史，其实中国古代大量的诗话、词话以及小说戏曲评点，多数是一种鉴赏式的、即兴式的记录，而不是对作家作品的系统分析批评。所以，我们把它称为鉴赏也许更为贴切。

（一）知音识器

文学鉴赏是种艺术审美感受，是发话者（作品）和接受者（读者）双向交流的审美活动，是接受者和被接受者之间产生了共鸣，才能有美感的；发生，才能谈得上真正的鉴赏，否则，即使是最优美的音乐，对于非音乐的耳朵来说也是没有感染力的。所以，中国古代文学艺术鉴赏，特别强调“知音”。钟子期与俞伯牙之间的高山流水知音的故事，从接受美学的观点看，倒是一个足以说明审美过程的范例。所以，“知音”说成为鉴赏论中的核心问题。知音才能实现真正的鉴赏，这取决于鉴赏者和被鉴赏者（审美主体与客体）双方的条件。就鉴赏对象的作品而言，应该是真正有审美价值的作品；但就鉴赏者而言，就必须有相应的文化修养和相关的理论知识水平，树立一种正确的鉴赏批评的态度。所以，刘勰在《知音》中首先指出文学批评鉴赏中的“贵古贱今”“崇己抑人”“信伪迷真”等种种偏向，也就是曹丕在《曲论·论文》中所批评的那种“文人相轻”因而“贵远贱近，向声背实，又患闇于自见，谓己为贤”的毛病，有主观偏见的人，不可能对作家作品做出客观正确的评价，也不可能是真正的“知音”。刘勰指出，从主观偏见出发，必然会导致“会已则嗟讽，异我则沮弃，各执一隅之解，欲拟万端之变，所谓东向而望，不见西墙也”。所以批评鉴赏者，力戒孤陋寡闻，片面无知，“凡操千曲而后晓声，观千剑而后识器”，不断提高鉴赏水平，还要“无私于轻重，不偏于憎爱”，才能做到“平理若衡，照辞如镜”。识器讲的是鉴赏水平，无私讲的是态度。

刘勰提出“六观”作为对作品分析鉴赏的依据，这就是“一观位体，二观置辞，三观通变，四观奇正，五观事义，六观宫商”，这有点像今天文艺表演评委打分，要从内容到形式技巧分别量化打分，然后才得出综合评分。自古以来，文学批评鉴赏是每个批评鉴赏者的主体审美活动，审美对象也是多种多样，不可能千篇一律，众口一词；但是又不能各执一隅之见，而无客观评价的标准。所以，刘勰才发出“音实难知，知实难逢”的概叹，并提出种种要求和条件，都是有针对性的见解，对我们今天的文艺批评鉴赏也是有现实意义的。

（二）体性风骨

中国古代文学批评和鉴赏，大多不是建立在对作家作品条分缕析的基础上，也就是说不习惯于做理论的剖析，而是喜欢做整体的把握和直观的感受。所以，无论是品藻人物还是评点作品，都侧重于对表现出来的风神、气象、风骨、气韵以及意境趣味等类的鉴赏，近似于一种风格美的鉴赏。例如常说的“汉魏风骨”“盛唐气象”等类，这也是中国古代文学批评鉴赏的一大特色。《文心雕龙》中论“体性”、论“风骨”，都是从作家到作品去分析不同的风格以及风格形成的种种条件。至于作品的风格也是多样化的，刘勰所概括的典雅、远奥、精约、显附、繁缛、壮丽、新奇、轻靡等“八体”，只不过是就其大略而言。他列举了贾谊、司马相如、扬雄、班固等许多作家各自不同的风格，说明各人的才、学、志、气的不同，带来风格的差异。后来，人们评论作家作品，都喜欢用这种办法去品鉴，如钟嵘的《诗品》，就是按他的审美观把历代诗人分列为上、中、下三品。至于从理论上去概括和描述各种不同的风格，当以唐代司空图的《二十四诗品》为代表，他对各种风格都以直观鉴赏的态度去做象征性的描述，这对中国古代诗歌美学的鉴赏影响是很深远的。至于“风骨”一词，本身虽然不是风格的意思，但它却是对文学作品的情志和辞藻的要求，也可以说是对文风的要求，那就是要思想健康、有感染力，文辞也要有力量，即所谓“风清骨峻”“文明以健”。

（三）阴阳刚柔

由于文学鉴赏侧重于对审美对象表现出来的风骨、气质、个性的整体感受，所以逐渐形成一些用以表述整体风格的带有类型性质的概念，合而言之，则有阳刚、阴柔、豪放、婉约等不同的风格。西方美学中有壮美、优美之分，从美学的普遍意义上讲，这些概念之间，中西美学也有相通之处。但是，中国古代文学理论的表述方式，毕竟是中国传统文化孕育出来的产物，尤具有民族特色和丰富的美学内涵。

关于阴阳刚柔之说，最早见于《易·系辞》："一阴一阳之谓道，继之者善也，成之者性也。"又《易·说卦传》云："分阴分阳，迭用柔刚，故《易》六位而成章。"广义的阴阳概念，用之于天地、日月、昼夜、男女，但是却有一个共同之处，即阳表示刚，阴表示柔。这些具有深厚文化内涵的观念，很自然地被引进文学审美意识之中，用以象征文学风格的壮美与优美之别，这在《礼记·乐记》中已有所论述："合生气之和，道五常之行，使之阳而不散，阴而不密，刚气不怒，柔气不慑。"这就是要阴阳调和，刚柔相济。对阳刚美与阴柔美描述得最生动明白的，是清代姚鼐在《复鲁絜非书》中的一段话。而所有这些阳刚阴柔的风格，在文学作品中又呈现出千姿百态，也不可一概而论，这就需要在鉴赏作品时去细细品味以获得不同的美感享受。可以说，中国古代的文学鉴赏理论，与其说它是理性的、伦理道德的概念化的认知，不如说它是直观的、富于艺术想象和创造的审美心理活动，是一种动态的审美感知，而不是静态的物像观照。

词论中的婉约、豪放的区分，也与阴柔阳刚的观念有关。明代张綖在《诗余图谱·凡例》中说："词体大略有二：一体婉约，一体豪放。婉约者欲其辞情蕴藉，豪放者欲其气象恢宏。盖亦存乎其人，如秦少游之作多是豪放。大抵词体以婉约为正。"此说一出，影响甚大，也许这也是因为它符合中国古代喜欢以阴阳刚柔论作家作品风格的鉴赏习惯吧。到王国维的《人间词话》，虽然没有直接谈阳刚阴柔，但是境界有大小，有我之境、无我之境以及所举的种种词作，都与豪放婉约、阳刚阴柔的不同风格有内在联系。

（四）滋味兴趣

文学鉴赏是种审美活动，读文学作品如同欣赏音乐绘画一样，在审美的过程中，获得思想感情的净化熏陶。所以，中国古代文学理论中，特别强调"滋味"和"兴趣"。滋味犹如领会，就是要有味觉快感，汉字中的"美"字，从羊从大，可能古人造字时就是以味觉的快感作为美感，所以"味"字就被用来表示文学艺术给人的美感。孔子听古乐受陶醉，以至于"三月不知肉味"，其实，也就是用味觉之美去形容听觉之美罢了。《乐记》中有"大羹不和"的说法，大羹也就是太羹，古代祭祀用不调五味的肉羹，就是我们说的"原汁原味"，用以比喻不加修饰的原始朴素的音乐。王充论文，主张自然明白，"言了于耳，事味于心"，认为"大羹必有淡味"，淡味即是未加作料的原味，也是一种朴素之美味。陆机在《文赋》中也用“缺太羹之遗味”来比喻诗文要有余味。后来，“味”就成为文学鉴赏所获得的美感的代称，钟嵘在《诗品》中则把“味”和“滋味”通用，他评论五言诗说：“五言居文辞之要，是众作之有滋味者也。”

而陆机在批评玄言诗时则说：“理过其辞，淡乎寡味。”到了唐代的司空图，他更明确地说：“文之难，而诗之难尤难。古今之喻多矣，而愚以为辨于味，而后可以言诗也。”他追求的是“韵外之致”“味外之旨”的“醇美”。苏轼对司空图之论十分赞赏，他在《书黄子思诗集后》中说：“信乎表圣之言，美在咸酸之外，可以一唱而三叹也。”又在《送参寥师》诗中说：“咸酸杂众好，中有至味永。诗法不相妨，此语当更请。”可见中国古代诗文论中讲滋味、韵味、趣味、兴味，都是讲文学鉴赏中的审美感受。

与此有关，严沧浪提倡的“兴趣”说，也属于诗歌鉴赏的审美范畴。严羽在《沧浪诗话》中两处提到“兴趣”，一处说：“诗之法有五：曰体制，曰格力，曰气象，曰兴趣，曰音节。”把兴趣归于“诗法”之中，并不是讲一种具体的创作方法，这里讲的五法，俱是诗的最基本的艺术特征，兴趣当然也是诗歌的艺术特征之一。另一处说：“盛唐诸人惟在兴趣，羚羊挂角，无迹可求。故其妙处透彻玲珑，不可凑泊，如空中之音，相中之色，水中之月，镜中之像，言有尽而意无穷。”这里的“兴趣”就是直接涉及诗歌的艺术特征给人们以美感的问题了。严羽反对那种“以文字为诗，以才学为诗，以议论为诗”而不懂诗歌的艺术特征的诗风；也不欣赏那种语言太直白，意境太浅露，缺乏韵味的作品。诗歌要有形象性、有意境，才会产生“言有尽而意无穷”的审美趣味，所以他说：“诗有别才，非关书也；诗有别趣，非关理也。”这别才、别趣，说的就是诗歌的一种特殊性，即其自身的审美特性。显然，兴趣是诗歌意境给人们的审美趣味，是一种美感经验。关于“兴”的概念，自孔子说“诗可以兴”之后，就把它和文学联系起来，后来产生了许多词语如兴象、兴味、兴致、兴寄，等等，都具有特定的美学含义。而兴趣一词，则是兼容诸说而形成的诗歌审美的美学概念，这就是诗歌鉴赏所特有的美感，它和滋味、兴味、兴致等是有内在联系的。历代诗论、文论、画论中，多用这些词语来表述创作和鉴赏过程中的美感活动，这也是中国古代文学理论的民族特色之一。

第二节　中国古代文学理论与思想的融合

中国作为四大文明古国之一，拥有着上下五千年的悠久历史，在这漫长的岁月长河之中，我们的民族、我们的国家在不断发展和前进的路上形成了博大精深的传统思想，留下丰富的文化遗产。而思想与文学是分不开的，思想要得到传承就必须依靠各种形式，比如口口相传、在人们生活习惯中的渗透，等等，其中文学的形式是最为直观与可靠的，对思想的记录也是最为清晰的。但是文学作品的产生同样依赖于思想的进步。所以不难看出中国传统思想与文学之间相辅相成的关系。传统思想对整个民族价值观、世界观、思维模式以及风俗等等方面起着潜移默化的影响，而这种影响至今也根深蒂固地存在于我们每个人身上。所以在生活当中，认清有利的、好的、优秀的传统思想进行发扬和传承，不但对完善我们的精神活动有所帮助，更对这个社会的发展起着巨大的主观作用。这也就同样要求我们对于古代文学要做进一步的研究与探索。而古代文学与传统思想是相互渗透且不可分割的，它承载了中国数千年的优秀思想和智慧在里面，因而要更好地传承古代文学，就要更清晰地认识到它与传统思想之间的关系，认识到古代文学理论的融合。

人的思想不同于物质，是无形的，所以在流传上就要依赖于各种各样的承载工具，比如创造物、传说、图腾等。但最为行之有效的流传方法还是古代文学的记载和描述。古代文学清楚直观地将遥远的传统思想进行了归类和区分，并且以最为直观的文字形式进行了记载，包括古代的生活环境，当时主流的思想动态、文化形式、药学化学等科技发展，甚至包括当时人们的审美观与价值观等，都能在各种文献中得到体现。而其中的许多著作我们如今还在普遍地运用与学习，其中《论语》《史记》《本草纲目》仍然被我们当作学习的范本。

古代文学除了记录下优秀的科学理论与思想理论，同时也有着许多优美的诗篇和兴味悠长的唯美之作。几千年的历史中，每个阶段都有文人墨客们对于爱国情操的抒发、对大好山河的咏唱以及对爱情的追求等。每个年代的文体和表达形式是不同的，但其中心的含义和优美的词句是不变的。这些促使着今天的我们对古代文学的热切研究，同样这也深化了我们对古代优秀思想的理解。对古代文学的探究的确让今天的我们抓住了古人的思想精髓，同时也让自己的言行更为端正与合乎传统的优秀理念。要做到弘扬民族文化、继承优秀的传统思想，就要与古代文学充分地融合，充分利用古代文学并研究和探索其中深奥的理论，这才能促进我们思想上的进步。我们手中掌握的历史资料与古典文献是十分丰富的，而且保存上也是相当完整的。但在现阶段对于这些古代文学著作的研究却是有偏向性，甚至可以说是片面的。当今比较受人们重视的古代文学作品绝大多数是词、曲、诗作、小说等文学类著作，相比之下对于哲学性、科学性和史学性等比较高的应用型作品就研究过少。这就意味着对于这一类著作当中蕴藏的深刻思想哲理我们并没有深透地挖掘和继承，所以直到现阶段我们对传统思想的学习仍然不到位。要想使传统思想与古代文学充分融合，并为我们现今的生产生活做出指导，全面地学习古代著作是十分必要的。

只有将古代文学与思想的融合带到现实的生活当中去，才能让其更为充实和完美地结合在一起，也只有这样才能更好地为现在的我们所利用。传统思想是我们的民族在历史中逐渐积累的智慧精华，现在的我们一定要对它做很好的传承与发展，因而就要依赖于对古代文学的研究和探索。古代文学不但深刻和清晰地记录了中国传统思想在各个历史阶段的变化和不同发展，同时也给我们带来了极具文学价值的优秀篇章。传统思想和古代文学的融合与互相渗透方便了我们的学习，也给我们学习和发展传统思想造就了可能性。中国古代文学当中无论是纯文学类的作品还是对哲学、历史等研究的著作，都融进了当时社会的思想动态和优秀成果，有着十分巨大的研究价值，对于我们如今的生活和进步也有着很大的益处。传统思想与古代文学的融合与发展有着十分重要的现实意义，因此也应该得到我们的重视，在日常的学习生活中应该注重这一点，在让传统思想与古代文学研究与时俱进、适应我们现在生活的同时，将其融合，找到共通点，这才能更好地指导我们学习生活的实践。

第三节 中国古代文学观念的发展演变

一、中国古代文学观念的发生

“中国古代文学是中华民族优秀的文化遗产，它所蕴含的思想文化一直对中国人的成长和发展起着关键性的作用。”① 中国古代文学观念的发生与古代文学的发生相伴，是一个漫长的历史过程，中国古代文学形态与古代文学观念形态也一直处于发展变动之中，难以用统一的标准去衡量。人们讨论这一问题时，常常站在各自的立场，选取不同的角度，运用不同的方法，自然难以形成一致的意见。由于受传统思维的局限，人们总希望这种讨论应该得出一个明确的结论，或者为古代文学观念下一个精确的定义，使它“放之四海而皆准”，这更增加了讨论的困难和研究者的压力。当然，这不是说中国古代文学观念发生的问题不能研究，而是提醒我们注意克服本质主义的先验论思维模式，从宏观的角度用发

① 张玉敏. 浅谈中国古代文学的发展［J］. 黑龙江科学，2013（12）：236.

展的眼光来对这一问题做动态描述，这种描述也许更接近历史事实本身。中国古代文学家、文论家、史学家对于中国文学的发生和中国文学观念的发生，提出过颇有理论意义和参考价值的描述，他们的思想成果或许会对我们有所启发。循着他们的提示，可以对中国文学观念的发生提出一种新的解释。

中国古代文学观念的发生具体涉及以下方面（图 1-2）：

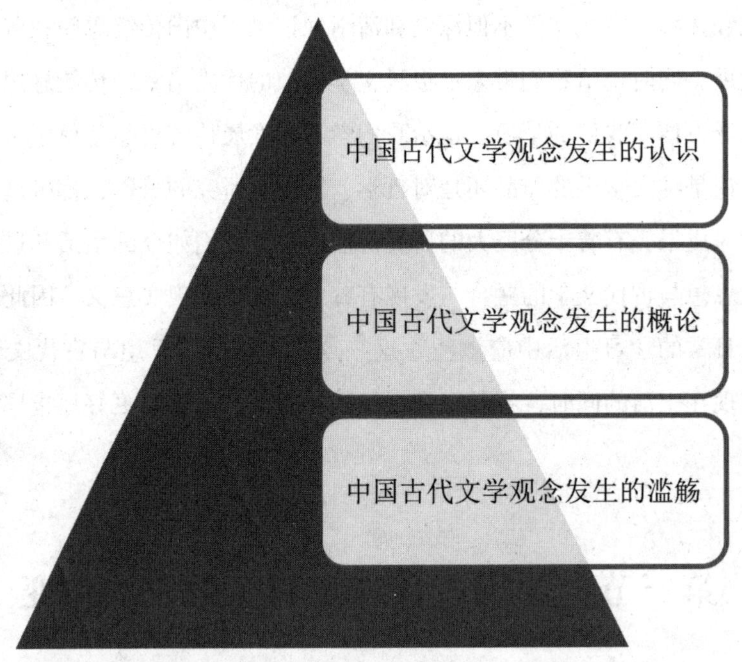

图 1-2　中国古代文学观念的发生

（一）中国古代文学观念发生的认识

文学观念的发生与文学的发生是密不可分的，而文学的发生过程就呈现在文学的活动之中。有了文学的活动，就一定会有对于这种活动的某种观念，不论这种观念是模糊的还是清晰的；不然，这种活动就不可能有计划和目的地进行。反之，有了文学的观念，才能有意识地开展文学的活动，不论这种活动是幼稚的还是成熟的；不然，这种观念就无所附丽而失去存在的价值。那么，究竟是先有了文学的活动然后才有文学的观念，还是先有了文学的观念然后才有文学的活动，这是理论家们谁也说不清的问题。正如“是先有鸡还是先有蛋”一样，始终是一个悖论。不过，讨论中国古代文学观念的发生，却不可以不与中国古代文学的发生相联系，因为二者如影随形，相依相伴，谁也离不开谁。因此，了解人们关于中国古代文学发生的认识，是探讨中国古代文学观念发生的题中应有之义。

对于中国文学发生于何时这个问题，中国古代有两种很有代表性的观点，可以提供我们参考。

第一，文学开始于生民之初。沈约在《宋书·谢灵运传论》中说，民禀天地之灵，含五常之德，刚柔迭用，喜愠分情。夫志动于中，则歌咏外发；六义所因，四始攸系；升降讴谣，纷披风什。虽虞夏以前，遗文不睹，禀气怀灵，理或无异。然则歌咏所兴，宜自生民始也。

这里虽然没有使用文学这一概念，但作者显然把歌咏当作文学来看待的在沈约看来，歌咏是情志的表达，而人类诞生之初即“禀气怀灵”，富有情志，故“歌咏所兴，宜自生民始也”，也即文学诞生于生民之初。然而，这一结论是靠类比推理得出来的，论者自己也承认没有客观事实做依据，因为“虞夏以前，遗文不睹”，他只能以现有常识来判断。而以文明人的常识来推断野蛮人的行为，不懂得人类文化的发展是一个漫长而又艰难的过程，其结论的可靠性是值得怀疑的。况且，沈约在论证中所谈到的“五常之德”以及“六义”“四始”等人文观念，也都是人类社会发展到一定历史阶段的产物，绝非生民之初即已发生的，这就使其结论带有较多的主观色彩。

正是由于沈约的文学起于生民之初说主观色彩太浓，且过于抽象，因而文学史家们很少直接袭用他的观点。倒是刘安《淮南子》的一段类似的话为大家所重。《淮南子·道应训》云：今夫举大木者，前呼“邪许”，后亦应之，此举重劝力之歌也。这段话承《吕氏春秋·淫辞》而来，是《吕氏春秋》中翟翦劝说梁惠王“治国有理，不在文辞”所举的一个例证，完全无意说明文学的起源。不过，这段话与文学起源于劳动的观点正相契合，故而引起了中国现代文学工作者的高度重视。因为正是劳动使人与猿相揖别，所以文学起源于劳动也就包含文学开始于生民之初的观点。

然而，劳动号子并不等同于文学。如果劳动号子即是文学，那么各个民族的文学活动和文学观念就应该大体相同。而实际上，东西方的文学活动与文学观念从一开始便有颇大的差异。如果因为劳动号子的某些因素与文学的某些因素类似便断定劳动号子即是文学，甚或说劳动就是文学活动，那么所有的人类文化活动都可以依靠这种推论从这里找到它的源头，这一“放之四海而皆准”的理论也就成为不可否证的无意义的虚假判断，它不可能提供给我们解决具体问题的有价值的思想方法和学术信息，对我们探讨中国文学和文学观念的发生，以及认识中国文学和文学思想的民族特质也无所帮助。

第二，与沈约略晚的文学理论家刘勰在《文心雕龙·原道》中提出了另一种有代表性的观点。他说，人文之元，肇自太极，幽赞神明，《易》象惟先。庖牺画其始，仲尼翼其终。而《乾》《坤》两位，独制《文言》。言之文也，天地之心哉！若乃《河图》孕乎八卦，《洛书》韫乎九畴，玉版金镂之实，丹文绿牒之华，谁其尸之，亦神理而已。自鸟迹代绳，文字始炳，炎皞遗事，纪在《三坟》，而年世渺邈，声采靡追。唐虞文章，则焕乎始盛。元首载歌，既发吟咏之志；益稷陈谟，亦垂敷奏之风。夏后氏兴，业峻鸿绩，九序惟歌，勋德弥缛。逮及商、周，文胜其质，《雅》《颂》所被，英华日新。文王患忧，繇辞炳曜，符采复隐，精义坚深。重以公旦多材，振其徽烈，剬《诗》缉《颂》，斧藻群言。至若夫子继圣，独秀前哲，熔钧六经，必金声而玉振；雕琢情性，组织辞令，木铎启而千里应，席珍流而万世响，写天地之辉光，晓生民之耳目矣。

刘勰对文学起源的探讨与沈约的思路不同，他并没有停留在一般的理论推导上，而是以具体的有案可稽的文献典籍为依据，从而得出文学可能发生的大致年代。刘勰认为，人文肇始于远古，《易经》的卦象则是最早的人文符号，而这种人文符号应该是文化的起源而非文学的起源。就文学而言，“唐虞文章，则焕乎始盛。元首载歌，既发吟咏之志；益稷陈谟，亦垂敷奏之风”。这里的“元首载歌”便明确说明了文学的起源。“元首”，指舜帝；“载”，始也；益稷，乃佐禹有功之臣。刘勰的意思是说，文章兴盛于唐尧、虞舜之时，而歌咏则自舜帝肇始。前者有《尚书》的《尧典》和《舜典》为证，而后者有《尚书》的《益稷》为证。

需要讨论的是，刘氏所依据的文献是否真实可靠，如若可靠，其基本结论即可成立。可惜的是，这些事实依据却并不可靠。《尚书》的《尧典》《舜典》是周代史官根据传闻记录整理，并非唐尧、虞舜之时的文献，这已是学术界的共识，因而刘氏的“唐虞文章，则焕乎始盛”也就没有了事实依据。至于《益稷》所载舜帝歌咏“股肱喜哉，元首起哉，百工熙哉”等，只是其政治活动中的即兴感发，并不是独立文学活动的产物，也就不会有独立的文学观念做指导。何况这些歌词是周代史官据传闻记录整理，并不是原始面貌。

尧、舜、禹的时代，还只是传说的时代。以现有实物资料和可信的文献资料为依据，我们的讨论只能从殷商开始。以后有了新的发现，再来修改这些观点也不为迟。至于殷商之前，至多能够做一些推理而已，这些推理只是为了讨论的方便，或者提出一些可能的思维路径，不应该也不可能就是科学的结论。

刘勰的思想方法和研究方法对我们很有启发，值得学习和借鉴。例如，他认为文化符号诞生最早，然后才有文字，而文字成熟之后才有文章，文学的活动和文学的观念应运而生，这是符合客观历史实际和事物发展规律的。又如，他的全部论断都尽量寻找历史文献为依据，这种实事求是的学术态度也是需要提倡的。

循着刘勰的这种思路并改进他的方法，从现存的历史文献和出土考古资料中来搜寻早期中国文学活动的踪迹和中国文学观念的发生的有关线索，这种方法就是王国维提倡的“二重证据法”。中国文学观念的发生学研究也将按照这种思路和方法进行。

（二）中国古代文学观念发生的概论

作为中国古代著名文学理论家，刘勰不仅在《文心雕龙·原道》中谈到中国文学的发生，而且对于中国文学观念的发生也提出了自己的看法。他说：

文之为德也大矣，与天地并生者何哉？夫玄黄色杂，方圆体分。日月叠璧，以垂丽天之象；山川焕绮，以铺理地之形。此盖道之文也。仰观吐曜，俯察含章，高卑定位，故两仪既生矣。惟人参之，性灵所钟，是谓三才。为五行之秀，实天地之心。心生而言立，言立而文明，自然之道也。……爰自风姓，暨于孔氏，玄圣创典，素王述训，莫不原道心以敷章，研神理而设教。取象乎《河》《洛》，问数乎蓍龟。观天文以极变，察人文以成化。然后能经纬区宇，弥纶彝宪，发挥事业，彪炳辞义。故知道沿圣以垂文，圣因文而明道，旁通而无滞，日用而不匮。

在刘勰看来，性灵所钟的人之立言所遵循的是“自然之道”，这种自然之道就是“日月”“山川”所展现的“天文”，而人所立之言则为“人文”。用他的带有总结性的赞词来说就是：“道心惟微，神理设教；光采元圣，炳耀仁孝。龙图献体，龟书呈貌；天文斯观，民胥以效。”

如果不是用现代文学观念去规范古人的思想，而是把古代文学观念放在中国传统文化的大背景中加以考察，就会看到，刘勰的“原道”思想中虽然以人为核心，却提供了对文学的两个观察视角，即“观天文以极变，察人文以成化”，而在这两个观察视角中，观察“天文”比观察“人文”具有更为本原的意义。也就是说，在刘勰心目中，文学可以分为“天文”之学和“人文”之学两大块，它们是相互联系的，“天文”之学是“人文”之学的基础，“人文”之学是“天文”之学合乎逻辑的发展。或者可以说，中国古代文学观念本来就滥觞于“天文”之学。因此，要认识和理解中国古代文学观念的发生，就不能不从认识和理解上古“天文”之学开始。

“观天文以极变，察人文以成化”和“天文斯观，民胥以效”的思想并非刘勰首创，它来源于《易经·贲卦》的彖辞，贲卦的卦象是“上天垂象，以见吉凶”，这即是“天文”，“小利有攸往”便是天文给予的启示；人们根据天文的启示决定自己的行为，“文明以止”，这就是“人文”。而“观乎天文，以察时变；观乎人文，以化成天下”，正是古代文学观念的题中应有之义。或者换一种说法，中国古代文学观念本来就包括了“观乎天文，以察时变；观乎人文，以化成天下”的丰富内涵，“观乎天文”乃是“观乎人文”的基础，中国古代文学观念便是从“观乎天文”开始的。

古人所谓“天文”之学与今人所谓“天文”之学不是同一个概念。今人所说“天文”是指日月星辰等天体在宇宙间分布、运行等现象，天文之学则是指研究天体、宇宙的结构和发展的科学，包括天体的构造、性质和运行的规律等。而中国古人的所谓“天文”有广义与狭义之分，广义的“天文”是指“在天成象，在地成形”的一切自然现象，包括日月星辰等天象和山川物候等地形，狭义的“天文”则仅指日月星辰等天象。中国古代的天文之学则是指人们对“天文”的认识、理解和应对之策，也有广义和狭义之分。广义的天文之学包括了所谓观象授时、占卜吉凶、祭祀鬼神等多项内容。狭义的天文之学则类似后人所说的星占学。而文学家追溯文学之源时所云“天文”或“天文”之学，常常取其广义，刘勰的《文心雕龙·原道》便是如此。

文学不仅可以分为“天文”之学与“人文”之学，而且应该关注“天文”之学与“人文”之学的联系并从它们的关系中求得真解，这是古人对文学的基本看法，也可以说是古人的最有代表性的文学观念。“天文”也是指“在天成象，在地成形”的一切自然现象；“人文”则主要指文籍、书契、咏歌、赋颂之类。

唐对文学的理解与六朝人相去不远。例如，魏征对文的理解同样包括了“天文”与“人文”，对文学功用的认识则涵盖了社会政治生活的全部。至于萧颖士、尚衡他们都将“天文”与“人文”作为文学的要义，并强调了二者的紧密联系，而且都是先“观乎天文”而后“观乎人文”。

宋人对文的认识也同样包括“天文”与“人文”，尤其是古文家对此点更为重视。即使到了清代，从“观乎天文”和“观乎人文”的角度来理解文学，仍然是许多学者的基本思路。

正因为“天文”与“人文”是古代作家们观察文学的重要视角，同时也就成为他们理解文学和创作文学的价值标准。汉司马迁在《报任安书》中曾明确表示自己写作《太史公书》是为了“究天人之际，通古今之变，成一家之言”，秉持的便是将“天文”与“人文”打通的理念，其中暗含着“天文”与“人文”分疏的前提和“穷究天人”的努力。

中国古代的文学观念中包含有“天文”与“人文”两方面的内涵，而且前者是后者的逻辑前提和理论基础。不懂得古代“天文”之学也就不能真正懂得古代“人文”之学；不能理解古代“天文”之学与“人文”之学的复杂关系，也就不能真正理解中国古代文学的民族精神和文化品格，同时也就不能真正明了中国古代文学观念的发生。

尽管中国古代文学观念中包含有“天文”之学与“人文”之学两方面的内涵，现代学者谈到古代文学观念时却往往只提“人文”之学而少提甚或不提“天文”之学，其原因可能有两点：一是现代文学理论家主要接受的是西方近现代文学思想的影响，加之又受到新文化运动的人文精神的洗礼，他们多关注“人文”之学而少关注“天文”之学本在情理之中。二是中国古代文学观念经历过一次重大的视角转换，“天文”之学早已面目全非，后人又很少进行这方面的清理，以致人们不太清楚中国古代“天文”之学与“人文”之学的联系，以为研究中国古代文学观念可以不谈古代“天文”之学。而要破解今人对中国古代文学观念的认识屏蔽，必须从深入了解中国古代“天文”之学入手。

（三）中国古代文学观念发生的滥觞

尽管有些研究中国文学史的学者把中国文学的起源追溯到了三皇五帝的时代，像伏羲氏的《驾辩曲》、神农氏的《扶持歌》、葛天氏的《八阕歌》、伊耆氏的《蜡辞》、黄帝时的《康衢谣》、唐尧时的《击壤歌》、虞舜时的《南风歌》《卿云歌》，等等，这些歌谣就成了中国最早的文学作品。然而，这些所谓原始歌谣，多数学者都认为不可信。之所以得出如此结论，不仅是因为这些作品多出于伪书且时代都较晚，而且这些作品中反映的思想观念也与时代精神不符。在文字出现以前，文学流传在人民的口头，不能记录下来，因此我们无法看到当时的口头创作。在中国古书中所记载的那些黄帝、尧、舜时代的思想复杂、形式整齐的歌谣，大都出于后人伪托。《康衢谣》《击壤歌》《卿云歌》《南风歌》等，都是不可信的。口头歌谣自然是很丰富的。因为当时没有文字，不能记录下来，所以我们是看不到了。

传说中的五帝时代处在氏族社会晚期，是原始社会向阶级社会过渡的时代，目前尚无可以确认当时已有相对独立的文学活动的文献资料和实物资料，作为人类意识活动的观念符号的文字在那时还没有出现。

在以“通天”之术为核心的“天文”之学为其文化精髓的时代，文学不可能脱离巫术而独立，书面文学也必然包裹在巫术文献之中，这是毋庸置疑的。殷商甲骨卜辞、《周易》中的卦爻辞以及今文《尚书》中的《虞书》《夏书》《商书》等篇，都反映着这一时代的文学面貌和文学风格，也体现了这一时代的文学观念。

《箫韶》即《大韶》，九成即九章，相传是帝尧时的乐曲，为乐官夔所作。从“祖考来格，虞宾在位，群后德让”等语来看，这无疑是在进行祭祀祖先的活动，人们装扮成鸟兽起舞，其中还有歌唱，琴瑟、柷敔、笙镛等各种乐器都使用上了，场面甚是宏大。所有这一切，都是为了让祖先高兴，降福于他的子孙。也就是说，围绕《韶乐》所进行的，其实是领袖集团与祖先沟通亦即“通天”的活动，因为这里的祖先已经神格化了。负责指挥“通天”活动的是乐官兼巫师的夔。在这种“通天”活动中，“天文”之学包裹着“人文”之学并提升人的精神品质，是一望而可知的。因为祖先神的偶像本来是人的本质的对象化，是人的精神生活的产物，人们在娱祭祖先的活动中，自己的身心也得到了放松和娱乐。因此，孔子后来在齐国听《韶》乐时被深深地感动，以致“三月不知肉味”，并且称赞说：“《韶》，尽美矣，又尽善也。”

需要进一步指出的是，在殷商时期，“天文”之学与“人文”之学的结合，或者说“天文”之学所包含的“人文”之学，是异常丰富的，而这正是中国古代文学和文学观念发展的基础。巫觋集团是当时相对具有较高文化水平的一个群体，因而在其卜筮和祭祀活动中，为了展示才干在娱祭中有歌乐鼓舞，其祭歌就是诗歌的雏形。正是在这种自娱自乐的活动中，文化的精神从神秘的彼岸世界转向日常的世俗的现实生活中来，文化的主体也慢慢由神性化的主体向世俗化的主体转变，“天文”之学的主导地位也慢慢让位于以“人文”之学为主导。

理解了这一点，再来看《尚书・尧典》的记载，或许对“诗言志”这一上古传留的文学观念会有更为合理而深刻的认识。《尚书・虞书・舜典》载云：帝曰：夔！命汝典乐，教胄子。直而温，宽而栗，刚而无虐，简而无傲；诗言志，歌永言，声依永，律和声；八音克谐，无相夺伦，神人以和。夔曰：於！予击石拊石，百兽率舞。

毫无疑问，夔典乐是在教胄子学习“通天”的本事，即学习上古“天文”之学，其“神人以和”的要求已经说明了这一点，而“击石拊石，百兽率舞”的行为也证明了这一点，且与《尚书・虞书・益稷》可以相互印证和证明。“诗言志”应该是上古“通天”活动中的一个关目，也是上古“乐教”的基本内容之一。然而，“诗言志”毕竟又是人的言语活动，涉及人的思想、意志、情感、态度及其表达，尽管它是“通天”活动中的一个关目，但它同时也包含着人对自我生命情态的关注和掌握自己命运的期待，同样也启迪着“人文”之学的成长。

“诗言志”作为古代的重要文学观念，春秋以来得到各方人士的高度重视和充分阐释，用以指导当时的文学活动，对中国文学和文学观念的发展产生了十分深刻而又深远的影响。因此，它一向被作为中国古代诗论“开山的纲领”，也一直被视为中国古代最有代表性的文学观念。这一论题学术界虽然已经有比较充分而深入的讨论，但仍然有继续深入讨论的必要。此外，修辞观念的产生和修辞技术的发展，同样也要从上古“天文”之学中去寻找源头。大祝所掌六祝之辞是十分丰富的，其细致的类别区分便体现了巫觋们的修辞信念与修辞水平。尽管在这一方面可以用来进行实证的材料现在发现的还是太少，不过，殷商甲骨卜辞却能够传递出古代修辞观念和修辞技术方面的许多信息。殷商甲骨卜辞是巫询问天地鬼神、占卜吉凶的记录，有叙辞，有命辞，有占辞，有验辞。叙辞记卜日及贞人名字，格式固定；命辞述占卜事项缘由，力求表达清楚明白；占辞因兆而定吉凶，讲求用语简洁涵融；验辞记录应验结果，要求事实概括准确。

至于《周易》中的卦爻辞，多为殷商以来传留的巫觋占卜之辞，其形象、生动、简洁、含蓄、古朴、精练、深刻、隽永以及言曲而中、事肆而隐、称小取大、言近旨远等语言风格特点，对中国古代文学和文学观念的影响更是长期而深远。

古人有“修辞立其诚”之说，这也是中国古代最重要的文学观念。这一观念也应该滥觞于上古“天文”之学，这从语源学的角度可以得到证明。“诚”字甲骨文虽未见，但有“成”字。“成”乃商代始祖汤，其地位独尊。殷商时代的巫觋们无论祭祀还是占卜，对成汤都是诚惶诚恐，不仅由衷敬仰，而且绝对忠诚，相信成汤对于他们的诉求也会有求必应。由此心理和信念而至于对其他鬼神的占辞或祝词，也抱有同样的心态，预期能够获得同样的效果，这应该就是“诚”的原始义。因此，“修辞立其诚”的观念，不仅涉及语言层面，更涉及文化心理和时代精神的层面，也只有在上古“天文”之学的文化大背景中，才能够找到最真切、最深刻的思想基础和心理动机。

中国古代文学理论家们提出“天文”“人文”之分，主张从“观乎天文”和“观乎人文”的联系中去寻绎中国古代文学和文学观念的要义和精髓的思想，以及他们对上古“天文”之学的描述，都值得认真思考和深入研究。这对认识和理解中国古代文学和文学观念的文化基础、民族精神和时代特性是大有帮助的。

二、中国古代文学观念由天到人的转变

西周初年，以周公为代表的统治者在继承殷商文化的基础上，大胆进行思想文化和政治制度的创新，将文化视角从“观乎天文”转向“观乎人文”，中国文学观念也相应地发生了根本性转变。

（一）西周统治者的文化传承

在殷商时期，祭祀是统治者们最主要的活动之一，“商人尊神，率民以事神，先鬼而

后礼，先罚而后赏”，“王者决定诸疑，参以卜筮，断以蓍龟，不易之道也”。遇事卜问鬼神，成为商王贵族的第一要务，近百年殷墟出土的15万片左右的甲骨卜辞已经证明了这一点。在占卜过程中的拟辞正辞，在祭祀过程中的歌舞娱乐，都充盈着文学的内涵和生长着文学的观念。即使是纯粹的政治活动，商王也会利用鬼神的权威来加强他的行政能力。用占卜来了解天命，用天命来统一人们的思想和行动，在那个信仰鬼神的时代，无疑是最权威也最有效的方法。由此形成的典、训、誓、辞、命等口头的或文字的作品，也就被人们视为神圣不可侵犯的圣物了，“敬言”“谨言”“慎言”的观念也随之产生出来。因此，由“观乎天文”而产生的文学就不能不是社会生活和政治生活的一部分，其文学的观念也就不能不是政教观念的附庸。

随着社会生产力的发展，人对自然的认识能力、控制能力和社会生产水平不断提高，统治者的个人欲望也在不断膨胀。后期商王开始把占卜的权力牢牢掌握在自己手里，如祖甲孙武乙、重孙文丁时期的甲骨卜辞，贞人代王占卜的情况大量减少，由王亲自占卜则显著增加。商王不再被动地听天由命，也不再允许某些巫觋借天帝鬼神制约自己的行为，而要充分行使王权，企图用王的意志来左右占卜的结果。

商纣王是一个天资颇高、敢于我行我素的人，他的“慢于鬼神”与骄奢淫逸相互为用，促成了殷商王朝的灭亡。殷王从“率民以事神”到“慢于鬼神”的变化，正曲折地反映出神权的逐渐衰落和人性的逐渐觉醒。当殷王们不再慑于鬼神的权威而肆无忌惮地放纵自己的欲望时，他已经把自己的注意力转向了世俗的生活，这便预示着上古“天文之学”向“人文之学”转换或倾斜的时代即将来临。

然而，思想观念的转变往往比政权的更替要困难得多，而观念的转变对于文化的发展比政权的更替也重要得多，学术界因此也特别关注社会思想文化观念的变化。王国维在其著名论文《殷周制度论》中指出：“中国政治与文化之变革，莫剧于殷、周之际。”这主要是从制度上考察而得出的结论，但对于我们研究思想文化同样具有启迪作用。就文学观念而言，殷周之际也是一个酝酿着巨大变革并逐步实现了观念转换的时代。

周本是商的与国，臣服于商，商朝末年，商王文丁封周季历为西伯，后惧其坐大，遂召季历入殷而囚禁，季历因此忧困而死。纣王时，又封季历之子姬昌为西伯，同样是惧周强大，又囚姬昌于羑里。周贿赂商使释姬昌，并“得专征伐”。其后，周利用纣王东征的机会，讨伐商的方国，扩大自己的势力范围，最后终于一举灭商。小邦周打败大邑商的确是个奇迹，其中的原因历史学家们有许多解说，这里不予讨论。就文化而言，周对商则多有继承，这却是有充分根据的。从近半个世纪在陕西周原发现的300多片甲骨卜辞来看，商末周初周人不仅与殷人一样进行卜筮活动，信仰天帝鬼神，还祭祀殷人的祖先神，受殷商文化影响甚深。《周易》正是对殷商卜筮文化的继承、总结和发展。同时，周人也很重祭祀，仅见于西周铭文中的祭祖礼就有20余种，如衣、蒸、报等。因此，周初的统治者一方面思考着周所以兴和商所以亡的原因，提出了许多突破商人思维的新思想新观念，创造出具有周人特色的新文化；另一方面也惯性地运用商人的“天文之学”来观察自然、理解社会、分析问题、解决问题，保留了传统文化的基本精神和部分特点。

周公是周初文化的代表人物，在他身上体现了新旧两种文化的碰撞、交融和转换。周公，姓姬名旦，亦称叔旦，周文王姬昌第四子，武王姬发同母弟，因其封地周，故称周公或周公旦。姬旦是周初杰出的思想家、政治家、军事家和文化学者。他不仅协助武王推翻殷商，而且在稳定国内局势、制定典章制度、创立西周文化等方面做出了杰出贡献，受到后人敬仰。他既是殷商文化的传承者，又是西周文化的开创者。就文化视角而言，周公是上古“天文之学”的集大成者，他对人事的判断常常来自上天的垂象。即是说，他和殷人一样，首先是“观乎天文，以察时变”，然后再来决定现实的行动。

（二）中国文学观念视角的转变

我们说以周公为代表的周初统治者仍然相信天命，敬仰鬼神，依靠“通天”之术来指导国事活动，这绝不是说他们只有继承，没有创造。恰恰相反，以周公为代表的周初统治者“事鬼敬神而远之”，在继续“观乎天文，以察时变”的同时，把很大一部分注意力转移到对世俗生活的关注和建立理想社会秩序的实践中来，逐步形成“观乎人文，以化成天下”的思维模式，完成了从“观乎天文”到“观乎人文”的转换。

王国维在《殷周制度论》中指出：周人制度之大异于商者，一曰立子立嫡之制，由是而生宗法及丧服之制，并由是而有封建子弟之制、君天子臣诸侯之制；二曰庙数之制；三曰同姓不婚之制。此数者，皆周之所以纲纪天下。其旨则在纳上下于道德，而合天子、诸侯、卿、大夫、士、庶民以成一道德之团体，周公制作之本意，实在于此。

周公们仍然在利用上古“天文之学”进行国事活动，这只是在周开国之初还来不及建立自己的意识形态和文化制度的情况下发生的，并且只是在一些重大问题上。而在周公们稳定国内局势并开始建立逐步完善的社会制度以后，他们便把注意力集中到国计民生这些世俗社会的政治、经济、文化生活中来，“人文之学”就成为关注的焦点，“观乎人文”成为他们考察问题的基本视角，其中当然也包括对文学的认识和理解。而统治阶级观念的转变不仅从根本上改变了他们的执政方式，也全方位地影响了人们的精神生活和文化生活。

关于周公的政治实践，《隋书·李德林传》载李德林复魏收书引《尚书大传》云：周公摄政，一年救乱，二年克殷，三年践奄，四年建侯卫，五年营成周，六年制礼作乐，七年致政成王。

周公的政治实践就文化思想观念而言，最值得关注的是他的“制礼作乐”。周公“制礼作乐”尚见载于《左传·文公十八年》《国语·鲁语》《礼记·明堂位》等。《左传·文公十八年》记季文子使太史克对鲁宣公曰：

先大夫臧文仲教行父事君之礼，行父奉以周旋，弗敢失队，曰：“见有礼于其君者事之，如孝子之养父母也；见无礼于其君者诛之，如鹰鹯之逐鸟雀也。”先君周公制《周礼》曰：“则以观德，德以处事，事以度功，功以食民。”作《誓命》曰：“毁则为贼，掩贼为藏。窃贿为盗，盗器为奸。主藏之名，赖奸之用，为大凶德，有常无赦，在九刑不忘。”

这是记载周公“制礼作乐”的最早最直接的证据，证明《尚书大传》所言并非无稽之谈。

当然，“礼乐”起源甚早，并非周公首创；礼乐制度固然形成于周代，但也非成于周公一人一时，其后还有一个不断完善的过程；周公只是周初统治者进行制度创新的典型代表。然而，以周公为代表的周人所开启的西周礼乐文明无疑是中国古代文化转换的枢纽，也是中国古代文学观念转换的枢纽。没有周公不会有武王灭殷后的一统天下；没有周公不会有传世的礼乐文明；没有周公就没有儒家的历史渊源，没有儒家，中国传统的文明可能是另一种精神状态；没有周公就没有中国古代文学观念的视角转换，中国文学可能会是另外一种面貌。

以周公为代表的周初统治者将礼乐文化建设建立在认真总结历史经验教训的基础之上，是一种十分理性的行为。他们认为，国家的兴衰治乱虽由天命，但根本的还在于民意；或者说天命是以民意做基础并通过民意来体现、来表达的。例如，周公平定武庚后，将殷商贵族、平民迁到洛邑，加上洛邑原住殷民，故殷人较多，为加强镇抚和管理，所以就决定实现武王遗愿营建洛邑为东都，以巩固周人的统治，同时利用殷人作为营建洛邑的劳动力。于是先叫召公到洛邑察看和筹划，接着周公和成王亲自到洛邑视察和督促洛邑营建。

周公反复强调的是“敬德”比“敬天命”更重要，指出不敬德正是夏、商败亡的根本原因。

当周公平定叛乱，将其弟康叔封于殷故地卫后，专门做了诰词警告他，要他吸取殷人酗酒亡国的教训，不要荒淫于酒，贪图安逸，要关心民生，培养德行。以为殷商灭亡是由于统治者淫佚引起民怨沸腾的结果。通过总结周之所以兴盛的经验特别是文王“明德”“慎罚”“显民”“保民”的思想来建立治国的理念，要求执政者不要迷信天命，要克制自己，关心民生，留意民情，重视生产。

周初统治者对历史的总结有正反两个重要参照：一个是周文王，一个是商纣王。商纣的败亡说明了“天命靡常”，故“宜鉴于殷”；而周的兴盛是由于“文王之德之纯”，故应“仪刑文王”。他们虽然宣称：“文王在上，于昭于天；周虽旧邦，其命维新。有周不显，帝命不时。文王陟降，在帝左右。”然而，他们并非像商纣王那样把自己的命运完全托付于“天”，而是警醒自己，要通过现实的行动和不懈的努力得到“天”的眷顾。

周公们既然已经认识到“明德”“慎罚”“显民”“保民”是周之所以兴盛的原因，也是周追求长治久安的可靠保证，既然已经由“神权史观”转变成了“行为史观”，那么他们所要做的重要工作自然是要建立一套制度，去规范人们的行为，也包括规范统治者自己的行为。因此，周公的“制礼作乐”也就围绕这一目标进行。所谓“制礼作乐”，实际上是以礼乐为核心建立的一整套行之有效的制度，使之成为能够约束人们日常行为的社会规范，从而使社会既有秩序又能够和谐，其思考的中心始终是人。

关于周公“制礼作乐”的精髓，后人多有解析。概括地说，“礼”是一套社会政治制度、道德标准和行为规范，“乐”是辅助这些制度、标准和规范落到实处的音乐、舞蹈和歌唱。“礼”重在“别异”，“尊尊之义”显矣；“乐”重在“合同”，“亲亲之义”明矣。“乐者为同，礼者为异。同则相亲，异则相敬。乐胜则流，礼胜则离。合情饰貌者，礼乐之事也。礼义立，则贵贱等矣；乐文同，则上下和矣；好恶著，则贤不肖别矣；刑禁暴，爵举贤，则政均矣。仁以爱之，义以正之，如此则民治行矣。”循着这一思路，周公们建立起嫡长子继承制、宗法制、丧服制、分封制、同姓不婚婚姻制、籍田制、井田制等。而与文学发展密切相关的还有社会政教言论管理制度。尽管学术界对周公“制礼作乐”的具体内容的看法因材料不够还存在一些认识分歧，但有一点却是大家赞同而无可否认的，那就是，周公们开启了周代以礼乐为核心的制度建设的先河，其根本宗旨是“纳上下于道德，而合天子、诸侯、卿、大夫、士、庶民以成一道德之团体”，让人人有“德”。

道德问题是一个复杂的问题，学术界已有很多讨论，这里不再展开。我们只想指出，殷商时期“德”用如“循”，为行走、出巡义；也用如“得”，为获取、得到义。在商王看来，他所拥有的一切都是其先祖从上帝那里获得的，他只须对上帝和先祖负责，不必考虑其他。殷商时代的“德”观念，视天命、先祖的赐予为“德”，这种赐予是无条件的、当然的，对于个人而言，得到天神和祖先的赐予乃是理所当然者，完全可以悠然自得，按照卜筮所展示的神意行事即可，不必再去考虑其他的许多问题。周人的观念则与此不同，这种赐予不再是无条件的、理所当然的，而是有条件的、有选择的。周人坚信因为文王之所以能够膺受天命，是在于他有两方面的突出表现：一是特别恭敬天命；二是让民有所“德”。正是在这个地方，显示了周人“德”观念的前进步伐。特别值得注意的一个现象是，周代彝器中的“德”字大异于甲骨文之处，是它所有的字都带有“心”的偏旁。结合“心之官则思”的古训，我们可以肯定“德”字从“心”，也就意味着“德”观念带有了更多的理性思考色彩。

“周公”们理性地思考“德”，把“德”放在现实利益的基础上来考量，提出要“敬德”“明德”“保民”“惠民”，就是要让人人有所“德”，以此建立理性社会秩序与和谐人际关系的现实基础，这与殷商贵族以为只有他们才可以享受其先祖的天命之德不可同日而语。周人的封建宗法，“选建明德，以藩屏周”，是要让贵族有“德”；“不敢侮鳏寡，庸庸，威威，显民”，是要让人民有所“德”。而这种“德”是用制度规定下来的权利和义务，它既是现实的，也是具体的。既然要考虑现实而具体的“德”，就不能不去关注人间的一切，使其制度切实可行。尤其是周公们对鳏寡孤独等社会弱势群体的关注，显示了他们对人的生命、人的尊严、人的现实要求的尊重。正是由于“周公”们的努力，中国早期人文精神才得以在社会上确立。

应该特别强调的是，周初所发生的明确而坚定的人文精神，并非只停留在观念层面，或者只在个人行为中体现出来，而是将它落实到制度的层面，辅之以政治的力量。王国维所谓周人制度之创新乃在于“纳上下于道德”，实际上是说“周之制度、典礼，实皆为道德而设。而制度、典礼之专及大夫、士以上者，亦未始不为民而设也”。而从其制度中反映出来的道德观念，充分体现出周人已经真正把眼光从殷人的醉心于天帝鬼神的虚幻世界转移到关注世俗生活的现实世界中来，实现了道德观念、信仰、政治立场和文化理念的重要转换。这种转换是全方位的。在政治操作层面，则由事事卜问鬼神向关注实际社会生产、生活，注意倾听民意、了解民情方面转变；而就文学观念来说，则必然会带来从“观乎天文”向“观乎人文”的视角转换。

（三）“观乎人文”的视点

司马迁总结社会的发展变化说：“夏之政，忠；忠之敝，小人以野，故殷人承之以敬；

敬之敝，小人以鬼，故周人承之以文。”用“野”来概括夏人的特点是准确的。考古学界经过几十年的探索发掘，初步确定河南二里头文化是夏代文化，尽管这种文化已经迈入文明的门槛，毕竟还是相对原始落后的。同样，用“鬼”来概括殷人的特点也是准确的，殷人尊神敬鬼，鬼神完全统治了商代社会意识形态和人们的思想观念，人文精神被鬼神压抑着生长缓慢，数以十万计的甲骨卜辞已证明了这一点。与殷人形成鲜明对照的是，周人开始摆脱天命鬼神的束缚，把注意力转向人间事务。他们认识到“天命靡常”，懂得“民之所欲，天必从之”的道理，从而把“敬德”“保民”作为统治思想，“偃武修文”，“制礼作乐”，建立起健全的宗法等级制度和完备的伦理道德规范。

周人重“文”，其中很重要的就是对历史经验和民意民情的重视，即“史鉴”和“民鉴”。以周文王为首的西周统治者关注历史经验和民意民情与殷商统治者关注鬼神启示和上天垂象，实际上代表两种不同的文化模式。顾颉刚曾将殷商文化和西周文化分别用“鬼治主义”和“德治主义”来概括，应该说是十分精到的。

周人文学观念从“观乎天文”向“观乎人文”的视角转换是全方位的。即是说，周人的文学立场、观点和方法都与殷人有着本质上的差别。如果要加以具体分析，周人文学观念的视角主要包括两个视点：一是以史为鉴，一是以民为鉴。而无论是“史鉴”还是“民鉴”，都是“观乎人文”而非“观乎天文”，这便与以“观乎天文”为主的殷人的文学观念区别开来。周人文学观念的视角转换可以从周初的文学作品中找到充分的证据。

1. “史鉴”

周人的“史鉴”意识在周公所作的大量乐歌和诗篇中都有反映。无论是对夏、殷败亡教训的反复强调，还是对周人成功经验的认真总结，都表明周公对世俗政治的关注，以及将社会政治理想建立在“人文”基础之上的努力。在对殷遗民的训示中，周公不仅用天命转移的思想来折服殷人驯服于周人的统治，而且强调天命的转移是殷人“诞淫厥泆，罔顾于天显民祇”的结果，不能抱怨周人，殷人应该对其“不明厥德”的后果承担责任。值得注意的是，周公对殷王中能够敬德保民者也予以赞扬，体现了其对历史的理性态度。

周公认为殷商有作为的君主都能勤政为民、“惟助成王德显”，“不敢荒宁”“不敢自暇自逸”。在强调只有关注“小民”“保惠于庶民”，敬德勤政，才能享国长久的同时，周公明确提出，要想国家长治久安，就不能迷信天命，要靠执政者自己的勤奋努力、扎实工作。在周公看来，周之所以兴，是太王、王季、文王努力奋斗的结果。

周公们已经不再把国家的命运寄托于天命，也不再以为鬼神可以真正让他们消灾免祸，而是清醒地认识到自己的行为才是造成结果的原因，统治者要对自己的行为负责，包括“立政”“立事”“一话一言”，他们已经用“行为史观”代替了“神权史观”。

《逸周书·史记解》所记穆王要求三公、左史戎夫将前代败亡的历史教训作为鉴戒，“朔望以闻”，也可印证周公所倡导的这种“史鉴”意识对周之后代统治者的深远影响。尽管《逸周书》所收各篇成书时代不一，但“《史记解》所记多与《纪年》合，当属可信，是中国最早真正以史为鉴的史学著作”。

2.“民鉴”

周公在摄政二年平定武庚之乱，接着践奄，四年建卫侯，将其弟康叔封于卫，并作册封“命书”《康诰》一篇。其中有云：古人有言曰：“人无于水监，当于民监。”

监者，鉴也，即镜子。古代铜镜发明之前，人们将水盛在盆中作为镜子来照鉴自己。周公引古人之言，是要其弟康叔不只要知道以水为鉴可以照见容貌，而且应该注意吸取殷人忽视民生漠视民情而导致败亡的历史教训，以民为鉴而知政治得失。周公要康叔不仅要谨遵父亲文王的德业和教诲，也要听取殷遗民的意见，吸收殷先哲的好的治国经验，以及古先王的遗训逸闻。他指示康叔要把黎民百姓和低级官吏的心意传达到各个大家族，把一切臣民的心声传达到王朝，认为这是做国君的责任。

显然，周人的“以民为鉴”并不只是停留在“人无于水监，当于民监”的思想认识层面，而是落实到了社会政治制度的层面。上引周公对康叔的要求已经说明，将各方面意见通过一定的渠道上达国君以至于天子，是按照“以民为鉴”思想所做的制度性安排。这种安排也是被周公在政治实践中认真加以贯彻的。《韩诗外传》提到，周公说自己“一沐三握发，一饭三吐哺，犹恐失天下之士”，其倾听民声、体察民情的亲民作风堪称典范。

这种在重民、为民、爱民基础上形成的倾听民声、体察民情的“天子听政”制度，与周公提倡的“当于民监”的思想完全一致，尽管它是为维护周人的封建宗法社会的稳定服务的，但它把眼光集中在世俗社会的日常生活上，重视各阶层人们的意见和要求，以此作为寻求社会稳定的基础，所体现的正是“观乎人文”的独特视角。

《逸周书》也提供了印证这一制度方面的若干史料，可以加强我们对这一制度的认识。周公要求“其善臣以至于有分私子，苟克有常，罔不允通，咸献言在于王所”，勉力协助周王治理国家，多提建设性意见。周公在遇到自然灾害时，不是像殷人那样一个劲地向鬼神寻求指引和帮助，而是首先征求“冢卿、三老、三吏、大夫、百执事之人”的意见和建议，而且要求所有官吏都不得敷衍隐瞒，必须如实报告。

通过制度保证言路畅通，既是下情上达的需要，也是上令下达的需要。这种制度设计深刻地影响着社会政治生活，从而也带来人们思想观念以至文学观念的变革。春秋早期便有不少政治家利用这一制度的影响来劝谏国君听取臣下意见。

厉王通过严刑峻法来堵塞言路其实是不符合周公所制定的言论制度的，邵公用来劝谏厉王的有力武器便是这一曾经行之有效的制度。并且，这一制度的内涵也是具体而清晰的，即“天子听政，使公卿至于列士献诗，瞽献曲，史献书，师箴，瞍赋，矇诵，百工谏，庶人传语，近臣尽规，亲戚补察，瞽史教诲，耆艾修之，而后王斟酌焉，是以事行而不悖”。厉王不听，最后被国人流放于彘，成为破坏这一制度而得到惩罚的反面典型。

周公所制定的言论管理制度是施行于天下的，在西周的大部分时期，各诸侯国也是遵照执行的。只是到了西周晚期，才有厉王这样的天子不守旧制，反其道而行之，遭致败亡。然而，即使这样，到了春秋初期，仍然有少数统治者坚持这一制度，如被称为“睿圣”的卫国国君武公，就在其治下施行过。人们仍然将其视为衡量统治者是否有德的重要参考依据。

周初统治者在制度设计中不仅注意倾听民意，而且注意关注民生、体察民情，其用心也有案可稽，甚至国家祀典，也做了是否有利于民生的解释，这种解释一直影响到春秋时期的执政者。

春秋前期的展禽强调祀典是以所祀者是否有利于国计民生为标准，固然不一定反映的是西周初期统治者的观念。然而，展禽既然谈的是“圣王之制祀”，就应该是西周传留下来的，而不是当时的制度。因此，我们仍然可以从中解读出周人“以民为监”的文化视角。

（四）文学在政教活动中的发育和成长

周人的“史鉴”“民鉴”制度不仅使统治者注意借鉴历史经验，吸取前代败亡教训，关心国计民生，注意民意民情，积极疏通上下间意见表达和思想情感交流的渠道，同时也自觉不自觉地创造着文学艺术的表现形式。

为让周之子孙世世代代记取历史的经验教训，周公主持制定了用于宴飨、朝会、宗庙的乐歌，即今所见《诗经》中的部分《雅》《颂》，来加强这种宣传，强化史鉴意识，让周人无时无刻不沉浸在“以史为鉴”的文化氛围之中。

南宋朱熹曾经指出：颂者，宗庙之乐歌，《大序》所谓美盛德之形容，以其成功告于神明者也……《周颂》三十一篇，多周公所定，而亦或有康王以后之诗。仅就可定为周公所作之《颂》诗而论，史鉴意识便十分强烈。当周人在宗庙演唱周公所作诗歌的时候，文王就不仅是作为他们的精神支柱而存在，而且是作为他们的现实榜样而信奉的，他们的行为必须与文王相一致才配为文王的子孙。

就“民鉴”而言，主要是对社会言论的规范管理和有效利用。所谓“天子听政，使公卿至于列士献诗，瞽献曲，史献书，师箴，瞍赋，矇诵，百工谏，庶人传语，近臣尽规，亲戚补察，瞽史教诲，耆艾修之”，其目的毫无疑问是为了政教的施行。然而，这样的言论管理制度无疑也促进着文学因子的发育和成长。与此相关的诗、曲、书、箴、赋、诵、传语、谣言，等等，都在不断地丰富着、发展着。《诗经》的《小雅》尤其是《国风》正是这一制度衍生的产品。《诗经》中的“正雅”“正风”是西周初年的作品，许多都是周公所定。这些“宴飨之乐”和“民俗歌谣”涉及的都是世俗生活内容，适应着不同场合的需要，有效地释放着人们的感情，极大地丰富了人们的精神生活。从《诗经》有关西周初年的诗来看，周室的统治者，多以深厚的感情，把自己和农业、农民融合在一起；所以《无逸》的精神是真正贯彻下去的。周初在得到大位以后，以戒慎恐惧的精神，整饰自己的行为，把政治的目的安置于爱民之上，并使自己经常参与生产劳作，保持直接的联系。

统治者的示范作用无疑是成功的，他们把自己的思想情感形之于诗，潜移默化地影响着社会的方方面面。由于《诗经》中的诗歌来自人们日常生活的实际感受和体会，为这些诗歌配上乐曲在宗庙祭祀、酬酢宴饮的场合演唱，不仅活跃了气氛，沟通了感情，也使得等级森严的宗法制度有了一种调节和谐的手段和途径。然而，这一切并不是通过政治的手段，而是通过文学和艺术的手段来实现的。而这种创造与他们对社会和人生的认识从“观乎天文”转向“观乎人文”的视角转换密切相关。没有对于世俗政治的热情，没有对于日常生活的关注，没有对于人的欲望的一定程度的认可，自然不会有反映人的普遍思想感情的诗歌的创作、收集、整理和制度化的应用。

还有一点需要指出，《诗经》中被视为“正风”的“二南”，在周人的“民鉴”制度中具有特别的意义，应该给以足够重视。孔子曾教育其儿子孔鲤说：“女为《周南》《召南》矣乎？人而不为《周南》《召南》，其犹正墙面而立也与?”孔子为何这样重视“二南”，后人的解释不尽一致。朱熹《诗集传》引程颐语云：天下之治，正家为先。天下之家正，则天下治矣。二南，正家之道也。陈后妃夫人大夫妻之德，推之士庶人之家一也。故使邦国至于乡党皆用之。自朝廷至于委巷，莫不讴吟讽诵，所以风化天下。

而今人则多以“二南”为爱情诗。将爱情诗列于《国风》之首，从而列于《诗经》之首，表明人们对于这种感情的重视和认可。不过，即使按照传统的理解，“二南”各篇乃是“陈后妃夫人大夫妻之德”，亦即说她们能够“得”夫妻感情之正，无论这“正”的内涵如何理解，由夫妻之情而推及的男女之情被作为了判断社会风化的一个标准，成为天子了解民情的一个窗口，而诗歌歌咏这种感情则成为天经地义，这便使得诗歌获得了最有活力、最具魅力的表现对象。事实上，男女之情是世俗生活的基本内容，交织着自然和社会的复杂关系，的确是最能够反映民情风俗的窗口，又是最能够表达人性人情的一个领域，周人对其特别关注并给以应有的地位，证明周人“观乎人文”是全面而理性的，而这样的文化视角也成为后来文学发展的一个重要方面。如果《诗经》“二南”不能肯定基于两性关系的夫妻之情，如果《诗经》“二南”的爱情表达不是那样纯洁、美好和甜蜜，如果后来的文学没有继承《诗经》“二南”的这种优良文化传统，也就是说，如果中国文学离开了独具民族特色的爱情的表达与赞美，中国文学还能够那样激动人心、撼人心魄吗？还会是今天我们所能看到的这样的面貌吗？

如果说在周初统治者们还惯性地继承着殷人“观乎天文”的文化传统，那么自周公“制礼作乐”以后，社会文化已从“神权史观”转向“行为史观”，文学观念也从“观乎天文”转向“观乎人文”。在“德治主义”文化背景下，原本被迷信笼罩着和压抑着的人文精神在西周得到发展，一些文学艺术因子也蓬蓬勃勃地生长起来，文化和文学的主体也发生了重要转变。而“成康之治”使得这一转变得以进一步巩固。

正是由于社会的安定，加以周统治者把主要精力用来关注社会民生，所以文化的发展也与社会政治和世俗生活联系，并形成制度。而周人“以史为鉴”和“以民为鉴”的基本视点，使文学具有与世俗政教和文化制度紧密联系的特点，也具有了表达人的思想感情和加强人与人之间情感交流的特点，而文学服务于政教并与社会文化制度和道德建设结合，文学承担起社会上层建筑、文化意识形态以至政治教化工具和情感交流工具的多重任务。这一基本格局不仅奠定了中国文学的发展基础，也制约着中国文学后来的发展方向。中国文学观念在其发生的这一过程中所开拓出来的人文精神成为中国文学发展的不竭动力之源，也成为中国文学最重要的文化传统和民族特色。西周时期“诗”的生产和消费是最有说服力的一个例证。

三、春秋时期中国古代文学观念的发展

（一）礼乐制度解构

西周初期，统治者在总结历史经验的基础上，秉持“天不可信，我道惟宁王德延”的信念，创造性地制定了为宗法氏族政治服务的礼乐制度，如嫡长子继承制、丧服制、封建

制等。这套制度主要是靠文教与文学来潜移默化。“以史为鉴”和“以民为鉴”的文学观念渗透到成体系的文化制度之中。

召公谏厉王弭谤时所提：天子听政，使公卿至于列士献诗。这是一项政治制度和文化制度。这种制度并非空无依傍，而是对历史传统的继承和弘扬。

师旷所云虽是周公以来的天子听政制度，但《夏书》已有类似的活动记载，说明渊源有自，只不过经过周公改制后，成了固定的政治制度而已。可见天子听政的内容并不止于听诗观政。这种制度曾经自上而下被认真地实行过。不仅天子听政，各诸侯也要仿效，以便了解民情，教化民众。

在少数恪守礼乐传统的诸侯国内，这一制度到了春秋初期，仍然在勉强延续着。如在西周末春秋初，卫武公便重新强调听政制度，要求在其国内认真实行。

卫武公是康叔九世孙，因其封地在共邑，故亦称共伯和。他曾任周厉王司马，周幽王十一年武公将兵往佐周平戎，被周平王册命为公；平王十三年去世，在位 55 年，被认为是当时最贤明的君主之一。卫武公生活在西周末春秋初，遵守的是天子以及诸侯的听政制度。

不管是天子听政或诸侯听政，其实是“观乎人文，以化成天下”的文化思想的制度化体现。这一制度开始实行的西周鼎盛时期，统治者们通过听政了解民情，确定人文教化的内容。统治者们主要利用礼乐文化和道德示范来影响社会。听政是统治者了解下情的一个渠道，他们还会将那些有利于其治理天下的嘉言懿行加以劝勉，以收移风易俗之效。

随着西周社会的衰落，统治者骄奢淫逸，于是上下壅塞，人民的意见和要求无人倾听，道德教化不行于列国，听政制度自然也就不可能继续实行下去。按照礼乐制度的设计，周王是普天之下的道德榜样，礼乐才会行于列国。厉王终因国人不满而被放逐，由共伯和代行王政。但传统的力量仍然是强大的，芮良夫对此深感不平。

卫武公在耄耋之年试图恢复听政制度，反映了周人礼乐制度解构过程中的焦虑。虽然礼乐制度已经奄奄一息，但礼乐精神在社会上还颇有市场，此举显然大于其实际政治意义。武公曾作诗以刺幽王宠褒姒、废申后等。他还作有《懿》诗以自警，今传本《诗经·大雅·抑》即此诗。从作者的生活年代和作品内容来看，说刺厉王则不大可信；如果是刺幽王，尚可成立。诗中“亦聿既耄”说明此诗作于武公晚年，很可能已到春秋初期。

威仪是以德行为根基的，无威仪就不能为人民树立榜样，而当时真正能作为榜样的只能是文、武、周公等先王。

这样的自我警醒和谆谆告诫令人感动，但武公对国丧民棘惶恐不安，希望年轻的贵族子弟能够和他一样经常反省自己，他试图在国内恢复听证制度可能正是基于这样的考虑。

在西周末春秋初，像卫武公这样维护周代礼乐制度并自省的统治者已经很少了，所以有人作《淇奥》赞美他，死后尊称为“睿圣武公”。有人认为周平王东迁后依靠晋文侯来振兴周朝是一个错误。

其实，卫武公所行在当时已经不能解决社会所面临的矛盾和问题。原因在于西周初年用统治者的文化理念和道德形象去影响下民，实际是一种政教合一的团体行为，卫武公所实行的听政则主要是想疏通听取意见的渠道，是一种自我教育的个体行为。武公的听政就社会整体来说已经不可能发挥上行下效的政教作用，因为社会成员对实际利益的考量早已超越对礼乐制度的尊崇，所以用听政来振兴社会只能是一种不切实际的幻想。武公的听政和自警就社会个体来说，反映了春秋初年贵族对自我的关注和认识，当时的贵族缺少自我约束和自我反省，听政和自警是种较好的方法和途径。

卫武公的听政和自警是礼乐制度的不自觉解构，是个体政治生命的应急性表达。这种解构和表达，反映出西周末年春秋初期与西周鼎盛时期的文化差异。西周末年春秋初期已承认各种社会主体的独立地位和独立人格，统治者自觉加强自我修养和自我约束，以获取社会的认可和尊敬。

（二）诗歌功能蜕变

尹吉甫因其任周宣王师尹，故称尹吉甫。他在西周末年的宣王时期，曾以卿士掌内史，也曾为大将。晚年遭谗流放，被幽王所杀。传说《诗经》是由他第一次结集进行的。“吉甫作诵”为《诗经》中少数有主名的诗歌的标志性符号，有人称他为“中华诗祖”。而从西周末年到春秋时期文学观念的演进不能不从这里寻找到某些重要的发展线索。

《诗经》中的《风》《雅》，历来有“正”“变”之说。“正风”“正雅”：《国风》和大、小《雅》中作于西周鼎盛时期的作品。“变风”“变雅”：《国风》和大、小《雅》中作于西周衰落以后的作品。由于西周社会衰落，人们生活在水深火热之中，“变风”“变雅”和“正风”“正雅”有了风格差异。表达对统治者不满，实行讽谏，成为“变风”“变雅”的主要思想内容。

在尹吉甫所作诗歌中，经常看到的主要是歌颂。如《烝民》：“四牡彭彭，八鸾锵锵。……仲山甫永怀，以慰其心”；《江汉》：“虎拜稽首，对扬王休。……洽此四国”。这几首诗的主旨，说法大体一致。对《烝民》，《毛诗序》：“尹吉甫美宣王也……周室中兴焉。”朱熹：“宣王命樊侯仲山甫筑城于齐，而尹吉甫作诗以送之。”对《江汉》，《毛诗序》：“尹吉甫美宣王也。……命召公平淮夷。”朱熹：“宣王命召穆公平淮南之夷，诗人美之。”尹吉甫所作的这些诗，都是把主旨落脚到颂美周宣王中兴。这种颂美风格在“变雅”中显得十分突兀扎眼，似乎与“正雅”的风格较为接近。

这样就有两个问题需要讨论：第一个问题，宣王是否真正中兴过？第二个问题，尹吉甫的颂歌到底透露出怎样的文化？

第一个问题，前人的论述是矛盾的。宣王中兴似乎存在过《毛诗序》，有一批宣王时期的作品及《诗》家的解说为证。既然宣王确实中兴过，那些“穆如清风”之作为何要视为“变雅”呢？只是因为宣王在西周晚期就将作品归入“变雅”之列，似乎不能令人信服。其实，《诗》家们已经注意到宣王并不是一个真正的中兴之王。

在《毛诗序》作者看来，《六月》所体现的是“正”《小雅》精神的全面缺失和衰颓。所以《六月》之诗在传统《诗》家看来，正是“变”《小雅》之作始。

《诗》家的眼光是敏锐的，宣王不能算是中兴之王。宣王“不籍千亩”“立戏伐鲁”等所作所为动摇了周王室的根本，埋下了天下大乱的祸根。

“不籍千亩”据《国语·周语上》：“宣王即位，不籍千亩。……战于千亩，王师败绩于姜氏之戎。”籍田礼自厉王废止，宣王不复再行。农业是此时经济的根本，生产方式有赖于上下一体的协同劳动精神。宣王要振兴周室，应该恢复籍田礼才是，但显然他是反对籍田的。

周宣王“立戏伐鲁”的错误举措，严重损害了周天子的威信，从根本上动摇了西周的封建宗法制度。宣王十三年，宣王以个人好恶废武公长子括而立其少子戏，是为懿公。十一年后，宣王起兵伐鲁，杀伯御，立懿公弟称。此举造成了极为恶劣的影响和十分严重的后果，“自是后诸侯多畔王命”。宣王即位后既不注意发展生产，任意破坏封建宗法制度，又加强了对周边少数民族的征讨，征淮夷，劳民伤财，造成了西周更进一步衰落。

其实，宣王时期有不少诗歌反映人民当时的苦难和愤怒。如“《序》以为刺宣王之诗。……故军士怨而作此诗。”《小雅·白驹》：“皎皎白驹，……所谓伊人，于焉逍遥。”《毛诗序》以为：刺宣王也。宣王时期人民的生活并不比厉王、幽王时期强多少。愤愤不平中也可证明宣王并不是一个为民众所拥戴的天子。

第二个问题，回到尹吉甫的诵诗上来，尹吉甫在用诗歌阿谀奉承、粉饰太平。他已经把诗作为了个人的宣传工具，也换来了别人对他廉价的恭维：“文武吉甫，……既多受祉。”尽管西周鼎盛时期有许多祝福的诗歌，但那是对理想的礼赞，不是针对个人的，是针对周民族的，它们所反映的是一种事实。尹吉甫对宣王的这种颂美，很多情况下是个人利益的盘算，因此这种赞美造成社会价值观念的混乱，引发社会的更大动乱。

卫武公的自警和尹吉甫的作诵从正反两方面说明，文学的社会功用正悄悄地发生着变化，《诗》《书》等传统文学逐步演变为实现个人政治目的的工具，文学有了脱离礼乐制度而独立的倾向。

周灵王十三年，卫献公被国人驱逐出境，晋侯："卫人出其君，不亦甚乎？"师旷说："或者其君实甚。良君将赏善而刑淫，……夫君，神之主而民之望也。若困民之主，匮神乏祀，……是故天子有公，诸侯有卿，卿置侧室，大夫有贰宗，……自王以下，各有父兄子弟以补察其政，史为书，瞽为诗，工诵箴谏，……《夏书》曰：'遒人以木铎徇于路，……'正月孟春，于是乎有之，谏失常也。……以从其淫，而弃天地之性，必不然矣！"

君为民所立，不可不爱民；君弃天地之性，人民可以将君抛弃；对社会层级的理解：君臣上下是相互依存的，臣下应多为规劝，社会才能和睦地运转。春秋时期人们多以为听政主要是有利于君上接受批评意见。统治者们更多地关注听政对于君主个体道德修养的作用，忽视听政制度所蕴含的对社会群体进行礼乐教化的重要意义。春秋时期则将听政理解为听取意见的形式，这种变化与人们对《诗》《书》等传统文学功用的理解的变化是一致的，尹吉甫的诵诗开启了春秋时期人们对文学实用化、功利化理解的先河。

（三）文学价值新变

春秋时期，在人们对于文学功用的理解悄悄发生着变化的同时，人们对文学价值的判断也在发生着变化。鲁襄公二十四年春天，晋国与鲁国大臣的一段对话便充分反映出这种变化之深刻。《左传·襄公二十四年》载：二十四年春，穆叔如晋，范宣子逆之问焉。曰："古人有言曰，死而不朽，何谓也？"穆叔未对。宣子曰："昔匄之祖，自虞以上为陶唐氏，在夏为御龙氏，在商为豕韦氏，在周为唐杜氏，晋主夏盟为范氏，其是之谓乎？"穆叔曰："以豹所闻，此之谓世禄，非不朽也。鲁有先大夫曰臧文仲，既没，其言立，其是之谓乎！豹闻之，大上有立德，其次有立功，其次有立言，虽久不废，此之谓不朽。若夫保姓受氏，以守宗祊，世不绝祀，无国无之。禄之大者，不可谓不朽！"

范宣子名匄，晋上层贵族，祁姓，范氏，因范氏为士氏旁支，故又称士匄。谥宣，史称范宣子。其祖士会于晋景公时掌国政，父士燮历任上军佐、上军将、中军佐。士匄此时亦任中军佐，执国政。穆叔即叔孙豹，姬姓，叔孙氏，为鲁国三大掌权贵族之一。谥穆，故史称叔孙穆、穆子、穆叔。时为鲁大夫，负责外交事务，其表现高雅、礼貌、得体，为列国所尊重。晋、鲁两国大臣的这段对话具有划时代意义，反映两种完全不同的价值观，而这两种不同的价值观正好将西周时期文学与春秋时期文学的不同价值取向区分开来。

西周时期的文学尽管已经把文化视点从“观乎天文”转向“观乎人文”上来，然而，西周人“观乎人文”的基本内容主要是氏族的兴旺、宗族的繁衍、集团的利益、社会的秩序等等。如《诗经·周颂·天作》：“天作高山，大王荒之。彼作矣，文王康之。彼徂矣，岐有夷之行，子孙保之。”《闵予小子》：“念兹皇祖，陟降庭止。维予小子，夙夜敬止。于乎皇王，继序思不忘。”《下武》：“媚兹一人，应侯顺德。永言孝思，昭哉嗣服。昭兹来许，绳其祖武。于万斯年，受天之祜。”《常棣》：“妻子好合，如鼓瑟琴。兄弟既翕，和乐且湛。宜尔室家，乐尔妻帑。是究是图，亶其然乎！”描绘和歌咏的都是在礼乐制度环境下贵族温馨、融洽、和谐、有秩序的生活。而对于那些不能遵守礼乐制度、违背礼乐精神的言行，统治者却是要严厉打击的。

礼乐制度与封建宗法政治的结合，使周人的宗法等级观念得到进一步加强。本来，周文王时期宗法制度已经形成，所以周人在克商以前所建立的国家与商王国类似，即皆是以王的同姓宗亲为主要支柱，以家族宗法制度为政治之本。克商以后，周人虽然采取了许多促进民族融合的措施，但是他们并未能从根本上改变传统的以宗族为基本单位的社会政治结构，而只是改变了旧有家族生存的环境与形式，造成了在封建统治下以新的方式生存的诸种类型的家族。然而，周人为了有效地实行宗法统治，在其封建诸侯后血缘家族已经分散、其他族系大量渗入周人家族的条件下，转而更加强调族内等级名分，在西周贵族家族中，作为家族长的父兄与其下属子弟之间的亲族关系，虽仍是维系家族共同体的根本纽带，但已完全采取了严格的宗法等级关系的形式，亦即染上了浓厚的宗法等级制的色彩。而此种关系进一步发展的结果即是其走向政治化，演化为家族内部的君臣关系以及一整套强化此种关系的礼仪制度。这是血缘关系政治化亦即家族政治的最高形式，但同时又是本来意义上血缘亲族关系进一步减弱的表现。周人家族关系的演化及其宗法政治的要求也是推动周人礼乐制度建设的动因之一。人们不仅要在家族内部找准自己的位置，承担起相应的家族责任，也要在社会关系中找准自己的位置，承担起相应的社会责任。世卿世禄制则是适应这种要求的重要政治制度和基本措施之一。因此，一个家族的世卿世禄，不仅证明着它的繁衍不息，说明它在社会上的声望卓著，同时也体现着这个家族成员的社会价值。

周人对于自己家族世卿世禄的荣耀发自内心的骄傲是种普遍的社会意识。所以，当范宣子和叔孙豹讨论不朽的问题时，便不无得意地提出自己家族从陶唐氏、御龙氏、豕韦氏、唐杜氏，到晋主夏盟为范氏，累代荣光，可以称为不朽。这种不朽观在西周时期大概是不会有人质疑的，然而，到了春秋时期，人们的价值观念发生深刻变化，这一传统价值观并不为所有人接受了，叔孙豹甚至提出了相反的意见。在叔孙豹看来，范宣子谈的世卿世禄“无国无之”，不能称为不朽，而只有像鲁国已故大夫臧文仲那样，人虽已死，其言却存立于世，故可以称为不朽。

由“三不朽”价值观所形成的中国特色价值文化传统，正开启在春秋时期，或者更准确地说，开启在春秋中期，而文学价值观的新变也包含在春秋中期所开启的这种价值文化传统之中。

以“世卿世禄”为“不朽”的价值观是以家族为单元的身份判断，以“立德、立功、立言”为“三不朽”的价值观是以个体为单元的行为判断。如前所论，以周公为代表的周人将殷人的“神权史观”改变为统治者的“行为史观”，奠定了殷商文化向西周文化转型的基础。然而，这种“行为史观”仍然着眼于整体的观察，氏族或民族是其思考的基点和角度。即是说，他们是把殷人或周人作为一个民族整体来思考的，个体（如纣王和文王）也是作为整体的代表提出的。因此，以世卿世禄为不朽的观念其实在《尚书·周书》《诗经·周颂》和《大雅》中普遍存在，在西周的彝器铭文中也普遍存在。然而，世卿世禄的不朽观总会或显或隐地要将周人的世代福祚寄托于天命和天道，只有在人们觉得天命和天道对他们已经毫无用处的时候，才会彻底地抛弃它们。

而以“立德、立功、立言”为“三不朽”的价值观正是在批判天命和天道的基础上，将“集体行为史观”改换成为“个体行为观”，要求每个人都对自己的行为切实负责，既不要依赖于家族，更不要寄托于上帝。与此相联系，“立德、立功、立言”一定是个体独立的行为，其不朽自然也是个体生命的不朽，它并不是或主要不是与家族的煊赫相关联。

这是西周天人合一思想的革命。臧文仲正是这一思想革命的继承者和推动者之一，他不仅救了巫尪，也提醒鲁君关注民生、勤理政务，结果减少了旱灾对鲁国人民造成的伤害，所以叔孙豹以为他的立言可以不朽。

以“立德”“立功”“立言”为“不朽”，摆脱了家族的局限，使人们把注意力集中到个体的现实行为上来，这实际上起到了鼓励人们解除宗法等级限制、开展独立创造活动的作用，也让价值评判尽可能与人们的社会实践相统一。正是由于价值观念的转变，人们对许多问题的认识都与西周有了明显的差别，对君臣关系的理解就是典型的例证。对于君臣关系的理解，不是宗法政治的理解，而是在新的价值观念影响下对君臣行为做出的新的价值判断。

人们可以通过文学“立言”来实现自身的不朽，同时也可以通过文学“立言”来表达个人对社会的认识和评判。这样，文学就不再只是维护氏族团结的一条纽带，或是礼乐教化活动的一个部分，而且是人的社会实践的一项独立活动，是社会批判的一种锐利武器，也是个体实现人生不朽价值的一条重要途径。于是，诗人们唱出了“周宗既灭，靡所止戾。正大夫离居，莫知我勚。三事大夫，莫肯夙夜。邦君诸侯，莫肯朝夕。庶曰式臧，覆出为恶”；“父母生我，胡俾我瘉。不自我先，不自我后。好言自口，莠言自口。忧心愈愈，是以有侮”“何草不玄，何人不矜。哀我征夫，独为匪民”这样的心声，与西周鼎盛时期的诗歌判若隔世，它反映着诗人对个体生命的尊重和自我价值的维护，而这正体现为文学观念转变过程中的文学新变。

中国文学观念的转变不仅与文学新变直接相关，也与春秋时期人文主义精神普遍高涨联系紧密，并且二者互为因果。而春秋时期人文主义精神的高涨，又是与“礼崩乐坏”“官失学守”“学在四夷”的文化解放相一致的。庄子称这个时代为“道术将为天下裂”，西方学者则称之为“哲学的突破”。

这种人文主义思潮是对人的全面关注和对人神关系的重新思考，它是士人文化的精神之源。《左传》便记载了不少春秋以来人们对人神关系思考的实例。春秋时期人们真正把眼光从神鬼的世界转向人的世界，有作为的政治家无不把人放在中心位置来考虑政治问题，人道立场和人文精神逐渐成为时代的思潮。这些认识思潮体现出鲜明的理性主义态度和强烈的人道主义精神，而这种态度和精神正是春秋末期孔子文学观念的思想文化源泉，也是社会文化形态和文化主体变迁所得到的重要思想成果。

四、中国古代文学观念发生的标本——诗

（一）“诗言志”与原始乐教

在讨论中国古代文学观念时，人们十分重视“诗言志”，并做过许多研究，但这一观念究竟发生在何时，却见仁见智，众说纷纭。

以顾颉刚为代表的“古史辨派”：“尧、舜是春秋以降所造假古史的一部分，……《孟子》上的引文更是因《尧典》去踵事增华所做……”这样，《尧典》的史料价值便大打折扣。既然《尧典》已是伪造，其所谓“诗言志”云云就不会是很早的观念。考虑到《左传·襄公二十七年》载晋大夫赵孟有“诗以言志”及《国语·鲁语下》载师亥有“诗所以合意”之悟。如果接受《尚书》研究专家意见，承认《尚书·尧典》中有“远古的

素材”，“言志”属于这种材料，那么赵孟、师亥可能是受了远古“诗言志”观念的影响。反之，则是春秋战国时期的伪造者“拟作”的。如果是前者，说它是“千古诗教之源”自然可以成立；若是后者，以上的说法就难以成立了。

笔者赞成“诗言志”的观念发生甚早，可以作为“千古诗教之源”。理由如下：

第一，尧、舜时代属于传说时代，由于是传说，也就难免夸饰；由于是追记，也难免是记录者的主观认识和理解。如果我们说人们是存心伪造历史，而否定这个传说时代的存在，那么一切民族的史前史都会被抹去。先秦诸子对尧、舜虽有不同的记述，对其人其事的评价也颇有差异，但却没有否定尧、舜作为历史的存在。人们在百家争鸣的时代会对历史有不同的理解，但却不会用伪造的古史来证明自己的学说，这是符合普通常识和一般逻辑的。龙山文化可与尧、舜时代相对应，与传说的尧、舜时代的年代基本相当。这一城址由早期小城、中期大城和小城三部分组成。遗址墓葬分大、中、小三类，小墓占90%左右，随葬的蟠龙纹彩绘陶盘、特磬和各种玉器等多达200来件，说明当时已出现阶级分化。遗址出土的一件陶扁壶器壁上还发现用毛笔朱书的“文尧”二字。种种迹象表明，尧、舜的传说不是空穴来风。

第二，说尧、舜时代有“诗”，可以做合理的推论。《击壤歌》《康衢谣》等，之所以都不可信，是因为这些作品中反映的思想观念与尧、舜的时代不符。《击壤歌》中“帝何力于我哉”之类不敬上帝的言论，不可能是帝尧时期的一个老人所敢言。然而，说舜与诗有些关系却一点也不夸张。舜其实也是很懂乐的，他早期可能也是乐官，因为他非常了解古乐教。如果此说可信，很难说相传的这四句话不是诗，它也许正是古乐教的一部分。

第三，如果说以上两点还只是推测，那么说殷商时期已经有诗还可以找到其他许多证据。今本《诗经》有《商颂》《国语·鲁语下》载闵马父云：昔正考父校商之名《颂》十二篇于周太师，《诗谱》载：“问曰：周太师何由得《商颂》？……故有之。”正考父是孔子七世祖，宋为殷商后裔，周太师得以保存殷商诗乐。今本《诗经·商颂》自然应为商诗。但《史记·宋微子世家》：“襄公之时，修行仁义，……作《商颂》。”明确提出《商颂》为正考父作，时间定在春秋初期。孔颖达作《毛诗正义》详加辨证，力主商诗说，商诗说几成定论。《诗经·大雅·大明》殷商之旅，其会如林。……无贰尔心！自然属于商诗。《国语·晋语四》载公孙固对宋襄公引《商颂》“汤降不迟，圣敬日跻”，此说明今传本《诗经·商颂》在襄公前已流传。

古人所理解的诗和今人是不一样的，繇词具有诗的性质。《周易古史观》：“自屯卦至离卦是原始时代至商末之史”；“无平不陂，无往不复。艰贞无咎，勿恤其孚，于食有福”。直接的证据更有出土甲骨卜辞，“东方曰析，风曰协。……北方曰宛，风曰伇。己巳王卜贞，今岁商受年。……北土受年，吉”等，很难说这些不是诗。至于这种观念是否与“诗言志”有关，则是可以讨论的。

“诗言志”观念可能是殷商时期就有的观念。诗这种观念，据《尚书·尧典》应该是殷商前就有的一种古老观念。《左传·文公十八年》中“慎徽五典”六句即今文《尚书·尧典》的内容，其材料来源应该更早，尽管今传本可能有后人整理增补的内容。大体可以判断这是对于远古原始乐教的一种追忆，不必执着于它就是虞舜时期的真实记录而已。

相传夔是舜帝的乐官，舜命夔典乐教胄之子。古代所谓乐，其范围甚广，从最广泛的意义上说，古代的乐也包括了音乐、诗歌、舞蹈。古人认为声、诗、歌、舞等是最能够真实反映人的思想感情的。

考古界发现新石器时代就产生了乐器，发掘出土的殷商乐器如磬、鼓等，不胜枚举。古乐其实是上古人类生产、生活的重要部分，其中隐含着原始人类“交感巫术”的信仰。

以降神为主的乐舞中其实也可能包含有诗，诗有六篇：《昊天有成命》《武》《酌》《桓》《赉》《般》。占卜祭祀中也有诗，《周礼·春官宗伯》：“大卜掌三兆之法……以邦事作龟之八命；一曰征，二曰象，……七曰雨，八曰瘳。”郑玄注：“国之大事待蓍龟而决者有八，定作其辞，于将卜以命龟也。”又《周礼·春官·诅祝》：“诅祝掌盟、诅、类、造、攻、说、禬、禜之祝号，……以质邦国之剂信。”如果这些记载和解说可信，那么祝卜所作所掌之辞多为与鬼神沟通之诗。

以上述材料作为参照，《尚书·尧典》是符合古乐教传统的。夔所进行的乐教的对象是“胄子”，“元子以下至卿大夫子弟”。乐教的内容包括“诗”“舞”等，这也在古人所理解的乐的范围之内。“八音克谐，无相夺伦，神人以和”，说明了乐是人交通天地神鬼的重要手段。如果分析成立的话，那么，“诗言志”就只是沟通人神的一条途径，如饶宗颐：“诗言志指向神明昭告。”因此，《尚书·尧典》所云“诗言志”是“指向神明昭告”的一个环节。

结合《尚书·尧典》和古乐教考察，“诗言志”的“志”应处于闻一多所说的发展途径的第一阶段。因为“击石拊石，百兽率舞”是一种集体交流形式，对于参与者表达的也只是群体的愿望和要求，“志”只能是集体意志。在乐教中或者在后来的祭祀活动中，乐官表达集体意愿；表达集体意愿必须记忆，以期得到“神明昭告”。之所以用诗，是因为韵语之诗能够与音乐相配合。中国诗歌发展史上的第一个阶段，是诗歌观念史上的第一个阶段，是文学观念还没有能够脱离巫术而独立发展的一个阶段。这个阶段文字逐渐成熟，巫史们将“神明昭告”记录下来以备查验，“诗言志”之“志”也有了记录的含义。

（二）“献诗陈志”与西周礼教

“诗言志”原本是祭祀文化观念的一部分，到了西周初期，周公根据现实社会的需要“制礼作乐”，“其旨则在纳上下于道德，……庶民以成一道德之团体”，诗便具有了新的内涵和价值。

诗仍然在占卜和祭祀场合“指向神明昭告”，社会政治从“鬼治”转为“德治”，文化观念从“观乎天文”转向“观乎人文”。周人“以史为鉴”和“以民为鉴”的基本文化视点，既有使文学将世俗政教和文化制度与之相联系的特点，也使它具有了表达人的思想感情、加强人们情感交流的特点。毕竟文学服务于政教并与社会文化制度和道德建设结合，这一基本格局不仅奠定了中国古代文学的发展基础，而且对于诗所发挥的重要作用，对于诗的认识也发生了重大变化。

西周时期诗的生产主要是职务行为。据《左传·昭公十二年》：“昔穆王欲肆其心，周行天下，……王以是获没于祗宫。……”《诗经》中西周诗歌有主名的诗歌都是贵族所作，证实了“公卿至于列士献诗”的可信。如《大雅》中的《文王》《文王有声》等为周公颂文王及先祖之德以戒成王而作；《大雅》中的《公刘》为召康公戒成王而作，《板》为周大夫凡伯刺厉王而作，《常武》为召穆公美宣王之作；《何人斯》为苏公所作，《宾之初筵》为卫武公所作。那些无主名的诗歌，也多是“贵族的歌谣”。民间的歌谣是由遒人采集并经乐官们整理后奏献给天子的。

有一个学界聚讼纷纭的问题需要辨析，那就是所谓“采诗”。通过文献的考校，能够确定采诗之制在西周是曾经存在过的。杜预：“《逸书》：遒人，行人之官也。……徇于路，求歌谣之言。”将“遒人以木铎徇于路”解释为采诗。木铎、金铎乃因铃舌为木为金而区别。关于采诗时间，叶时：“夏以建寅月为岁首，故以孟春徇之；周……其意一也。”

公卿列士有献诗之义务，为政目的十分明确。民间诗歌是经遒人采集并经乐官瞽史整理后奏献给天子的。这些进入体制文化的诗的形式十分复杂，也许还有祝诅之辞的影响。西周社会，政教合一，人们在宗庙祭祀、朝会宴饮时用诗，使诗的文化教育作用进一步凸显。从今传本《诗经》看，尽管有些诗后来被用于宗庙祭祀，歌颂对象主要是先祖，如太王、武王等；内容也是他们的勤劳勇敢和敬德爱民。这样的宗庙祭祀，增进宗族凝聚力，对宗族子孙也是传统教育。西周中后期的大量雅诗和风诗被用于贵族宴饮等生活场合，起到了沟通情感的作用。这时的诗已渗透到社会生活的方方面面，主要是现实社会生活的记录和真实情感的表达。

在诗的生产和消费过程中，诗是礼乐文化的一部分并为礼乐制度服务。因《肆夏》是天子礼遇诸侯的乐曲；《文王》是诸侯相见时所歌诗篇。西周时期的诗乐是从属于礼的，并且应用于一切正式场合。《仪礼》有颇为详细的记载。

在西周，诗还没有取得独立地位。“六诗”其实“是服务于仪式上的史诗唱诵和乐舞”。释“以六律为之音”云：“以律视其人为之音，知其宜何歌。”“六诗”只是乐教的一部分，乐教是为礼教服务的。在乐诗的实际应用中，诗也是乐的一部分，并且是为礼制服务的。

从西周的诗歌生产和消费来理解西周之诗：

第一，西周诗是公卿大夫所献颂美教谏之词，这些诗均比于音律奏献给天子听政。诗是朝廷政教的组成部分，成为社会生活的重要内容。

第二，西周的诗都是乐歌，而西周六艺之教有礼、乐而无诗，来实现其为礼制服务的目的。原始乐教是人神沟通的桥梁，西周乐教是宗族情感的纽带，人们对诗的理解是它在礼乐教化中的作用。

第三，西周宗法等级制度是由许多仪式和规范来体现的，渗透到宗庙祭祀等日常生活之中，成为一种仪式和规范。作为仪式而配乐演唱的诗，意义和价值是在礼乐制度中依据社会规范所赋予的。

这就能够理解为什么《毛诗序》：“《关雎》，后妃之德也，《风》之始也，……用之邦国焉。”这是西周人的旧观念。它们并非今人所理解的爱情诗。

形式永远重于内容，人们主要考虑的是仪式的程序是否正确，对于歌词内容是不予深究的。《鹿鸣》《四牡》《皇皇者华》在西周主要被用于宴享，不管《四牡》是否“劳使臣之诗”。西周诗的意义是与乐配合着实现的。如果西周有“诗言志”的观念，那么“志”仍然是集体意志，是按照职务要求所提供的社会情绪和宗族情感。

诗的观念已与原始乐教对诗的理解有了很大的不同，“志”是指向世俗社会的政治伦理秩序。诗与政教的密切结合，孕育着诗的独立发展的需要与可能。

（三）“赋诗言志”与春秋诗教

春秋时期是诗的观念得以独立发展的重要时期。观念的独立发展为文学观念的成熟准备了思想文化资源。

春秋初期，配合乐教为礼制服务仍然是诗的主要文化功能。卫武公在卫国主动要求臣下交戒训导他，说明西周的献诗听政制度在春秋初年仍在延续。今传本《诗经》在《国风》的“二南”之后便列“三卫”之诗，反映出“卫诗”在《诗经》中的特殊地位。

春秋时期毕竟是一个天翻地覆的时代，以强凌弱，以众暴寡，王纲解纽。像卫武公这样真诚维护礼乐制度的国君已是凤毛麟角。更多的诸侯通过强兵富国，争取成为霸主。诗乐的典礼仪式阻碍了他们的价值追求。他们开始突破礼乐制度等级规定来使用诗乐，诸侯们带头对礼乐制度的破坏和对诗乐的随意应用，诗便进入摆脱礼乐束缚的新阶段。

诗的独立发展主要通过两个途径来实现：通过“赋诗言志”以摆脱乐教的束缚；通过“礼”“仪”之辨以摆脱典礼仪式的束缚。二者相辅相成，为诗的观念解放和文学观念的成熟奠定了基础。

春秋时期有代表性的“赋诗言志”，诗主要是原来与乐配合演唱的，被作为礼乐文化教材的《诗》。“赋诗言志”在“诗”摆脱“乐”的情况下独立地执行。“赋诗言志”通过所赋之诗来观赋诗者之“志”，诗本身具有的独立意义也被凸显出来。

春秋时期的“赋诗言志”，重大决定大多通过赋诗来表达，会形成一些基本原则。从《左传》记载来看：“歌诗必类”“赋诗断章”。“歌诗必类”就是强调对古诗传统义类的继承。因“歌诗不类”而招致诸侯联盟的讨伐，说明了“赋诗言志”在国家政治生活中发挥着多么重要的作用。“赋诗断章”就是赋诗时“断章取义”，取所用诗章的字面意义，与表达的意思绾合。诗之义和赋诗者之意因断章得以绾合，不仅凸显了诗章字面的意义，也使得诗能够摆脱乐的束缚而获得独立的价值。

“歌诗必类”和“赋诗断章”促进了诗乐的分离和诗义的独立，通过“礼”“仪”之辨使诗得以摆脱典礼仪式的束缚。在春秋中叶以前，“礼仪”在人们心目中是不可分割的；春秋中叶以后，“礼”与“仪”在人们心目中却被分割开来。

在春秋中后期“单纯的仪式不再拥有意义的权威，人们开始视礼仪本身合理性的依据”，昭公二年晋叔向赞扬鲁叔弓知礼：“忠信，礼之器也；卑……先国后己，卑让也。《诗》曰：敬慎威仪，以近有德。……”“礼”并非《仪礼》所强调的那些仪节，它体现为社会伦理和政治行为；“礼所以守其国，行其政令，无失其民也”。

《诗》充分反映出诗教在春秋中叶已取得独立地位，价值已为社会所公认。教《诗》的目的是为“导广显德，以耀明其志”。“明志”也与个人文化教育和道德修养相关联。北宫文子以《诗》为据来讨论威仪，说明《诗》对于理解和建立威仪是有效的，“导广显德，以耀明其志”就是要建立威仪。诗教亦即人教，诗学亦即人学；是怀抱，也是形象，是人格，是人之所以为人的全部内涵。诗教让诗承担起规范社会意识形态的责任，为文学观念的成熟提供了思想文化基础，诗也从仪式的羁绊中被彻底解放出来。

春秋末期的孔子开私人办学之先河，其教育思想和内容一脉相承，可以说是对春秋中叶以来诗学思想和诗教传统的继承和发展。事实上，他对《诗》和礼、乐关系的论述倒是符合《诗》、礼、乐在春秋发展演进的实际。《论语·述而》：“子以四教：文，行，忠，信。”《诗》列“文教”之首。孔子之所以能够在春秋末期提出关于“文学”的观念，源于他对于诗在社会生活中独特作用的认识。这种文学观念与今人的文学观念有很大差别。

五、孔子后学的观念

（一）孔门“四科”

不管是文化形态的文学还是观念形态的文学，中国上古都有漫长的发展历程。文学真正作为一个概念被提出，始于孔子。因为孔子的文学观念对于中国文学发展的影响巨大而深远，所以有必要对孔子文学观念的确切内涵做一番深入细致的剖析。

孔子先为宋国贵族，曾祖父防叔因宋国内部矛盾而出奔鲁国。孔子幼年丧父，贫且贱，勤于学。政治理想在鲁国不能实行，带领弟子周游列国，备尝艰苦。晚年回到鲁国，撰《春秋》，成为中国历史上最伟大的思想家、教育家、文学家。孔子的生平事迹和主要言论比较集中地反映在《论语》中，但后人以为它们不能代表孔子思想。讨论孔子的思想，可以结合出土文献及汉以后人所述孔子的某些言论。

孔子开创私人办学之先河，以《诗》《书》《礼》《乐》教弟子。

“四科”中所提到10人被称为“孔门十哲”。孔子认为此10人是“四科”中最为杰出的代表。可以肯定地说，有一个可以称之为“文学”的东西存在。不管它是否符合，也不会改变它是最早提出的文学概念这一基本事实。

“文学”的含义关系到对孔子文学观念的基本认识，因为“文学”为孔门“四科”之一，最好是从分析孔门“四科”入手。

对于孔门“四科”，宋代邢晨说《论语·先进》所载孔子的这段话，“孔子闵（悯）弟子之失所，……皆不及仕进之门而失其所也”，“言若任用德行，则有颜渊、闵子骞、冉伯牛……若治理政事，决断不疑，则有冉有、季路二人……子夏二人也”。应该说，解释总体思路是正确的，但他的解释却有欠准确。

孔子办教育的目的主要是为社会培养“贤才”。“学以致用”是孔子办教育的基本原则。“用”不是指一般的社会实践。“学而优则仕”是对孔子教育思想的归纳与总结。孔子认为学习礼乐后才做官的是平民，有了官职才学习礼乐的是贵族，他赞成选用先学习礼乐的平民作为贤才。社会处于急剧的变动之中，文化下移，私学兴起，参与国家政权，传统的贵族世袭制度受到冲击。“有教无类”以平民为主要教育对象，实际上是主张向平民开放政权。孔子不仅鼓励弟子从政，他自己也担任过鲁国司寇。他说：“苟有用我者，……三年有成。”孔子热心仕进的言行对弟子们有着直接的影响。对弟子从政寄予殷切期望，从仕进的角度评价弟子的特长，自然是情理之中的事。

孔子首先提出了“德行”。以“德行”为“四科”之首，是由孔子的政治观所决定的。孔子认为：为政以德，譬如北辰，居其所而众星共之。在孔子看来，政治的最高境界是德治，他对季康子说：子欲善而民善矣。……草上之风必偃。又说：政者，正也，子帅以正，孰敢不正？……其身不正，虽令不从。“德行”问题就成了从政的首要问题，由于颜渊早死；闵子骞力辞季氏费宰之职；仲弓是被孔子赞许为“可使南面”的人物，却不见有政绩记载。

孔门第二科“言语”也是从仕进之才的角度划分的。春秋末年，诸侯国的政治地位稳定，与各国的外交工作联系紧密。宰我能言善辩，《论语》中多有记载。倒是子贡确曾利用“言语”的特长挽救了鲁国：鲁国危在旦夕之时，孔子派子贡游说列国以释鲁困，子贡凭着“利口巧辩”，替鲁国缓解了危机，推动了各国形势的发展变化。《史记・仲尼弟子列传》：子贡一出，存鲁乱齐破吴强晋而霸越。……五国各有变。

子贡说明了“言语”对于国内政治和国际政治的重要作用。“言语”特长实在是很有必要。

第三科“政事”与政治直接相关。孔子询问冉有、季路有何理想，子路：“千乘之国，……可使有勇，且知方也。”但这种才能既不是德行，也不是言语。孔子曾评论他们说：求也，千室之邑，百乘之家，可使为之宰也，不知其仁也。……片言可以折狱者，其由也与。

后来冉有做季氏宰，令孔子十分气愤，孔子说：“（冉求）非吾徒也，小子鸣鼓而攻之可也！”遂“政事”是指具体的处理政治事务的政治才能。

孔门“四科”中的“文学”是指政治才能。因宋以后的“文章博学”是指书本知识的广博。要了解孔门“文学”的含义，必须分析子游、子夏的政治特长。

《礼记・礼运》记载了孔子与子游的一段对话，表现了儒家对社会理想的执着追求。子夏也曾仕鲁，史籍没有关于他的政绩的记载，但他对儒家学术和为政之道确有自己独立的看法。如他十分强调学习的重要，“博学而笃志，……仁在其中矣”。“仕而优则学，学而优则仕”要求已经做官的要加强学习。这与孔子的“先进”“后进”相呼应，体现了他对“学”与“仕”关系的深刻认识。

他所指的“学”是儒家的道德践履、文治教化。他说：“不学而能安国保民者，未之有也。”他的理想政治正是符合德治仁政标准又有原始民主遗风的儒家政治。重视儒家文化典籍的学习，以实现儒家的社会理想，是子游、子夏之所长。孔子心目中的“文学”应是付诸政治实践的“文治教化之学”。

儒家的文治教化以《诗》《书》等儒家经典做指导，维护社会的和谐稳定，它的繁文缛节非一般人所能熟悉。居“文学”之首的子游重视道德养成教育，被后世称为传道之儒。子夏传授儒家文化典籍，被后世称为传经之儒。正因为子夏，后人认为“文学”指文章博学。

（二）孔子文学观念核心

如果说孔门“四科”是其培养目标的初步体现，那么“四教”必然与“四科”有着密切的联系。孔子“四教”的基本内容如下：

第一，“文”是孔子教育的基础。西周时期即已形成“六艺”教育，“六艺”有政治伦理教育、军事基础教育和文化知识教育。孔子所教“六艺”是《诗》《易》《春秋》等儒家文化典籍，体现着儒家以“仁”为基础，以“礼”为核心的政治伦理观念。重视历史文献教育，是孔子教育的一个重要特点。孔子说：夏礼吾能言之，……足则吾能征之矣。

孔子以这些“先王之遗文”为教，是因为孔子要求学生学习的这些文献体现了人文精神。所以孔子说：“周监于二代，郁郁乎文哉！吾从周。”历史文献的学习，可以养成良好的道德人格，所谓“博学于文，……亦可以弗畔矣夫”。

第二，孔子要求学生学以致用。“用”主要指道德践履和政治实践。孔子说：诵《诗》三百，……虽多，亦奚以为？

所以孔子把“行”作为教育的又一个重要内容。孔子说：“君子欲讷于言而敏于行。”强调行为比语言重要，并且将士的行为限定为道德践履和政治实践。在“文”与“行”的教育中，无疑更重视“行”，孔子：“弟子入则孝，出则悌，……则以学文。”这是说道德比学文更重要。在孔子看来，“行”的坐标应是儒家的伦理道德。

第三，正因为孔子重视道德对行为的指导作用，所以孔子将“忠”和“信”作为“行”的价值尺度。加强“忠信”教育，就是加强学生的道德人格培养。“忠信”是道德的重要基础，容易在日常言行中表现出来，所以是基本教育内容。在孔子那里，“仁”是塑造儒者人格的价值标准，也是儒家伦理道德的集中表现，很难将其形式化和具象化。“忠信”如孔子所说：人而无信，……其何以行之哉！充分说明了“忠信”的重要性。

“中心无隐”“忠告而善道之”等，能在学生的言谈举止中表现出来。通过“忠信”的道德养成教育培养学生的优秀的道德人格，从而实现其德治仁政的社会理想。《礼记·礼器》：“甘受和，白受采，……是以得其人之为贵也。”

“四教”是一个相互联系的整体。以“文”为教解决学术文化和思想问题，“行”为教解决道德践履和实践问题，“忠信”为教解决道德养成问题。如《礼记·礼器》所言：先王之立礼也，……无本不立，无文不行。虽不是在谈孔子“四教”，却可以作为参考。“文行”教育是基础，“忠信”教育是方向。无论从哪方面说，“忠信”具有更加重要的地位。所以孔子“四教”与孔门“四科”有着明显的对应关系。“四教”是一个由低到高的序列，“四科”则是一个由高到低的序列。孔子注意因材施教，培养目标不可能千人一面，“四科”的排列体现出等次的差别。培养学生注重道德，因为有德之人是为君子，德治是最好的政治，所以“四科”首推“德行”。“四科”中的“言语”“政事”可视为孔子“四教”中“行”教的直接成果。“四科”中的“文学”与“四教”中的“文”教密切相关。学生只有掌握了“文教”的基本内容，才能称为“文学”之士。

“文”是经过孔子整理的体现儒家政治理想和人文精神的《诗》《书》等文献典籍和礼乐制度。诗不只是为了天子听政，而成了进行人文教化的工具。学习《诗》《书》《礼》《乐》，为了“观乎人文，以化成天下”。

“人文”在外体现为“礼”，在内体现为“仁”。“仁”是对西周以来人文精神的概括和总结。甲骨文、金文均未发现“仁”字，《论语》却使用“仁”字达 109 次。“仁”的基本含义是“爱人”。孔子不和人讨论死亡之事，为把注意力引导到关心生活、人的价值上来。孔子所强调的“礼”是从建立社会秩序和防止人心溃散的角度考虑的，他将“礼”与“仁”作为一体更能体现他的良苦用心。《礼记·经解》在提到孔子所云“安上治民莫善于礼，夫礼，禁乱之所由生，以旧礼为无所用而去之者，必有乱患。故婚姻之礼废，……而争斗之狱繁矣。丧祭之礼废，则臣子之恩薄，……而倍畔（背叛）侵陵之败起矣……使人日徙善远罪而不自知也”。

真正能深刻理解孔子的思想并熟悉文化典籍，也就达到了孔子教育的基本目标，成为“文学”之士。在评价他的学生的特长时：“文学：子游、子夏。”这些人在孔子逝后仍然发挥着重要政治作用。

孔子的文学观念具有十分丰富的内涵。“文学”是孔子对西周以来社会上层建筑的一种概括；“文学”是孔子培养人才的一种类型；“文学”是孔子鼓励学生从政的一种方式；“文学”是孔子对儒家文化学术的一种指称。如果用“文学是语言的艺术”现代文学观念来衡量，可以不承认孔子的文学观念。但今天的文学观念正是在传统文学观念基础上发展演变而来，脱离不了中国传统文学观念所提供的生长基因。中国古代文学的发展都受到传统文学观念的指导，孔子的文学观念正是中国传统文学观念的源头。

孔子之后，文学观念有所变化。人们谈论文学，并没有完全抛弃孔子所揭示的文学观念。特别是汉武帝接受“罢黜百家，独尊儒术”后，孔子学说成了社会的统治思想。

用现代文学观念作为参照，可以认为孔子的文学观念过于宽泛，具有太强的政治化、伦理、化学术化倾向，不利于文学自身的发展，但孔子的文学观念提高了文学的社会地位，可谓功过参半。孔子的文学观念是对中国古代文化思想和人文精神的一次理论总结，其中蕴含的思想将文学自觉地限定在“人学”的范围之内，使中国文学自觉承担起社会政治伦理教化的责任。孔子的文学观念也是对西周以来人道精神的继承和发展，具有学术理论价值。它确实是体现我们民族文学特色和文化精神的文学观念。

六、道家的文学观念与发展

“诞生于先秦时期的道家学派对中国古代文学艺术产生了极为深远的影响，道家作为中华文化的根柢，始终贯穿着中国古代文学艺术的创造和发展，其对中国古代文学中言意关系的把握，审美对象的美学标准的形式与文人理想人格的塑造都奠定了基础。”①

（一）老子的政治理论

老子生活于春秋末期，孔子曾问礼于他。《史记》对老子生平语焉不详，司马迁时代人们对老子生平有不少传说，很难落实，造成后人对于老子的许多争论。《老子》是否即老子所著，学术界仍无一致意见。但 1973 年出土了帛书《老子》两种，成书应在刘邦称帝之前；1993 年出土了简书《老子》三种，年代应在战国中期以前，证明在孟子、庄子之前《老子》已经流行。《中国思想通史》和《中国思想史》将《老子》都放在孔子和墨子之后论述。这种办法暗含承认《老子》并非老子自著，书中自然有老子的思想，但也有后学或整理者的认识和理解。

① 毛文轩. 道家思想对中国古代文学的启示［J］. 北方文学，2020（35）：34-35+38.

先秦诸子讨论学术，虽有流派分疏，却无道家、儒家等称谓。

道家出于史官之说，历代学者亦多无异议。《汉志》所云道家出之史官本为君王辅佐之臣，认为道家学说为“君人南面之术”。张舜徽：“《七略》里介绍道家学说‘此君人南面之术’……应该被后人看成研究道家学说的指针。”

大约在中国古代奴隶社会和封建社会的统治者，……这种术，周秦古书中，名之为“道”……便是“道论”；宣扬这种理论的，便是“道家”。

无论我们是否同意这样的判断，但无疑是符合汉人对于道家学术旨趣的理解的。为了消除人们的疑虑，张尔田做了这样的解释：问者曰：“道家为君人南面之术。”……答之曰，此不知道家之言耳。道家之小仁义与百家也，……君道者，天道也；臣道者，人道也。……上无为也，下亦无为也，是下与上同德，下与上同德则不臣……上必无为而用天下，下必有为而为天下用，此不易之道也。……主者天道也，臣者人道也。天道之与人道相去远矣，不可不察也。

如果承认以上的看法有一定道理，合乎逻辑的结论也许真如张舜徽所言：《老子》是战国时期讲求学问的老专家们来阐明“君人南面之术”的理论书。道家的“清静”“无为”，是专就最高统治者一个人说的。

《老子》书中有不少与用兵有关或类似兵家的语录。如“用兵有言曰：吾不敢为主而为客，吾不敢进寸而退尺”等。《孙子兵法》在《老子》之前，但老子生活在诸侯争霸的时代，吸收兵家思想是很自然的。《老子》也吸收了一些道论古语。如“古之善为道者，微妙玄达，深不可识”等。《汉志·诸子略》著录的道家著作中，在《老子》之前的《伊尹》《心术》《白心》等，学术界多以为是《老子》之前的道论。但在《老子》书中，又大谈治天下之道，印证了《汉志》的结论：将欲取天下而为之，……凡物或行或随，或嘘或吹，或挫或羸，或载或隳。是以圣人去甚，去奢，去泰。治大国若烹小鲜，……非其神不伤人也，……故德交归焉。道者万物之奥，……人之不善也，何弃之有。故立天子，置三卿，……不谓求以得，有罪以免与！故为天下贵。

对于当时社会存在的问题以及如何治理好国家，《老子》认为，统治者的贪欲是造成一切社会问题的根源：“人之饥也，以其取食税之多也，……是以不治”；“天之道，……损不足而奉有余”。如何改变这一局面，老子的主张与孔子、墨子大异其趣。他认为：“不言之教，……天下希能及之矣”；“越胜寒，……清静可以为天下正”；“我无为而民自化，……我欲不欲而民自朴”——“清静”“无为”。

对于“清静”“无为”的政治理论，有两点必须指出：①《老子》所提出的政治理论是针对当时统治者贪得无厌的政治现实而言的，即使统治者能够装出“清静”“无为”，也是对政治的改变。②老子不止于政治理论的提出，企图将这一理论提升为自然规律，现代哲学家们从中探讨宇宙观、世界观、人生观，有了文本依据。将《老子》局限在政治操作领域来理解，是没有充分认识《老子》的多层面价值。如老子谓“勇于敢者则杀，勇于不敢者则活。……天网恢恢，疏而不失”，至于所谓“道，可道也，非恒道也……有名，万物之母也。故恒无欲也，以观其妙；……玄之又玄，众妙之门”，完全是形而上的思考。

老子的政治理论常常由天地万物所导出，如《庄子》：“古之明大道者，先明天而道德次之。”帛书《老子》乙本卷前：“天制寒暑，地制高下，人制取予。”这与《吕氏春秋·序意》“爰有大圜在上，……为民父母”如出一辙，显然《老子》汲取了思想传统。如说：“天地不仁，以万物为刍狗；圣人不仁，以百姓为刍狗”；“大邦者，下流也，天下之牝。……大邦以下小邦，则取小邦；小邦以下大邦，则取于大邦。……小邦者，不过欲入事人。夫皆得其欲，大者宜为下”。这种思想方法源于上古“观乎天文”的文化传统，表明《老子》的政治理论是有深厚的文化根基和思想传统的。

（二）老子的文学观念

在先秦，“文学”也是一种教育理念。《礼记·学记》曰：“君子如欲化民成俗，必由其学乎？”“学”或“教学”均为“君人南面之术”。“学”与“教”为一事之两面，先秦文献并不做严格区分。学与教是一种双边活动。“文学”亦即“文教”，反之亦然。

既然以老子为代表的道家所谈为“君人南面之术”，政治与教育本就密不可分，书中就不可能没有关于教育的思想。春秋以降，关心政治者无不关心教育，老子自然也不例外。孔子和墨子的著述中都提到“文学”，也都肯定“文学”。《老子》的教育思想可以用“绝学无忧”来概括：

绝圣弃智，民利百倍。……故令之有所属。见素抱朴，少私而寡欲，绝学无忧。为学者日益，……取天下也，恒无事，及其有事也，不足以取天下。

《老子》为什么要否定“文学”呢？他说：

以正治邦，以奇用兵，……夫天下多忌讳，而民弥贫。民多利器，而邦家滋昏。……是以圣人之言曰：我无为而民自化，……我欲不欲而民自朴。为道者非以明民也，……以不智治邦，邦之德也。恒知此两者，亦稽式也……与物反矣，乃至大顺。

在老子看来，圣人治国不需要将“圣”“义”“巧”等教给人民，“信言不美，美言不信。……善者不多，多者不善”；“天下皆知美之为美，……斯不善矣”。这些“文”的东西本来就是社会昏乱的结果，“大道废，案有仁义。……邦家昏乱，案有贞臣”；甚至成为社会昏乱的原因：“失道而后德，……夫礼者，忠信之薄也，而乱之首也”。他认为“文学”：“朝甚除，田甚芜，……是谓盗夸，非道也哉”，带来恶劣后果。所以他主张：

不上贤，使民不争。……不见可欲，使民不乱。是以圣人之治也，虚其心，……弗为而已，则无不治矣。

小国寡民，使有十百人之器而毋用，……甘其食，美其服，乐其俗，安其居，……民至老死不相往来。

“小国寡民”理想被人们指责为反对文明的发展，其实，老子是反对这种发展和进步所带来的社会负面影响：“五色令人目盲，……五音令人耳聋。”“无欲”也是针对统治者而言的。

“小国寡民”理想可能受到历史文化资源和南方生活环境的启发，绝不是消极的。这种对文明和文化的批判，对当时社会政治现实的批判，体现了老子代表的文化理性精神。表面看来，他否定了文化教育，实际上提出了更高标准的教育。

老子提倡怎样的教育呢？他说：

天下皆知美之为美，斯恶已；……是以圣人处无为之事，行不言之教。夫唯弗居，是以弗去。天下之至柔，驰骋于天下之至坚。……不言之教，无为之益，天下希能及之矣。

老子主张的教育是“不言之教”。

“不言之教”其实是强调统治者的以身作则，所以他强调道德的修养，他说：

圣人之欲上民也，必以其言下之；……非以其无争与，故天下莫能与争。善建者不拔，善抱者不脱，……修之乡，其德乃长。修之国，其德乃丰。……吾何以知天下之然哉？以此。

老子希望侯王能够修道进德，达致社会的和谐。这与“为政以德，……而众星共之”“政者，……孰敢不正？”异曲而同工。如果孔子提倡的是“文教”，那么老子所提倡的则是“道教”。孔子提到的“无为而治者其舜也与，……恭己正南面而已矣”，荀子提到的“《道经》曰：人心之危……”，都是古道论的一部分。《管子》“成功之道，……究数而止”；“所以谓德者，……不召而至，是德也。……使四肢耳目，而万物情”，是春秋时期流行的道论。老子应按照这样的理论来指导君王、教化人民：

其安也，易持也。其微也，易散也。为之于其未有也，治之于其未乱也。……为之者败之，执之者失之。……是以圣人欲不欲，而不贵难得之货；……能辅万物之自然，而弗敢为。圣人恒无心，以百姓之心为心。……圣人在天下，歙歙焉，……圣人皆孩之。道生之而德畜之，物形之而器成之，……道生之，畜之，长之，育之，亭之，毒之，养之，覆之。……此之谓玄德。

老子的所谓“道教”其实也就是“德教”。儒家所说道德指“仁、义、礼、智、信”等，道家对道德则有完全不同的解释。《淮南子·原道》云：“无为为之而合于道，无为言之而通乎德。”张舜徽说：可知“德”者，亦“道”之殊称，……无为之用，系于人主。其术以虚无为本，……一言尽之矣。

老子以“道德”为教，以“无为”为教，“文学”自然在被摈弃之列。圣人应该“学不学，而复众人之所过”，只有以“无为”为教，才能让众人“复归于朴”，遂“绝圣弃智，民利百倍……此三言也，以为文未足，故令之有所属。……绝学无忧”。“绝学无忧”是针对有为的“文学”和“文教”而言的，正是孔子或墨子所提倡的“文学”。

（三）庄子的精神自由

庄子生活在战国中期，《史记》本传云：“庄子者，……与梁惠王、齐宣王同时。其学无所不窥，……大抵率寓言也。”

庄子由于其著作“以谬悠之说，……不以觭见之也”，且“其学无所不窥”，让人们可以从各自不同的角度去解读。庄子的思想对中国艺术精神产生巨大而深远的影响。

以《庄子》为基本依据。《庄子章义序》云：“陆德明《音义》载晋宋注《庄子》者七家，……自唐、宋以后，诸家之本尽亡，……其十九篇经象删去，不可见矣。……夫《庄子》五十二篇，固有后人杂人之语。……然则其十九篇，恐亦有真庄生之书而为象去之矣。”《庄子》一书学术界认为并不都是庄子所作，或都是庄子后学的作品。虽有庄子后学作品，但基本思想仍与内篇一致，证明今传本《庄子》的外篇、杂篇确实有庄子的作品。可以把今传本《庄子》视为庄子学派的作品集。

文学从根本上并不诉诸理性，是要诉诸感性。而庄子与老子的差别，是他耗费大量精力来探讨人的精神，使我们能够进一步思考文学。

庄子探讨人的精神与他对“道”的认识是联系在一起的。老子从天地万物的变化中体会“道”；庄子将“道”落实到“蝼蚁”“屎溺”，更包括具体的“人”。老子的道论为“君人南面之术”，庄子的道论则倡导个体人性的复归，如他说：

泰初有无，无有无名。……未形者有分，且然无间，谓之命。留……谓之性。性修反德，德至同于初。故尝试论之、小人则以身殉利，士则以身殉名，大夫则以身殉家，……其于伤性，以身为殉，一也。自事其心者，……德之至也。

由于庄子关注人的精神的安顿，所以他对身心性命有深入思考：“性者，生之质也”；“今之所谓得志者，轩冕之谓也。……寄之，其来不可围，其去不可止”；“形莫若就，心莫若和。……为崩为蹶。心和而出，且为声为名，为妖为孽”；“今子与我游于形骸之内，……不亦过乎！”庄子更重视“心”和“性”，所谓“所爱其母者，非爱其形也，爱使其形者也”。

个体的精神和情感的安顿离不开其所生活的环境。联系到现实社会环境，庄子充满了激愤之情：“圣人不死，大盗不止。……为之斗斛以量之，则并与斗斛而窃之。……为之符玺以信之，则并与符玺而窃之。……何以知其然邪？……诸侯之门，而仁义焉存。”庄子也以仁义礼乐为惑乱之源。不过，老子主要是从政治的颠倒着眼；庄子则主要从人性的扭曲的悖谬入手。庄子是站在个体性命的立场上来批判社会的。

庄子所提倡的“逍遥游”是个人的精神出路。“神人”“圣人”都是庄子的理想人格。在庄子看来，一切功利的期盼，都是有所待，都不是“逍遥游”。他说：

刻意尚行，离世异俗，高论怨诽，为亢而已矣。……语仁义、忠信、恭俭、推让，为修而已矣。……语大功，立大名，礼君臣，正上下，为治而已矣。就薮泽，处闲旷，钓鱼闲处，无为而已矣。吹呴呼吸，吐故纳新，熊经鸟申，为寿而已矣。……无功名而治，无江海而闲，不道引而寿……圣人之德也。

所谓“无为名尸，无为谋府，……而游无联，尽其所受乎天，……至人之用心若镜，不将不迎，……故能胜物而不伤”，外在的一切对于他们就不会有任何影响。“逍遥游”的问题变成了“至人”“圣人”之“心”的问题。

庄子为了论证其“逍遥游”提出了齐物论，齐物论是齐有无、等是非、浑成毁、均物我、外形骸、遗生死。

齐物论常被人们指为是一种相对主义理论，这是哲学的判断。从安顿个人的精神的角度来看，理论颇有实用价值。人的死生、穷达、贤否、毁誉等，对于个体的人来说是难以逃避的。孔子“知其不可而为之”，他虽然看淡了穷达、贵贱等，却积极宣传自己的主张，盼望社会恢复礼乐之治，最后孔子也只能带着遗憾离开人世。在庄子看来，孔子的精神和情感就没有得到很好的安顿，因为“必持其名，……则亦久病长厄而不死者也”；而“小人殉财，……则异矣；乃至于弃其所为，……则一也”。按照“天地与我并生，而万物与我为一”，都只是囿于俗见；而自至道者观之，一切皆无差别，“故为是举莛与楹，……道通为一”。庄子不仅超越了穷达、毁誉，而且超越了生死。庄周梦蝶是他超越物我的形象表达；妻死鼓盆而歌是他超越生死的自觉行为。利用这样的理论和方法，实现了他所提倡的个人精神情感的安顿。

庄子似乎从理论上解决了个人精神情感和现实的矛盾冲突，实际上没有真正获得圆满解决。《秋水》篇记载了一则故事：

庄子钓于濮水，……曰："吾闻楚有神龟，死已三千岁矣，王巾笥而藏之庙堂之上。"……二大夫曰："宁生而曳尾涂中。……吾将曳尾于涂中。"

庄子在生死的抉择中选择了生，说明庄子仍未能真正超越生死，情愿拖着尾巴在泥涂中爬行来换取精神自由，这是对自我的一种欺骗。庄子的"悬解"正暴露出他所追求的精神自由其实也是不彻底的。

（四）庄子的文学观念

孔子在春秋末期"礼崩乐坏"的现实环境中，以历史传留的礼乐文献和礼乐文化为依据，建立他所理想的社会秩序。而孔子要用礼乐来教育学生，治理国家。这种文学思想和文学观念在当时是否可行呢？庄子的回答是否定的。

庄子批评孔子的一套是"饰羽而画"，不可能治理好鲁国。这既是一种学术判断，也是一种事实判断。在庄子看来，孔子提倡的礼乐教化违反了人之常情，造成了社会的惑乱。

庄子只是否定儒家的仁义道德和礼乐文化，他认为合于人的自然本性的道德、仁义、礼乐是自发的，不是外加的、强制的、离散的。王先谦解释"彼正而蒙己德"："彼自正而蒙被我之德，……则物之失其性者必多也。"这与庄子所提倡的复归人的自然本性的精神契合。他认为"真"情感的体验必定是私人化的，一旦情感被强制表达，"真"的情感和"美"的体验就不存在了。《庄子》寓言：

庄子与惠子游于濠梁之上。庄子曰："鲦鱼出游从容，是鱼之乐也。"惠子曰："我非子，固不知子矣。子固非鱼也，……而问我。我知之濠上也。"

其实，庄子在这里提出了情感体验的基本原则。情感的体验是私人性的，你知道对方快乐是因为你体会到了快乐。情感的表达也是私人性的，只有出自真情实感，才可能感动对方。

"精诚动人"是庄子提出的对情感表达的最高要求。想达到"精诚动人"，就必须"法天贵真"。在庄子这儿，"真"即"自然"，"法天"必然"贵真"。庄子强调"真"的标准是"能体纯素"。庄子说："夫鹄不日浴而白，……名誉之观，不足以为广。泉涸，……相濡以沫，不若相忘于江湖。"庄子讲了一个寓言：

昔者海鸟止于鲁郊，……鸟乃眩视忧悲，不敢食一脔，不敢饮一杯，此以己养养鸟也，非以鸟养养鸟也。

鲁君“以己养养鸟”，违背鸟的自然本性。儒家正是违反了人的自然本性，以礼治国，用仁义来教化民众。仁义礼乐不过是对人的自然本性的扭曲。只有让人们真诚地表达他们的思想感情，社会才能够和谐安定。

如何保证人们的精神和情感能够“法天贵真”“精诚动人”呢？庄子认为：

儿子终日嗥而嗌不嗄，……终日视而目不瞚，偏不在外也。……与物委蛇而同其波。是卫生之经已。

这一主张是承继老子“婴儿说”。“婴儿说”被指为“愚民”主张。其实，“婴儿”是指与孜孜于名利相对立的一种精神状态，庄子：彻志之勃，……贵富显严名利六者，勃志也。……去就取与知能六者，塞道也。……明则虚，虚则无为而无不为也。“像婴儿”那样“少私寡欲”，就能够使心中虚静，激发人的创造精神。庄子在寓言中利用梓庆现身说法：“未尝敢以耗气也，……而不敢怀庆赏爵禄。……辄然忘吾有四肢形体也，……其是与?”

庄子主张“法天贵真”“精诚动人”，所以，任何企图统一人们思想的做法都是违反“法天贵真”，都是不可能“精诚动人”的。因此他不是让人们不聪、不巧，而是要人们按照各自的自然禀性去自然地呈现自己的聪明和技巧。所谓“学者，学其所不能学也；……辩者，辩其所不能辩也。……若有不即是者，天钧败之”。

美丑、贤愚都是个人的主观感受和评价，人们可以按照自己的理解去行动。其所谓“瞽者无以与乎文章之观……”，是就接受者的能力差异而言。就接受者的禀性而言，如果放弃了文学审美的个体性和私人性，文学艺术的创造将没有可能，庄子的这些思想和观念是对儒家文学思想和观念的极好补充。

庄子进一步提出“言”与“意”、“形”与“神”等问题，这些问题是文学审美活动中十分重要的问题。庄子说：

世之所贵道者，书也。……意有所随。意之所随者，不可言传也。……为其贵非其贵也。故视而可见者，形与色也；……夫形色名声果不足以得彼之情，……而世岂识之哉？夫精粗者，期于有形者也。……可以言论者，物之粗也。可以意致者，物之精也。……不期精粗焉。筌者所以在鱼，得鱼而忘筌。……得意而忘言。

“言意”问题是前人没有注意的问题。孔子强调“名正言顺”。而庄子指出“言”与“意”是有差别的，“言”是表达“意”的工具，“意”无法用“言”来完全表达。

语言实质上只表达普遍的东西，不能用语言表达人们所想的东西。庄子看到了“言”“意”之间的不统一，提出“言”“意”之辨，主张“得意忘言”，他所揭示的“言”“意”矛盾为文学创作提供了独特的视角。儒家追求“言”与“意”、“言”与“人”的统一，希望通过“文之以礼乐”达到人的身心和谐和社会和谐。事实上，“言”与“意”经常并不统一，其核心价值观念和文化精神反而被人们淡忘。对于《诗》《书》等先王遗文，不去领会其精神实质，对个人和社会也无所帮助。庄子强调个人思想情感靠的是体验而非言语的表达，为人们深入探讨文学艺术的特殊规律指明了方向。

庄子以为“言不尽意”，并非根本否定“言”的作用。要得到“意”也要通过“言”，“忘言”是因为有“言”在先。庄子用“寓言十九，……危言日出”来反复阐述。庄子也提出了“得意忘言”的方法，他说：若一志，无听之以耳，……听止于耳，心止于符。气也者，心斋也。

“坐忘”“心斋”是要人们排除一切理智欲望，使个体精神处于虚静澄明的状态。有人称这是一种直觉论，从文学艺术的角度来看，实际上是一种“忘我”的境界。而正是这种超越，使文学艺术不再是现实的模仿。庄子“坐忘”和“心斋”为古代的文学艺术心理学开辟了道路。

（五）道家文学观念的影响

先秦道家是后人对先秦学术思想状况所进行的归纳和总结，道者与儒、墨不同。儒者与墨者在战国初期都已经是“显学”，道者在当时未必有一个传承脉络明确的流派。大概是因为儒者、墨者均可以在时间轴上理出他们在思想史上的轨迹，但道者几乎无法确定其起源及传续的痕迹，这大体一致的思路和兴趣就成为一种思潮。

后人对道家的理解，也有许多差别。有的以为战国道家实有北方与南方之别，有人认为《老子》属古道学，《庄子》属今道学。《老子》和《庄子》的文学观念对后世文学发展的影响也最大。

老子的文学观念与孔子的文学观念正相反，但事物都是一分为二的。儒家虽然主张积极有为，提倡文学，但如墨子指出：“儒之道足以丧天下者，……此足以丧天下。又厚葬久丧，……目无见，此足以丧天下。又弦歌鼓舞，习为声乐，此足以丧天下。……为上者行之，必不听治矣；……此足以丧天下。”司马谈：“儒者以‘六艺’为法，……故曰‘博而寡要，劳而少功’。”统治者实行起这一套来往往会文过饰非，成为其横征暴敛的遮羞布。老子要统治者承担起为社会做榜样的责任，这便为人们理性对待礼乐文化提供了思想武器。

对社会和文化的批判可以导引出反传统的思想，其对自然天道的推崇又可以导引出精神自由和反理智的思想。这对于中国思想的发展是必需的。正是各种思想观念的碰撞和融合，使得人们对社会和自身的认识更加深刻，也更激发出人们的创造热情。

庄子是老子思想的继承者，是孔子思想的反对者。庄子否定文学的思想是消极的，庄子对中国古代文学影响的主流却是积极的。庄子反对孔子提倡的礼乐、道德、仁义，他认为发于自然的礼乐、道德、仁义是应该肯定的。但他所反对的主要是“希世而行，……舆马之饰”的“使民离实学伪”的“俗学”。它其实表明了庄子的一种生活态度：安时处顺，保持精神的自由和情感的安顿。庄子主张“法天贵真，不拘于俗”，以为“不精不诚，不能动人”，极大地开拓了人们对文学艺术的认识。儒家因为关注世俗社会的日常伦理和秩序，缺少现实超越；庄子关注个体精神自由，重视个人价值。这也许是后代的文学观念常常从《庄子》中汲取思想营养的重要原因。庄子文章的那种超尘脱俗的构思，扑朔迷离的意境，汪洋恣肆的风格，为文学的表达树立了无与伦比的榜样，推动着文学创作和文学观念的发展。

七、法家的文学观念与发展

（一）商鞅和法家前期的文学观念

法家诞生于战国时期，以李悝及其所撰《法经》为标志。

李悝，魏国濮阳人。《汉书·艺文志》首列《李子》，注云：“名悝，相魏文侯，富国强兵。”《李克》七篇，注云：“子夏弟子，为魏文侯相。”《汉书·食货志》亦云“是时李悝为魏文侯作尽地力之教”。法家的学术渊源可追溯至儒家。李悝有儒家学术渊源，《汉志》儒家类著录有他的作品；但他开法家之先河，自然应列入法家。

法家“无教化，……专任刑法而欲以致治”，反映了当时社会思潮的变化。这种变化与社会政治、经济的发展相一致。侯外庐：“到了战国，……发生了财产法上的身份平等的思想。法家的法的定义即借用商品等价交换的术语。”老氏门下如慎到说：“有权衡者不可欺以轻重，……有法度者不可巧以诈伪。”

墨子的“兼相爱，交相利”已经透露出以商品等价交换关系的端倪。吴起持与李悝近似的思想，“明法审令，捐不急之官，……破驰说之言纵横者。于是南平百越，……诸侯患楚之强”。尽管改革最终没有成功，但他的思想倾向及其改革者的政治姿态是符合历史发展潮流的。

李悝（又称“李克”）赏罚分明，重视农业，实行“平籴法”。他的著作虽未能保存下来，但《说苑》记有他和魏文侯的两段对话：

魏文侯问李克曰：“为国如何？”对曰：“臣闻为国之道，……国其有淫民乎？臣闻之曰，……其子无功而食之，出则乘车马、衣美裘、以为荣华，……此之谓夺淫民也。”

魏文侯问：“刑罚之源安在？”李克曰：“……锦绣纂组，伤女工者也。农事害，则饥之本也；……男女饰美以相矜，而能无淫泆者，未尝有也。……民以为邪，因以法随诛之，不赦其罪，则是为民设陷也。……伤国之道乎？”文侯曰：“善，以为法服也。”

李悝是子夏弟子，他不赞成世卿世禄，主张“夺淫民之禄，以来四方之士”。为了维护国家稳定，不得不用刑罚。刑罚只是制止奸邪淫逸的手段而不是目的，根本办法是要重视农事，实行法治。

李悝的《法经》是秦、汉以后法律的滥觞。《晋书·刑法志》云：“秦、汉旧律，……以为王者之政莫急于盗贼，故其律始于《盗》《贼》。……其轻狡越城、博戏、借假不廉、淫侈逾制，……商君受之以相秦。汉承秦制，萧何定律，……益事律《兴》《厩》《户》三篇，合为九篇。”李悝的《法经》条文逐渐消融于后世的法律之中，但李悝的法治思想却为后世学者所继承，形成先秦法家学派。

《史记》有传：“申不害者，京人也。……终申子之身，国治兵强，无侵韩者。……著书二篇，号曰《申子》。”据《史记·韩世家》等，申不害为韩昭侯相在昭侯八年，其年四十五六岁。《淮南子·要略》载：“申子者，韩昭釐之佐。……先君之令未收，后君之令又下。新、故相反，……不知所用，故刑名之书生焉。”申不害是一个政治家，也是法家理论的实践家，主要阐述的是法家的“刑名”思想。《汉书·别录》云：“申子学号曰刑名。……崇上抑下。”“刑名”学说其实是一种治国理念。法家代表人物都提倡“刑名”，申不害之强调“刑名”，与商鞅和韩非的“刑名”思想有别。王叔岷：“刑名有二义，……一为信赏必罚，此商君之刑名也。……商鞅之刑名，应是刑罚之刑，不当与形通。……乃兼循名责实与信赏必罚而言。”申不害所强调的核心是“术”。申不害的法治思想中明显受到道家和名家思想的影响，对于申不害的法术后人评价不一，若韩非之言：申子所以为治，……申子以贱臣进，其术在于微视上之所说以为言。……以为深而不可测。……见功而定赏焉。这种纯粹玩弄政治权术的法治思想，不可能容纳礼乐教化的儒家文学观念的。

慎到与孟子同时而略晚。《史记·田完世家》云：“（齐）宣王喜文学游说之士，……

不治而议论。”《盐铁论·论儒》云：“及滑王奋二世之余烈，……却强秦，五国宾从，邹鲁之君，泗上诸侯皆入臣。……慎到、捷子亡去，田骈如薛，而孙卿适楚。……”《汉书·艺文志》《慎子》注云：“名到。先申、韩，申、韩称之。”

慎到的思想吸收有道、儒等各家之说，法治理论有过人之处：

古者立天子而贵之者，……故立天子以为天下，非立天下以为天子也。……法虽不善，犹愈于无法，所以一人心也。……使得美者不知所以德，此所以塞愿望也。为人君者不多听，……无法之劳，不图于功；……上下无事，唯法所在。

慎到认为“法”是治理社会的有效手段，它不是为某些特定的个人服务的；只有彻底贯彻法治，国家才能长治久安。慎到反对儒家的圣贤崇拜和墨家的尚贤思想，自对文学持批评和反对的立场。慎到：“《诗》，往志也；《书》，往诰也；《春秋》，往事也。”“治国无其法则乱，……以力役法者，百姓也，……以道变法者，君长也。”他认为法治之国是不可能按照《诗》《书》的指引行事的。

在慎到看来，君主不靠贤能，不靠仁义来实行法治，而是靠“名分”，靠“势位”。所谓“势”，其实就是地位与权力，是人主君临天下的重要法宝。依靠“法”的统一性，能够让人民服服帖帖了。

慎到主要是法家理论的创新者，在理论和实践两方面都做出重要贡献的早期法家代表人物则是商鞅。商鞅相秦时被封于商，故史称商鞅。他的法家思想是直接受到李悝影响的。《史记·商君列传》：“商君者，卫之诸庶孽公子也。……鞅少好刑名之学，事魏相公叔座，为中庶子。……会座病，魏惠王亲往问病，……座之庶子公孙鞅，年虽少，有奇才，愿王举国而听之。……公孙鞅闻秦孝公下令国中求贤者……乃遂西入秦。”秦孝公三年，公孙鞅进说秦孝公变法，开始变法。孝公六年首次颁发变法令。孝公十四年以鞅为相，推行法治，奖励耕战。孝公死，商鞅被秦贵族车裂，但他在秦的改革成果是丰硕的，他的思想影响也同样巨大而深远。

秦国的改革并非如人们通常所说的那样，秦孝公时期商鞅的改革是在秦献公改革的基础上进行的。这些改革从秦献公时期就已开始。商鞅由魏入秦，继续加以推广和深化。商鞅的法治思想中渗透了墨家思想的重要因素。

儒家也对商鞅思想的影响深刻。商鞅乃“卫之诸庶孽公子”，春秋初期卫武公在国内积极推行礼乐教化，并作诗以明志，表明卫国有礼乐文化传统。商鞅还习杂家之学。《汉志·诸子略》云：“名佼，……佼逃入蜀。”又兼好兵家之术。《荀子·议兵篇》云：“秦之卫鞅，世俗所谓善用兵者也。”商鞅的思想来融合了儒、法、杂、兵等，核心思想是“法”。

商鞅的思想主要保存在《商君书》中。宋以后有人怀疑其是伪书，顾实以为：

盖《商君书》与《管子》同，……又曰：“今三晋不胜秦，四世矣，……举若振槁，唐蔑死于垂涉，……非商君所及见也。”

《商君书》在战国后期已有流传，韩非《内储说左上》中即有引用。秦汉间也不难见到该书，刘安称：“今商鞅之《启塞》……皆掇取之权，一切之术也。”

战国时期，各诸侯国竞争激烈，大家都在争取取得竞争中的优势地位。对于如何达到理想的目标，君主只倾听学者们的声音，希望能够从他们那里得到帮助。但商鞅却认为“此任重道远而无马牛，济大川而无舡楫也”，反而会使国贫民弱。他说：

今世主皆忧其国之危而兵之弱也，……主好其辩，不求其实；说者得意，道路曲辩，辈辈成群。……夫人聚党与，说议于国，纷纷焉，小民乐之，……学者成俗，则民舍农，从事于谈说，高言伪议，……故惟明君，……作壹，抟之于农而已矣。

商鞅的分析有一定的道理。战国中后期，“道路曲辩，辈辈成群”描述了当时的纷纭局面。当时仍然延续着学者们关注现实问题的思想传统，但不能解决任何现实问题。从思想史的角度而言，言论是有一定价值的；但这些言论又确实是“烦言饰辞而无实用”。

针对“法先王”“循礼制”的理论，商鞅反驳：既然先王的礼制并不相同，那么儒家提倡学习先王遗文又有什么实际用处呢？礼义道德解决不了现实问题，应该予以抛弃。

在商鞅看来，“夫人情好爵禄而恶刑罚，……如明日月，则兵无敌矣”。赏罚只是手段，关键是看赏罚的对象和依据：“民可令农战，……民之于利也，若水于下也。”只有农战才能强国利民，诗书只能削国误民。他主张：“苟可以强国，……不循其礼。”

《墨子・尚同上》云：“正长既已具，天子发政于天下百姓，……上之所是，必皆是之；……上同而不下比者，此上之所赏，而下之所誉也。……察国之所以治者何也？……是以国治也。”商鞅因此提出了“壹赏，壹刑，壹教”的政治主张：圣人之为国也，壹赏，壹刑，壹教。……夫明赏不费，明刑不戮，明教不变，明教之犹至于无教也。

要国君实行一元化领导，以农战作为刑赏的依据，一切与农战无关的都要给以限制和打击。

在商鞅的法治思想里，文学与其治国理念正相反对，必须杜绝人们以文学获得的一切途径。如何能够保证法治的公正和威严，商鞅提出了法官的设置标准和执行办法：

天子置三法官，殿中置一法官，……皆此秦一法官，郡县诸侯，一受禁室之法令学问，……故天下之吏民，无不知法者。……故圣人立天下而无刑死者，非不刑杀也，……

故明主因治而治之，故天下大治也。

法令由谁来制定？法官由谁来指派？法令由谁来执行？法令由谁来解释？执法过程由谁来监督？谁赋予他们权利？所有这些问题，都需要做出理论阐释和制度性安排。商鞅虽提出了一些问题，但没有能够解决这所有的问题。所以，前期法家的理论仍然只是众多社会政治方案之一种。

商鞅的法治理论解构了儒家的文学观念，同时也启发了战国后期的法家，对韩非产生了直接影响。他的法治理论经过韩非的完善，为法家的思想建设做出了应有的贡献。

（二）韩非的法学观念

关于韩非，《史记》本传云：“韩非者，……非为人口吃，不能道说，而善著书。……非见韩之削弱，以书谏韩王，韩王不能用。……富国强兵而求人任贤，反举浮淫之蠹而加之于功实之上……观往者得失之变，故作《孤愤》……为《说难》，书甚具，终死于秦，不能自脱。”《史记·韩世家》：“王安五年，秦攻韩，……因杀之。”秦始皇十四年“四国为一，将以攻秦”，“秦王不悦，贾封千户，以为上卿”，韩非上书秦王，想通过离间秦国君臣和抑制李斯、姚贾权力而存韩，秦王“乃复使姚贾而诛韩非”。韩非是先秦法家思想的集大成者，死在以法为治的秦国，是一件吊诡的事。

除《史记》所述外，《汉书·艺文志》诸子略法家著录“《韩子》五十五篇”，《隋书·经籍志》著录“《韩子》二十卷、目一卷”。今本《韩非子》55篇中，除少数几篇及《初见秦》等部分内容存在争议外，其余均为韩非所作。

《中国文学理论史》虽承认“韩非的法治的理想国中是没有文艺和文艺家的地位的”，但是仍然强调：韩非承认文艺提供了“观乐玩好”的娱乐作用，这是文艺保留一席之地的唯一根据。

儒家和道家思想对韩非的影响也是同样存在的。荀卿是韩非的老师；韩非对老子则情有独钟，受老子影响甚明。韩非的法家思想吸收了各家思想，文学观念远比人们想象的丰富和深刻。我们应该以韩非有关文学的论述为根据，具体回答韩非所否定的“文学”到底包括哪些内涵，从而得出对韩非文学思想的正确评价。

韩非的时代，文学概念有了特定的内涵，韩非的老师荀子对文学的论述可为代表。对于文学的特定内涵，荀子说：“学恶乎始？恶乎终？真积力久则入，学至乎没而后止也。故学数有终，若其义则不可须臾舍也。为之人也，舍之禽兽也。故《书》者，政事之纪也……夫是之谓道德之极。《礼》之敬文也，《乐》之中和也，……在天地之间者毕矣。”

荀子所谓的文学，是指文化典籍，这些儒家经典能够锻炼和培养人的理想人格。荀子认为，人性本恶，古者圣王以人之性恶，……制法度，以矫饰人之情性而正之，以扰化人之情性而导之也。……纵性情，安恣睢，而违礼义者为小人。文学就是圣人创制的能够化性起伪和实现王者之政的学术文化。

荀子也明确地认识到文学的功用，他说："人之于文学也，犹玉之于琢磨也。……和之璧，井里之厥也，玉人琢之，为天子宝。……服礼义，为天下列士。"又说："贤能不待次而举，罢不能不待须而废，……分未定也，则有昭缪，虽王公士大夫之子孙也，……故奸言、奸说、奸事、奸能、遁逃反侧之民，……安职则畜，不安职则弃。……才行反时者，死无赦。夫是之谓天德，王者之政也。"荀子指出文学是可以也应该通过学习和积累来获取的。

韩非并没有全部接受荀子的文学思想，提出了与荀子并不完全相同的文学观念。他说：

夫古今异俗，新故异备，……犹无辔策而御悍马，此不知之患也。……且民者固服于势，寡能怀于义。……美其义，而为服役者七十人，盖贵仁者寡，……而仁义者一人。鲁哀公，下主也，南面君国，……民者固服于势，势诚易以服人，故仲尼反为臣而哀公顾为君。……故以义，则仲尼不服于哀公；乘势，则哀公臣仲尼。……是求人主之必及仲尼，而以世之凡民皆如列徒，此必不得之数也。……不事力而衣食，谓之能；不战功而尊，……儒以文乱法，侠以武犯禁，而人主兼礼之，此所以乱也。……故法之所非，君之所取；吏之所诛，上之所养也。……故行仁义者非所誉，誉之则害功；工文学者非所用，用之则乱法。

韩非与荀子文学观念的差异在文学是什么的问题上，韩非与荀子的根本差别表现在他们对文学社会功用的认识上。荀子肯定文学，而韩非否定文学。韩非对"学道立方离法之民也……"的现象深为不满。他认为，一切社会关系都是利害关系。

儒家提倡的伦理道德是从父子关系推演出来的，家庭以血缘亲情为纽带，而国家则是家庭的延伸。韩非指出作为儒家伦理道德基础的父子之亲只是利害关系。父子关系尚且如此，君臣关系就更是等而下之了：臣尽死力以与君市，……非父子之亲也，计数之所出也。调整这种利害关系、建立稳定的社会秩序只能靠"法""术""势"："万乘之主，千乘之君，……威势者，人主之筋力也"；"治强生于法，……爵禄生于功，诛罚生于罪，臣明于此，则尽死力，……则可以王矣"。他不赞成荀子关于文学可以矫正和化导人的惰性思想。

韩非所提倡的法治实际上是人主的集权，要求人主对社会言论甚至对人们的精神进行控制，他说："人主诚明于圣人之术，……知伪诈之不可以得安也" "是故禁奸之法，……其次禁其事"。但儒家文化典籍中却有许多与此完全对立的思想，在韩非看来，"乱国之俗，……而贰人主之心"。容忍文学的存在就会破坏法治。韩非认为文学会扰乱人们的思想，如果允许文学干预政治，就会承认法外有功名富贵可取，人们会去追逐法外功名，造成国家的动乱。

韩非更多地继承了商鞅重视耕战的思想，在韩非看来，国家要想富强，必须重视耕战，文学则有害于耕战，所以必须禁绝。在社会生产力相当低下的古代，农业是国家富裕的基础，军事力量是国家强大的靠山。韩非以耕战求富强的理论十分现实。既然耕战是立国之本，主要依靠农夫和战士，再加上官吏，其余人员都是多余的。他把"学者""言谈者""带剑者""患御者""商工之民"称为五种应当消灭的社会害虫。"文学"正是这些无用的东西之一。所以，韩非明确提出"息文学而明法度"。

韩非认为"明主之吏，……猛将必发于卒伍"，人主应该厚赏耕战有功者。然而社会却不是这样，"斩敌者受赏，……坚甲厉兵以备难，而美荐绅之饰……废敬上畏法之民，……治强不可得也"。他进一步指出：博习辩智如孔、墨，孔、墨不耕耨，……匹夫有私便，人主有公利。不作而养足，……错法以道民也，而又贵文学，……大（夫）贵文学以疑法，……不可得也。

墨子提倡"先质而后文"，但并不完全否定"文"。他说："今天下之君子之为文学、出言谈也，……中实将欲其国家邑里万民刑政者也。"提出了"三表法"作为立言的标准和为文的法则。这则寓言田鸠的回答是韩非对"文"与"质"和"文"与"用"关系的看法。他所强调的仍然是"质至美者，物不足以饰"，这种认识是与韩非自己的实用主义的政治思想相关联的。韩非强调的是具体实践中的"用"，从"所利非所用，所用非所利"的现实出发，否定贵"文"轻"质"，反对"以文害用"。

韩非不赞成文饰，因文饰会有害于事物真正有用部分发挥作用。但韩非还是承认文饰的独特作用的。真正美的事物不须文饰，需要文饰的事物其质不美。在强调质美根本的同时，承认了文饰可以创造外在美的客观事实。

在《难言》中，韩非反复申述言语辩说之艰难，举出多种因不了解接受者心理而强说产生的不利和危害说：

凡说之务，在知饰所说之所矜，而灭其所耻。……其心有高也，而实不能及，说者为之举其过而见其恶，……欲内相存之言，则必以美名明之，而微见其合于私利也。……规异事与同计者，有与同污者，则必以大饰其无伤也……自勇其断，则无以其谪怒之；自智其计，则毋以其败穷之。……此道所得，亲近不疑而得尽辞也。

韩非对于言语辞说不经文饰难以发挥实际作用的体会是深刻的，如果只记住“以文害用”的话，是不完全符合韩非的思想实际的。“用”是指政治功用。韩非不容许利用文学否定法家的法治，并不是说言语辩说可以不讲求表达艺术。在韩非看来，不讲究表达艺术的言语辩说是达不到应有的效果的。韩非对“用”的理解是划分层次的：政治层次，“文”会害“用”，必须坚决防止；技术层次，“文”有益于“用”，可以有选择地加以利用。

韩非从其法家思想出发，认识到文学对于法治的破坏作用，主张禁绝文学。在韩非的时代，文学还包括语言形式和表达技巧。后者具有中介的特点，可以为各个学派所利用。韩非自己的文章就文笔犀利，颇富文采，也可以证明这一点。韩非在论述这一方面的问题时，也就自然留有一些余地。

第四节　中国古代文学的主体意识解读

古代文人有不少以桃花为题材的名篇佳作。桃花是一种象征意义的符号，古人通过对它的描绘来表达自己的情感。“中国古代的文学家们往往以感性的思维去理解天地间的一切，往往借助某些风景来表达自己的情感，通过对现实生活的描述来表达自己对生命的体悟，从而产生了大量的文学形象，其中桃花是最常见的。”①

一、中国早期知识分子的来历

在讨论中国知识分子与中国古代文学观念的关系之前，有必要对中国知识分子的身份来历做一初步清理，以便对这一群体的基本特征有一个总体的把握，从而能够更准确地理解他们的主体意识和思想观念。

“古代之士，皆武士也。士为低级之贵族，居于国中（即都城中），有统驭平民之权力，亦有执干戈以卫社稷之义务”；士所习之六艺，“礼、乐、射、御”均为武事，唯“书”与“数”二者乃治民之专具；孔子时代，文、武人才尚未界而为二，孔子逝后，

① 宋虎．关于中国古代文学桃花题材与意象研究［J］．名家名作，2022（18）：34-36．

“门弟子辗转相传，渐倾向于内心之修养而不以习武事为急”，而士之好武者“自成一集团，不与文士混。以两集团之对立而有新名词出焉，文者谓之‘儒’，武者谓之‘侠’，儒重名誉，侠重义气”，“古代文武兼包之士至是分歧为二”。

周代贵族子弟的教育是文武兼备的，所以，严格地说，文士并不是从武士蜕化而来的，他们自有其礼乐诗书的文化渊源；古代知识分子的思想背景应该从古代学术思想的发展上来讨论，官师政教合一的古代王官之学至春秋末年出现分裂，士阶层在春秋战国之际所发生的变化，最重要的方面是起于当时社会阶级的流动，即上层贵族的下降和下层庶民的上升，而春秋晚期“士民”的出现是中国知识阶层兴起的一个最清楚的标志；从社会背景来说，“士”从固定的封建身份中获得解放，变成可以自由流动的四民之首，严格意义的知识分子才能出现于古代中国。所以“士”虽然是知识分子的最重要的历史来源，我们却不能把古代文献中所有的“士”都单纯地理解为知识分子，以历史断代而言，中国知识分子之形成一自觉的社会集团是在春秋战国之际才正式开始的。

从贵族的分化论证文士乃由武士蜕化而来，于史虽然有证，但春秋战国之际被人们视为知识分子的那些人却并非由武士蜕化而来，且多不是贵族。以儒、墨二家而言，儒家创始人孔子作为没落贵族子弟，自然可以视为低级贵族之士，然而季孙氏宴士却拒绝孔子参加，可见当时社会也不承认孔子具有士的身份，至于孔门弟子中仅孟懿子、南宫敬叔、司马牛等少数几个人是贵族子弟，其余则多为庶人子弟，显然与作为低级贵族的士并无多大关系，但他们正是中国历史上首批兴起的知识分子。

墨子虽然身份不明，但据《吕氏春秋·爱类》篇记载，墨子为阻止楚国攻宋，亲自到楚国去见楚王，自称“北方之鄙人”，显然不是贵族。墨子善制作，重工艺，以致被时人讥为“贱人之所为”。学术界公认“墨盖刑徒役夫之称”，墨子弟子“多以裘褐为衣，以屐蹻为服，日夜不休，以自苦为极”，荀子曾批评墨家为“役夫之道”，因而学术界多以墨家学说为平民阶级思想，墨家也非源于低级贵族之士当无疑问。何况作为西周的低级贵族的士并非只谙武事，其“六艺”教育中的确包含有文的内容，特别是自成康“偃武修文”以后更是如此。

中国“士”之称谓，其源甚古，甲骨文中有见。对于“士”之初义，学者们从文字训诂入手有过多种解释：一说士字从一从十，推十合一为士；一说士通事，男子以耕作为事，士字甲骨文“丄”，像苗插入地中之形；一说士、王同字，均为人端拱而坐之象，故王为帝王士为官长；一说士像阳物，用以指代男子；一说士像石斧之形，石斧既为原始先民之工具、战斗之武器，又为刑人之刑具，衍为王权之象征等。孰是孰非，实难定论。在父系社会取代母系社会使男子占据社会中心位置之后，社会职事均为男子所担任，“士”在指代男子的同时也指代社会权力是很正常的事。从这一点来看，各家之说正可互补。由于经济发展和社会进步，社会阶层也不断分化，“士”的所指也随之变化。阎步克总结“士”所指称对象的历史发展是：为一切成年男子之称；为氏族正式男性成员之称；为统治部族成员之称；为封建贵族阶级之称；为贵族官员的最低等级之称。而“为贵族官员的最低等级之称”的“士”正是顾颉刚探讨中国知识分子问题的起点。不过，需要指出的是，上述“士”所指称的对象使用的只是性别或等级的分类标准，而不是社会职业分工的分类标准，更没有涉及与知识分子密切相关的知识和文化的分类标准，仅从“士”的演化来探讨知识分子问题是不够的，还须有另外的途径。

春秋战国时人们称文士为“儒”，后人也的确把知识分子称为“儒”和“儒生”，而“士”特别是秦汉以后的士大夫几乎就是官僚阶级的同义语。因此，从儒的角度来探讨知识分子的来历，也是不可忽视的重要方面。并且，“儒”的分类正是以社会职业和文化知识为标准，这便为解决知识分子来历问题提供了线索。

不过，“儒”的问题也是一个棘手的问题。两千多年来，学术界对“儒”之来历虽有探讨，却始终没有为大家公认的结论。

20 世纪初，章太炎撰《原儒》，企图解决这一问题。20 世纪 30 年代，胡适撰《说儒》，引发了一场不小的争论，郭沫若（1892—1978）的《驳〈说儒〉》和《论儒家的发生》便直接针对胡氏之说，但问题并没解决。尽管如此，这些讨论对于我们还是富有启发的。章太炎提出：

儒之名盖出于需。需者，云上于天，而儒亦知天文，识旱潦。……庄周言，儒者冠圜冠者知天时，履句屦者知地形，缓佩玦者事至而断，明灵星舞子吁嗟以求雨者谓之儒，故曾晳之狂而志舞雩，原宪之狷而服华冠，皆以忿世为巫，辟易放志于鬼道。

将儒与求雨的巫联系在一起，并断定“儒”是“需”的后起字，“需”即是“儒”，从而为解决“儒”的来历提供了很好的思路。

徐中舒在甲骨文中发现了“需”字，并论证了“需”是原始的“儒”字，“儒在殷商时代已经存在了，它和历史上的儒家有一脉相承的渊源关系”。徐中舒认为：“需”在甲骨文中像沐浴濡身之状，与《礼记·儒行》所云“儒有澡身而浴德”正合，“澡身就是沐浴，浴德就是斋戒”，“儒”最初身份与需要沐浴斋戒的祭祀活动有关。儒家的起源绝不是班固所说的“儒家者流，盖出于司徒之官，助人君顺阴阳明教化者也”。那些专门替殷商奴隶主贵族主持宾祭典礼、祭祖、事神、办丧事、当司仪的人，才算是最早的儒家。

从“需”之字形字义及现存相关文献分析，章氏之说似乎更有说服力。其实，不仅巫、舞、雩、吁同音，雩、需上古音也同，在中古仍同为虞部上平声，故此二字义必相通。如果说“雩”为“旱请雨祭名”，那么“需”则应为“灵星舞子吁嗟以求雨者”。按照《周礼》的记载：“女巫掌岁时祓除衅浴，旱暵则舞雩。”即是说，旱祭舞雩者为女巫。所以如此，按古人的观念使女巫舞旱祭，崇阴也。春秋时的鲁僖公、鲁襄公，战国时的鲁缪公均有使女巫舞雩求雨或求雨不成而企图焚巫的记载，可以视为这一原始祭祀之礼的残余。这样看来，旱请雨祭舞雩是女巫的职责，或者还应加上那些伴舞的童男童女。而无论是女巫，还是童男童女，都是柔弱者，因而从“需”的“儒”“濡”“孺”“蠕”“懦”“糯”等字都有软弱柔顺的含义。郑玄注《礼记·儒行》云：“名曰《儒行》者，以其记有道德者所行也。儒之言优也，柔也，能安人，能服人。又，儒者濡也，以先王之道能濡其身。”这就将旱请雨祭之“需”推衍至道德修养和人格类型的层面。

胡适正是有鉴于此，根据《说文解字》对儒的解释，提出大胆假设，认为儒是殷民族的教士，周灭殷后，沦为遗民，仍以治丧相礼为职业，因此，儒的人生观是“亡国遗民的柔逊的人生观”。而孔子的最大贡献则在于把这种作为殷遗民的柔逊的儒扩大到“仁以为己任”的儒，根本改变了儒的性格。因为这一结论主要是建立在通过孔子与耶稣作用对比的基础上依靠假设推理做出的，因而没能为学术界所接受。然而，他假设殷商已经有儒存在，春秋时期以孔子为代表的儒来自殷民族的儒，儒的发展有一个人生观的变化，这些意见却是值得我们特别加以重视的。

从“士”和“儒”的身份演变来探讨中国早期知识分子的身份来历是一种正确的思路，但还未能充分说明中国早期知识分子诞生的必要条件，因此，还需要另外的研究作为补充。

二、中国早期知识分子的操守

如果说“士”与中国知识分子的发生有着较多的身份上的联系，那么，“儒”与中国知识分子的发生则有着更多的精神上的联系。对于这一问题，必须把它放在社会历史文化发展的大背景下来考察才能理解。

在古人眼中，“国之大事，在祀与戎”，这至少概括了商代至西周很长一段历史的社会状况。一方面，在自由信仰变为有组织的信仰，“祀”于是就成为一种权力，一种交通天地鬼神的权力，谁拥有了这种权力，谁就获得了统治社会的合法地位。统治者们自然要视“祀”为国家大事。商王对祭祀的重视足以说明这一点。另一方面，在氏族社会尚未充分解体，社会制度尚未健全的条件下，武力征服是控制社会最为有效的手段，“戎”当然也就成了国家大事。商代尚武之风甚盛，这是大家都很熟悉的。即使到了西周，统治者仍然十分重视对贵族子弟的军事教育，正如顾颉刚所言，西周的“六艺”教育多系武事，而担任教官的师氏、保氏也都是军事将领，因为贵族们不仅有管理国家事务的权利，也有执干戈以卫社稷的义务，贵族子弟如果没有军事才能，就会失去他们的政治地位。从这个意义上说，顾氏所云中国古代作为低级贵族的士均系武士是完全正确的。不过，西周自周公“制礼作乐”逐步完善宗法政治制度之后，特别是康王“偃武修文”重视礼乐文化建设之后，“文之以礼乐”的现实需要日益迫切，社会对士的文化要求不断提高，贵族子弟教育中的文化因素也因此得到明显加强，所谓“乐正崇四术，立四教，顺先王《诗》《书》《礼》《乐》以造士。春秋教以《礼》《乐》，冬夏教以《诗》《书》”，就是这种变化的反映。因此，余英时指出“周代贵族子弟的教育是文武兼备的”，就具有充分的历史根据。从社会对士的要求以及士阶层素质的变化着眼来探讨中国知识分子的来历，得出文士由武士蜕化而来的结论，应该是顺理成章的事。

不过，就中国古代文化传统而言，“祀”比“戎”也许更为重要，因为“祀”不仅是中国古代文化的渊薮，也是人们社会信仰的缩影。任何一个社会，一旦基本形成，它就不可能只靠武力来维持，而必须同时对社会成员进行精神控制，否则就很难有长期稳定的局面。在远古时代，人们群居而处，没有人身依附，可以自由信仰，所谓天地相通，民神杂糅，祭祀只是个人的精神寄托。而进入阶级社会以后，统治阶级不仅垄断了社会财富，而且垄断了社会信仰，祭祀谁和谁来祭祀便成了地位和权力的象征，这只要看看殷墟卜辞所记载的商王十分频繁的祭祀活动和周灭商后继续祭祀殷先王并“使诸侯分其祭”，就不难明白这一点。所谓“天子祀上帝，诸侯会之受命焉；诸侯祀先王先公，卿大夫佐之受事焉”，说的就是这个意思。所以商周统治者们便把“祀”放在比“戎”更为重要的位置，负责祭祀的官员也就相应具有很高的社会地位。

国家对祭祀的重视也可以从官署设置上反映出来。据《礼记·曲礼》记载：

天子建天官，先六大：曰大宰、大宗、大史、大祝、大士、大卜，典司六典。天子之五官：曰司徒、司马、司空、司士、司寇，典司五众。天子之六府：曰司土、司木、司水、司草、司器、司货，典司六职。天子之六工：曰土工、金工、石工、木工、兽工、草工，典制六材。

这里所说的天子优先设置的天官六大，正与祭祀有关。宗、史、祝、卜不用说，所谓“大士”，孔颖达解释说：“知大士非司士及士师卿士之等者，以其下别有司士、司寇，故知非士师卿士也。与大祝、大卜相连，皆主神之士，故知神仕也。”大宰为天官六大之首，其主要职责当然是交通天地神鬼，掌祭祀之事。而天子五官之职掌则显为武事，如司徒主教其徒众，司马主征伐，司寇主除贼寇。

周初统治者认识到“天命靡常”而将注意力更多地转向人事，宗、史、祝、卜的地位逐渐下降，天官大宰的职掌也慢慢发生变化。据《周礼·天官》记载：

大宰之职，掌建邦之六典，以佐王治邦国：一曰治典，以经邦国，以治官府，以纪万民；二曰教典，以安邦国，以教官府，以扰万民；三曰礼典，以和邦国，以统百官，以谐万民；四曰政典，以平邦国，以正百官，以均万民；五曰刑典，以诘邦国，以刑百官，以纠万民；六曰事典，以富邦国，以任百官，以生万民。

天官中已无大宗、大史、大祝、大士、大卜，它们多半被作为春官保留下来。自东汉郑玄以来，历代学者普遍认为，《礼记·曲礼》所云官制是殷商之制，而《周礼·天官》所云则是周官之制。《周礼》所云天官大宰所掌“建邦之六典”与《礼记》所云天官六大所典司的“六典”显然不是同样的内容，正如顾颉刚所说：“即此‘天官’一词，《曲礼》上讲的是神职，而《周官》上讲的却是皇帝宫中的执事之官，两者在‘神’和‘人’的思想上迥然不同。”尽管顾氏并不赞同《曲礼》所云即是殷商之制，但他仍然认为“那部从杂无绪的《曲礼》倒保存了真实的古史遗文，胜于《周官》的表面上似乎很有系统而实际上则是拼凑加伪造”。

这里，我们不拟讨论《周官》有多少符合西周史实，多少是后人的伪造，仅从《曲礼》天官为神职到《周官》天官转向人事而言，应该说近代学者对《周礼》多持怀疑态度，但近来考古发现却增加了《周礼》的可信度，天子职官由重神事向重人事转化以及宗、史、祝、卜地位的下降，反映着社会生产力的发展和人类控制自然的能力的增强，也表现为社会政治的进步。然而，宗、史、祝、卜从殷商时天子优先考虑设置的“天官六大”演变为“主上所戏弄，倡优所畜，流俗之所轻”，却不是一朝一夕的事。

“需”为旱请雨祭之巫。殷商时代是一个尊神敬鬼的时代，商王以祭祀活动为国家的根本大事，事事都要求神问卜，顾颉刚称之为“鬼治主义”，丁山称之为“神权政治”。事实上，上古时代，“君及官吏皆出于巫”，“殷代的社会，王与巫史既操政治的大权，又兼为占卜的主持者，所以这些卜辞也可以视作政事的决定记录”。从某种意义上说，商王“虽为政治领袖，同时仍为群巫之长”。在社会生产力还十分落后的殷商时代，农业收成主要靠大自然的恩赐，遇天大旱，司巫要率群巫舞雩以求雨，有时商王还亲自主持求雨仪式，担当起“群巫之长”的职责，汤王以身祷于桑林以求雨的故事便是明证。尽管旱请雨祭是巫的一项十分重要的活动，但巫的职责远不止此，举巫可以涵盖需，而举需则不能涵盖巫。

巫在商代社会中的地位，印证了《礼记·曲礼》中有关天子建天官先“六大”的记载。劳干认为：“古代祭司应当是三种人掌管的，即是巫、祝和史，但依礼是统于太史的。巫祝两字并见于甲骨文，巫象在神幄中奉玉之形，祝象在祭桌前跪拜之形，史象占龟之形。”其实，无论是巫，还是祝、史、卜、宗，在祭祀方面的职掌并没有十分严格的分工，常出现巫史不分、卜史不分的现象，因此陈梦家指出：“卜辞卜、史、祝三者权分尚混合，而卜史预测风雨休咎，又为王占梦，其事皆巫事而皆掌之于史。”对于殷商时期的“史”的认识，学术界还没有完全一致的意见。“巫”掌管着祭祀的全过程，“史”则负责记录和保管有关祭祀的典册，“巫史”本来就是负责天人相通事务的一个集团。

正是由于巫史集团是商王垄断文化的工具，所以他们在当时享有很高的社会地位，同时也是当时社会中最有知识的一个群体，而“儒”正是他们中的一员。

殷商的灭亡，极大地动摇人们让天地鬼神主宰人间一切事务的信念。小邦周打败大邦殷，使西周统治者认识到“天命靡常”“天畏棐忱，民情大可见”的道理，甚至认为：“天不可信，我道惟宁（文）王德延”；“人无于水监，当于民监”。尽管西周统治者们也常常谈论天命，但他们更关注的还是人事，是世俗社会的方方面面，是“敬德”“保民”。《尚书》保存了西周统治者们的许多诰语，傅斯年总结《尚书》周诰 12 篇的思想是：

凡求固守天命者，在敬，在明明德，在保人民，在慎刑，在勤治，在毋忘前人艰难，在有贤辅，在远佞人，在秉遗训，在察有司；毋康逸，毋酣于酒，事事托命于天，而无一事舍人事而言天，祈天永命，而以为惟德之用。

西周初年的这些思想，显然不可能凭空创造出来，除社会现实深刻变动的启发外，应该还有前人的思想成果可资借鉴。徐中舒认为，“祖甲改制，是商代社会的转折点”。所谓改制，就是变兄终弟及为父死子继，占卜祭祀活动也因此发生了许多变化。从现存甲骨卜辞来看，祖甲之前，祭祀对象极为庞杂，卜问事项无所不包；从祖甲开始，祭祀对象限于先王，卜问大都例行公事，卜事活动也明显减少。卜事的稀少表示鬼神的影响力减少了，相对地当然较重视人事。祀典只剩了井然有序的五种，轮流地奉祀先王先妣。礼仪性的增加毋宁反映咒术的减低。若干先公先臣的隐退，则划分了人鬼与神灵的界限，在可见重人事的态度取代了由于对鬼神的畏惧而起的崇拜，这是“新派”祭祀代表的一种人道精神。

这种精神对西周统治者减少对天命鬼神的迷信转而重视人事无疑有着直接的影响，而殷商后期的这些新派思想的传播显然离不开主持祭祀活动和保存有关资料的巫史集团。

当西周统治者注重人事，建立起一套比较完善的宗法制度后，人们对世俗伦理的关注便超过了对鬼神的关注，祭祀文化也就发展而为礼乐文化。当然，这不是说西周统治者不再需要祭祀占卜等神事活动，而是说这些活动已经退居到服从和服务于礼乐文化的建设与维系的次要地位，对世俗政治的重视超过了对鬼神的依赖与迷信，这只要比较一下《周礼·天官》与《礼记·曲礼》的天官执掌的差别就不难明白。在这样的文化背景下，巫史的地位也随着发生变化。

西周协助周王处理政务的有两大部门，即“卿事寮”和“太史寮”，可称“两寮执政”。太史寮由太史及其僚属组成，包括大祝、大卜等。太史兼管神事与人事，即一方面掌管国家典章文书，一方面管理祭祀、天象、历法等。太史属下的史为记事之官，早期史官记事都与占卜有关，随着世俗政治的发展，人事记录逐渐占据主要内容，所谓天子“动则左史书之，言则右史书之”。太史寮显然是由巫史集团转化而来，这一转化反映出祭祀文化向礼乐文化的发展。太史在殷商时期除了进行祭祀占卜活动外，本来就有记录整理典册的任务，在西周重视人文知识的环境下，他们承担起礼乐文化的记录整理保管传承的职责，是很容易理解的。正是由于太史实际上掌握了西周礼乐文化的典章文书，后人常将先秦诸子的思想来源追溯到“史官文化”，自然有着相当充足的理由。

关于“师”“儒”，东汉郑玄注云：“师，诸侯师氏，有德行以教民者。儒，诸侯保氏，有六艺以教民者。”《周礼·地官》有师氏教三德三行，保氏教六艺六仪的记载。不过，从事教化民众的绝不只是“师儒”“师保”的职责，《周礼·地官》的大司徒有所谓“十二教”，承担着养民、安民、教民的职责，其安民的六条旧俗是：“一曰嬍宫室，二曰族坟墓，三曰联兄弟，四曰联师儒，五曰联朋友，六曰同衣服。”“师儒”，郑玄注：“乡里教以道艺者。”唐贾公彦疏：“云师儒乡里教以道艺者，以其乡立庠，州党及遂皆立序，致仕贤者使教乡闾子弟，乡闾子弟皆相连合，同就师儒，故云连师儒也。”乡师、乡老、乡大夫、州长、党正、族师、闾胥、比长等均有教化之责，师保只是大司徒的属官，掌教国子而已。无论是师保还是师儒，他们所教“六艺”均为“礼、乐、射、御、书、数”。商代从事教育活动的除了商王以外，便是巫史集团的其他成员。而当祭祀文化转变为礼乐文化之后，学校教育自然以礼乐教育为核心。原来的巫史祝卜开始分化，一部分人适应这种变化，迅速掌握了礼乐文化知识，成为新文化的建设者和传播者，周初太史寮的成员便代表了这种趋势；另一部分人不能适应这种变化，仍然只操祭祀占卜之业，或仅以治丧相礼为职业，其社会地位便慢慢下降。如果这种分析不错，那么西周的儒就是已经掌握了礼乐文化知识的巫史祝卜在新制度下的角色转型。章太炎所谓的“达名”之儒，可以概括殷代的旱请雨祭之儒，而他所说的“类名”之儒则可以概括西周之儒。胡适从孔子、公孟子“冠章甫之冠”并根据《士冠礼》所云“章甫，殷道也”而断定儒是殷的遗民，是从殷的祝宗卜史转化而来，也可以加强我们的论断。

伴随西周礼乐文化成长起来的具有人文知识的师儒成了春秋战国时期中国知识分子生长的胚胎。如果说“士”是中国早期知识分子所依托的社会阶层，那么“儒”则是中国早期知识分子孕育的职业流品，正是在一系列相关因素的作用下，才诞生了中国早期的知识分子。

三、中国早期知识分子的精神

按照现代知识分子的概念，无论是孔子之前的“士”还是孔子之前的“儒”都不能称为知识分子，因为他们都没有自由的身份，没有超越个人私利的社会和人类关怀，都没能成为社会文化精神的代表。只有以孔子为代表的“儒家”和老子为代表的“道家”，才是中国历史上最早出现的知识分子。

西周以前，政教合一，政治领袖同时也是精神领袖。然而，春秋以来，随着社会的发展，诸侯崛起，王室衰微，王纲解纽，文化下移，官师政教分离，统治者们实际上已经失去了精神领袖的资格。于是，一部分中国早期知识分子便抓住这一历史机遇，以知识代替信仰，以礼乐文化打压巫觋文化，俨然以社会文化精神的代言人活跃于历史舞台。他们自觉地承担起教化民众引导舆论的社会责任，以历史文化的传承者自居，以社会精神的代表者自励。然而，在强权政治时代，他们又不可能仅以文化优势来达到上述目的，必须树立一个能令社会信服特别是令那些乱世诸侯信服的权威来震慑诸侯，引导社会，收拾人心。于是，他们便纷纷托古而言“道”：孔子托尧舜而言“道”，老子托黄帝而言“道”，墨子托夏禹而言“道”。“道”是他们用以抗衡乱世诸侯政治权力和军事经济实力的最有力的思想武器和精神武器，也是他们整合其思想学说的最简洁明了的理论旗帜。因此，维护“道”就是维护西周以来不断发展壮大起来的人道精神和价值理性。

春秋末期出现的儒家和道家代表人物孔子和老子，都不约而同地举起了“道”的旗帜。老子的著作大谈其“道”，所谓“道可道，非常道；名可名，非常名”；“孔德之容，惟道是从”；“有物混成，先天地生。寂兮寥兮，独立而不改，周行而不殆。可以为天地母，吾不知其名，字之曰道，强为之名曰大。大曰逝，逝曰远，远曰反。故道大，天大，地大，人亦大。域中有四大，而人居一焉。人法地，地法天，天法道，道法自然”；“道生之，德畜之，物形之，势成之。是以万物莫不尊道而贵德”。正因为他“尊道而贵德”，以致其著作被后人称为《道德经》。孔子则说："士志于道，而耻恶衣恶食者，未足与议也""志于道，据于德，依于仁，游于艺""笃信好学，守死善道，危邦不入，乱邦不居。天下有道则见，无道则隐"；"富与贵，是人之所欲也；不以其道得之，不处也。贫与贱，是人之所恶也，不以其道得之，不去也"。如果我们要为他们所代表和宣扬的思想文化起一个名称，可统称为"道德文化"。

虽然先秦儒、道两家都谈"道"，但他们对于"道"的理解却存在差异，其思路也不完全一样：道家更注重对"道"的本原性和超越性的描述，儒家更注重对"道"的俗世性和实践性的阐释。尽管他们的思想有出世与入世的差别，但他们对"道"的尊崇却是一致的，以"道"来阐述各自的政治观点的方法也是一致的。"道"是知识分子所阐释的价值理性、人道精神、社会理想、道德规范。正因为"道"对于知识分子如此重要，所以孔子要说："朝闻道，夕死可矣。"孟子要说："天下有道，以道殉身；天下无道，以身殉道。未闻以道殉乎人者也。"他们毫不犹豫地视"道"为生命。即使像庄周、韩非那些不赞成儒家仁义学说的知识分子，也同样不否认"道"的崇高价值，其原因即在于此。

由于中国早期知识分子所依托的历史条件和思想资源的限制，他们对"道"的理解难免有这样或那样的局限，例如儒家崇奉"周公之礼"，道家向往"小国寡民"，墨家"背周道而用夏政"，都是对已经逝去的岁月的理想化追忆，以及对传说中的某一时期的思想文化信息的当代性提升。

近代学者均谓儒道出于周，墨道出于夏。但这些学说几乎都有明显的保守倾向，都与当时社会有一定隔膜。春秋战国时代的统治者们也大都不赞赏他们的理论，他们中的代表人物如孔子、老子、墨子、孟子、庄子等人在政治上也都无所作为。然而，我们又不能不看到，尽管儒、道、墨各家思想并不适合当时社会变革的需要，但以老子和孔子为代表的中国早期知识分子对"道"的提倡，实际上是对价值理性和人道精神的弘扬，同时也是刚刚登上历史中心舞台的知识分子对社会发出的文化宣言。

孔子以文化的传承者自居，他认为只有他才是周文王开创的文化传统的真正继承者和传播者。尽管他在政治上并无多少作为，但他毫不怀疑自己的行政能力，他说："苟有用我者，期月而已可也，三年有成。"他坚持自己的人格操守，绝不动摇自己的意志信念，他说："三军可夺帅也，匹夫不可夺志也。"他愿意用生命来维护他所提倡的尧、舜、禹、汤、文、武之道，他提出："无求生以害仁，有杀身以存仁。"

孟子提倡"大丈夫"人格，反对"自暴自弃"，他说：

"居天下之广居，立天下之正位，行天下之大道，得志与民由之，不得志独行其道。

富贵不能淫，贫贱不能移，威武不能屈，此之谓大丈夫。”

又说：

“自暴者，不可与有言也；自弃者，不可与有为也。”他主张成大事业者去忍受一切痛苦，经受一切磨难。他说：天将降大任于斯人也，必先苦其心志，劳其筋骨，饿其体肤，空乏其身，行拂乱其所为，所以动心忍性，曾益其所不能。

他甚至鼓励人们“舍生而取义”，来实行儒家的理想。

即使是以“自隐无名为务”的老子，对自己的人格和学说也充满着高度的自信。他说：

众人熙熙，如享太牢，如春登台。我独泊兮，其未兆，如婴儿之未孩，傫傫兮若无所归。众人皆有余，而我独若遗。我愚人之心也哉！沌沌兮，俗人昭昭，我独昏昏；俗人察察，我独闷闷。澹兮，其若海；飘兮，若无止。众人皆有以，而我独顽似鄙。我独异于人，而贵食母。

这里所说的“食母”，就是“道”。这种孤独情怀是中国早期知识分子的普遍心态，它既来源于知识分子开始登上历史舞台的孤独感，也来源于社会转型时期人们对社会发展前途的迷茫感。更值得注意的是，在这种孤独感的背后，是中国早期知识分子对自己追求的文化价值理性的忠诚和执着。这种忠诚和执着绝不是从琐碎的个人欲望中产生的，而是从知识分子的历史使命和文化传统中被现实激发出来的，因而它对此后的中国知识分子的文化心理和文化性格产生了深远的影响，也对中国文学观念和文学创作的发展产生了深远的影响。

“道”既然是中国早期知识分子用以树立文化优势和精神权威的一面旗帜，而以儒家为代表的这些知识分子又有积极入世的情怀，这就必然会造成对掌握政治权力的统治者们的挑战，从而形成政治权威与精神权威的矛盾冲突。战国时期的“道”“势”之争正是这种矛盾冲突的反映。这种矛盾冲突同样对中国文学观念产生了重大影响。

首先揭示“道”“势”矛盾的是孟子，他说：

古之贤王好善而忘势，古之贤士何独不然？乐其道而忘人之势，故王公不致敬尽礼，则不得亟见之。见且由不得亟，而况得而臣之乎？

孟子提出“道”与“势”的关系，他是把“道”放在“势”之上，要求贤士“乐其道而忘人之势”。孟子明确提出“道”与“势”的问题，说明在孟子的时代，“道”与“势”已经存在紧张状态，知识分子须对此表明态度。其实，孟子所提出的“贤士”应该“乐道忘势”，并不完全是孟子的发明，而是孟子对春秋以来知识分子处世态度的一种总结。

儒家重道忘势，本来就有传统。孔子本人便十分注意出处去就（指仕途的升迁和降职，出仕和退隐），主张“天下有道则见，无道则隐。邦有道，贫且贱焉，耻也；邦无道，富且贵焉，耻也”；“邦有道，谷；邦无道，谷，耻也”。孔子的孙子子思甚至不与鲁缪公为友。不独儒家，墨家同样主张尊道忘势，《墨子·亲士》云：“入国而不存其士，则亡国矣；见贤而不急，则缓其君矣。”他要求国君对这些贤士“富之、贵之、敬之、誉之，然后国之良士亦将可得而众也”。老子则主张“见素抱朴，少私寡欲”，更不以世俗权势为念，提倡“贵以身为天下，若可寄天下；爱以身为天下，若可托天下”。总之乐道忘势，是中国早期知识分子比较普遍的一种文化精神，它反映知识分子对自己的历史使命和社会承担的一种自觉。

孟子对知识分子提出“乐道忘势”的要求，也是因为当时的社会存在着知识分子可以“乐道忘势”的条件。春秋战国时期是一个大动荡的时期，诸侯之间的竞争不仅是军事和经济实力的竞争，也是人才与道义的竞争，要在列国诸侯中树立威信，国君的礼贤下士显然是必不可少的。

知识分子的文化优势和代表社会精神的特殊地位，在当时的社会里并不具有决定性的力量。当统治者还不够强大，还需要知识分子的帮助和需要借助知识分子的影响的时候，知识分子固然以道自居。而一旦统治者们感觉到地位已经巩固，可以操纵局势，他们对知识分子的态度就会发生变化，因为他们不愿意有任何力量来挑战他们的权威。在这样的情况下，当然还会有一些“死守善道”的知识分子来为理想抗争，继续“乐道忘势”，但更多的人恐怕会正视现实，向强权屈服，或者为了生活而委曲求全。孟子之后，荀子虽有“从道不从君”的呼吁，但他自己也只能“怀将圣之心，蒙佯狂之色，视（示）天下以愚”了。荀子的学生韩非则主张尊人主之势，所谓“事在四方，要在中央，圣人执要，四方来效”，“威势者，人主之筋力也”。他甚至公开主张：“明主之国，无书简之文，以法为教；无先王之语，以吏为师；无私剑之捍，以斩首为勇。”这些意见，显然是站在人主即权势者角度来考虑的。

“道”“势”之争以“势”的增长和“道”的萎缩作为结果或者趋势，恐怕是中国早期知识分子和真正的儒家学者所不愿看到又不得不正视的现实，采取避世立场的道家学者也许还能在虚静的精神世界里保留那一份“乐道忘势”的超然态度，而积极入世的儒家学者则很难继续“乐道忘势”，即使他们大力提倡“道”，而这种“道”已经不完全是可以与“势”相抗衡的精神力量，而是服从和维护“势”的道德说教了。除非“势”恶性膨胀到不给“道”以任何地位，社会文化价值系统到了可能彻底崩溃的地步，知识分子才会以“道”来抗争“势”，以生命来捍卫“道”。而在一般情况下谈论“道”，总容易给人以虚假之感，不少正直知识分子猛烈抨击假道学，与此不无关系。然而，如果因此否定中国早期知识分子“乐道忘势”的文化精神的积极意义，显然不是实事求是的态度；而如果因此丢掉中国早期知识分子以“道”抗“势”的优良传统，那就更是数典忘祖了。

四、中国古代文学观念的意识

中国早期知识分子来源于“士”与“儒”。不过，春秋末期的孔子对于“士”“儒”并未当作一个整体一律看待，所论颇有分疏。孔子曾对他的学生提到过“儒”，他要求子夏“女（汝）为君子儒，无为小人儒”，他所肯定的显然只是“君子儒”，并未肯定一切“儒”。孔子也谈“士”，如说：“士而怀居，不足以为士矣”“士志于道，而耻恶衣恶食者，未足与议也”，等等，多从批评的角度立论，可见他对“士”也有分疏，并不肯定一切“士”。孔子更多的是谈论“君子”，“君子”才是孔子肯定的对象，君子人格才是孔子的理想人格。如果一定要说他肯定“士”，也只能说他肯定“士君子”，而非一般“士”。而孔子所说的“士君子”“君子儒”或者更简洁地说就是“君子”，正是中国古代历史上最早出现的知识分子，或者说是中国早期知识分子的典型代表。

正是以孔子为代表的包括他的弟子们在内的这批以君子人格为皈依的早期儒家学者，成为中国最早的知识分子，他们的文化精神奠定了中国文学精神的坚实基础，也成为中国古代文学观念的主体意识。需要说明的是，由于“君子”是儒家的理想人格，因而中国这批早期知识分子不敢以君子自居，常常以“士”自况，如孔子弟子曾参云：“士不可以不弘毅，任重而道远。仁以为己任，不亦重乎？死而后已，不亦远乎？”这种“士”显然具有“君子”品格。加之战国以降，人们都习称以孔子为代表的学派为“儒家”，称孔门弟子为“儒”，故“士”与“儒”常相混称，后人也就以“士”“儒”为中国早期知识分子的代名词。然而，在孔子那儿“士”“儒”与“君子”是有明显区别的，而只有“君子”才符合以孔子为代表的中国早期知识分子的特征。

孔子所论列的君子的文化精神和文化性格是多方面的，集中到一点就是：“君子谋道不谋食”“君子忧道不忧贫”。“道”是君子即中国早期知识分子的最基本的文化理念，也是他们的价值目标，因此，“君子谋道”便成为他们的主体意识。不仅儒家学者论“道”，先秦诸子无不论“道”，以老庄为代表的道家更是以“道”为其中心话语。尽管先秦诸子对“道”的解说不尽一致，我们仍然可以从他们的一些有代表性的言论中找到基本答案，从而正确理解中国早期知识分子的崇道精神。

“道”是中国知识分子的价值理性，也是他们的价值目标。就现有文献和文物资料来看，“道”在西周还没有成为重要的思想范畴，更没有形成有系统的思想，统治者们思考得最多的是“敬德”与“保民”，而早期的“德”大都与政治有关，说明“敬德”“保民”主要是一种为了安定天下的现实考量，是世俗政治的需要。就其超越现实的信仰领域而言，西周统治者对“天”或“天命”的情结并没有完全消失，虽然他们也有“天不可信”“惟命不于常”的理性主义倾向，但周公在做重大决策时仍然要用大宝龟进行占卜，仍然“不敢替上帝命”，他们对天命的信仰在形态上仍具有神学特征。与商人所不同的是，周人的天命信仰中加入了道德和民意的成分，即“敬德”和“保民”，这就使得周人天命信仰中的神性因素渐趋淡化而人性因素不断增强。正是人性的不断增强促进着中华民族价值理性的觉醒，这种觉醒成为人们的信仰从天道转向人道的枢纽。

中国早期知识分子在西周以来价值理性发展的基础上，把“道”作为一个核心概念，赋予它超越一切的地位，用以消除天命观念的影响。孔子将一些宣扬神性的神话做出具有人性的历史化的阐释，如解释“黄帝四面”“夔一足”等，表明中国早期知识分子是以理性主义的姿态登上历史舞台的。既然他们已经悬置了上帝与天命，那么“道”就成了他们终极的价值目标，成了他们理想的精神家园。

正是因为“道”具有本原性、超越性、无所不在性，所以任何事物都不可能离开“道”。这样说来，“道”似乎很神秘，其实不然。《易·系辞上》云“形而上者谓之道，形而下者谓之器”，将“道”与“器”联系在一起，说明“道”不能离“器”，“器”也不能离“道”，它们只有“形而上”和“形而下”之分而已。以形上形下区分道器，道可以通过形来获得一种把握，这就避免了神秘性，体现了一种价值理性。中国早期知识分子对“道”的这种理性主义态度，便与殷商以来的巫觋对鬼神的盲目信仰区别开来。对“道”的维护也就成了对理性的维护，成了知识分子对自身价值的维护，成了知识分子寻求独立与尊严的一面旗帜，体现了他们的文化主体意识。后人谈论文学，总爱原“道”，其根本原因就在这里。

“道”是中国知识分子的人文理想，也是他们的道德追求。“道”是万事万物之源，也是万事万物之理。循此可有两种思路：一是像古希腊哲学家们那样去探讨这些普遍原理，做纯粹形而上的思考；一是让这种探讨不脱离具体的事物，去寻找事物之“道”。中国古代的知识分子选择了后一种思维方式。

孔子所提出的政治人物及其社会样板也并不完全符合他的理想标准。尧、舜且不论，武王有伐纣之举，周公曾镇压三监之乱，并非都是德治与仁政。然而，孔子所提倡的社会理想却是直接针对当时社会“礼崩乐坏”的政治现实的，明显具有对当时社会的批判意识，而这正是中国早期知识分子的可贵之处；所谓理想社会，不过是用来批判当时社会的思想武器而已。

在孔子看来，天下有道，则有安宁；天下无道，则动荡不已。解决的办法是“学道”，是“克己复礼”。孔子说：“君子学道则爱人，小人学道则易使也。”“克己复礼为仁，一日克己复礼，天下归仁焉。为仁由己，而由人乎哉？”他要求学生们能够做到：“笃信好学，守死善道，危邦不入，乱邦不居。天下有道则见，无道则隐。”以为“君子博学于文，约之以礼，亦可以弗畔矣夫”，也就是说，君子只要广泛地学习礼乐文化，自觉地遵守礼乐规范，就不会违背“道”。孔子似乎不愿意过多地去讨论关于“道”的定义，而是将注意力转向去探寻“道”对于社会和人生的意义，这与孔子的人道思想和实践理性精神是完全一致的。

孟子继承了孔子的思想，更加关注君子的心性修养和人格锻炼。他以“性善论”为理论依据，认为人有“良知”“良能”，不虑而知，不学而能，只要不失去本心，就能恪守儒家之道。他说：“人之所不学而能者，其良能也；所不虑而知者，其良知也。孩提之童，无不知爱其亲者；及其长也，无不知敬其兄也。亲亲，仁也；敬长，义也。无他，达之天下也。”又说：“万物皆备于我矣，反身而诚。乐莫大焉。强恕而行，求仁莫近焉。”“爱人不亲反其仁，治人不治反其智，礼人不答反其敬。行有不得者，皆反求诸己，其身正，而天下归之。”“老吾老，以及人之老；幼吾幼，以及人之幼，天下可运于掌。”

正因为孟子把社会政治问题归结为道德问题，所以他常常以“德”来释“道”。“德者，得也，谓内得于心外得于物”。有“德”就能有“道”，这是孟子的一贯思想。孟子说：“民为贵，社稷次之，君为轻。是故得乎丘民而为天子，得乎天子而为诸侯，得乎诸侯而为大夫。”对“丘民”的重视既是对孔子思想的发展，也反映了社会的巨大进步，得民心者得天下，成为孔孟之道的重要内容。“外得于物”固然重要，但更重要的是“内得于心”，回复自己善良的本心，即“反身而诚”，这样，“道”的问题归根结底是一个道德修养问题。

孟子之所以把政治问题道德化，是与他所处的社会环境分不开的。当时的社会，统治者们见利忘义，尔虞我诈，“争地以战，杀人盈野；争城以战，杀人盈城”。而要解决这一问题，除了对他们进行道德约束，实在没有别的办法。当然，统治者们并不喜欢孟子的这些说教，更没有人去遵照执行。

孔孟之道代表了儒家对“道”的基本认识和主要价值取向，然而，真正把“道”与

“文”联系起来的还是荀子。荀子说：

学恶乎始？恶乎终？曰：其数则始乎诵经，终乎读礼；其义则始乎为士，终乎为圣人。真积力久则入，学至乎没而后止也。故学数有终，若其义则不可须臾舍也。为之，人也；舍之，禽兽也。故《书》者，政事之纪也；《诗》者，中声之所止也；《礼》者，法之大分，类之纲纪也，故学至乎《礼》而止矣。夫是之为道德之极。

这是就“学”而言。荀子是一个“性恶”论者，他认为，要改变人“恶”的本性，必须积学循礼，以达至圣人之道。而所谓积学，在荀子那里，其实就是“积文学”。荀子所说的文学，实际上就是经过孔子整理并阐述的儒家经典《诗》《书》《礼》《乐》《春秋》，这样，文学就有了具体的形式。在荀子看来，“道”就体现在文学的具体形式之中，而圣人则将“文”与“道”完美地统一在一起。

荀子在将儒家之道与积文学联系在一起的基础上，提出了圣人为“道”之“管”，六经为“道”之“归”，并将辞文辨说全部统摄在“道”的监控之下。这样，荀子实际上已经阐明了“原道”“征圣”“宗经”的基本思想。

从“文”与“道”的关系来看，孟子以为“道”之在“德”，“德”之根本在得“仁义”之本心，循此以进，也就不愁“文”不合“道”了，所谓“流水之为物也，不盈科不行；君子之志于道也，不成章不达”，也就是孔子所说的“有德者必有言”的意思。这样“文”与“道”的问题主要是一个道德人格的修养问题。荀子并不反对道德人格的培养，但他认为道德人格的培养是一个“锲而不舍”的过程，它不是本性的自觉，而是礼法的磨砺和约束，学习文学知识则是一个重要途径。这样，他便将“文”与“道”的关系主要理解为“形而下”与“形而上”的关系，后人所说的“文章者道之器也”便主要受他的思想影响。应该说，在荀子之前，“文”与“道”是不可分的，孔子便从来不主张将“道”的问题形式化，他虽然十分注重礼节仪式，但他并不认为这些礼节仪式就是“道”，他说：“礼云礼云，玉帛云乎哉？乐云乐云，钟鼓云乎哉？”礼乐问题，并不就是玉帛钟鼓的问题，关键是对它们的认识、理解、接受的问题，即是否“心悦诚服”。与孔、孟将内外本末打成一片不同，荀子实际上已将内外本末分开，认为通过外在的规范可以影响内在的品格，通过外在的形式可以把握内在的本质。这样，“文”与“道”的问题就演变为形式与内容的关系问题，文学问题也就成为一个可以在形式上加以讨论的问题，甚至儒家经典也就可以作为一种文学形式被肯定和被模仿了。

由于“道”实际上代表了中国古代知识分子的价值理性和社会理想，而其具体体现是“先王之遗文”，而这些“先王之遗文”主要掌握在知识分子手中，其基本精神也由知识分子来阐发，因此，在“道”受到社会普遍尊崇的时候，不仅知识分子的地位相对较高，“文”也受到特别的重视。

《史记·孟子荀卿列传》说齐宣王时稷下学者滋盛，这些人“各著书言治乱之事，以干世主”，可见这时的重“道”与重“文”是一致的，人们没有必要提出“文以载道”的问题，因为这一问题并不存在。只是到了“势”尊而“道”卑的秦代以后，“文”与“道”才成为知识分子关注的一个重要问题，对“文”与“道”关系的不同理解也就成了区别不同类型文人的一把标尺。

中国早期知识分子提出“道”的概念以及对“道”的维护，是对价值理性和人文精神的一种维护，是对他们各自提出的理论学说的一种维护，也是对知识分子集团意识的一种维护。

先秦知识分子所形成的这种卫道立场和原道精神，对秦汉以后中国知识分子的文化心理和文化性格产生异常深刻的影响，也形成了文学领域根深蒂固的“文以载道”的思想传统。从积极方面来看，“文以载道”能够提升知识分子的思想境界，加重他们的社会责任，使文学不能远离国计民生，充分发挥文学改良社会与人生的作用。从消极方面来看，“文以载道”限制了文学家自身情感的表达，影响了文学除政教功能以外的其他功能的发挥，也不利于人的全面发展；并且，文所载之“道”也并非人类理想的圣境，无论是就伦理道德而言，还是就社会制度而言，先秦诸子所言之“道”都有十分明显的时代局限和思想局限，因此“文以载道”就容易成为维护旧制度反对新思想的便利武器。

秦汉以后，特别是汉武帝接受董仲舒建议“罢黜百家，独尊儒术”以后，儒家思想占据了思想统治的中心位置，孔、孟所揭櫫的君子人格和“君子谋道”的主体意识和人文精神给予中国古代知识分子以无比强烈的影响，人们论文作文，无不把“文”与“道”联系在一起，以“道”为准绳，以“道”为旨归，形成了中国古代特有的文学景观。尽管唐人的文道观与宋人的文道观并不完全相同，宋代道学家的文道观与古文家的文道观也有许多差异，然而，他们都以文道关系为论述中心却是一致的。这种讨论弥漫整个文学界，先秦时期所形成的中国古代文学观念的影响不断被强化，使得中国古代文学具有浓厚的泛道德倾向，因为人们所理解的“道”主要是指孔孟之道，这必然形成中国古代文学以礼节情和偏重说教的传统，阻碍文学的发展进步。当然，事物都是具有两面性的，重道的传统加强文学家的社会责任感，使得文学能够更多地关注社会和人生，提高了文学的社会影响力。中国古代文学在古代中国似乎一直是社会关注的热点，很少被边缘化和冷漠化，重道的传统观念不能不说是一个重要原因。

第二章　中国古代文学的审美观念解析

第一节　中国古代文学的审美标准

在确立中国审美形态的标准之前，首先，需要对中国审美形态做一个理论上的界定。这就是，中国审美形态就是在中国文化传统中形成的不同于西方的审美形态，是一种特殊的审美形态系统。“意境是一切文艺作品，特别是诗歌所追求的审美目标，是我国传统的文艺鉴赏中所极为重视的一个审美课题。”① 其次，要提出关于中国审美形态划分标准的根据，要考量中国古代审美形态的性质和特点进行划分。确定最基本的审美形态，需要功能性标准和层次性标准。功能性标准是关于审美形态的普适性、概括性、影响力和流传性的总结，立足于探究审美形态的实际作用及其价值。层次性标准则是在众多的审美形态中如何按层次排序、确立谱系的问题。

一、审美的功能性标准

第一，广泛性与普适性的统一。即不仅在某一种类或某一体裁中使用，而且在其他一般艺术形式中使用；不唯在艺术中存在，还在生活审美中使用。如“典型”“意象”，只在文学中使用，不在其他艺术中使用，也不在生活审美中使用，故只作为文学审美形态对待，不作为具有普泛意义审美形态对待。同样，虽然有些范畴如“自然”“淡泊”等不仅在中国诗歌意境中使用，而且在其他艺术，如绘画、音乐、戏剧、小说等中广泛使用，且在生活中、医疗中普遍使用，因而，作为审美形态，似乎更具有广泛性。但广泛性并不等于笼统。“自然”与“内容”“形式”“现实美”“艺术美”等范畴一样，其涵盖范围过广，以至无所不包，但又难以确指任何一个具体的审美形态，因而缺乏普适性，也难成为

① 罗志明. 浅谈中国传统文学审美标准——言不尽意［J］. 课程教育研究，2014（22）：20.

基本的审美形态。因此，广泛性和普适性的统一也就是一个如何把握中道的问题。

第二，统摄性，即集中多于统一。中国古代的审美形态术语颇多，集中在对风格的描述上，且以经验描述胜，在逻辑表述上往往不够准确。如清人方东树在其《昭昧詹言》中批评司空图的《二十四诗品》为“多不可解”，因而具有零散性、模糊性特点。但另一方面，也有一个“心与道契”、以道统之的特点，将诗论与道论，形下与形上统一了起来。如论《雄浑》：“超以象外，得其环中”；论《冲淡》：“素处以默，妙机气微”；论《高古》：“虚伫神素，脱然畦封”；论《洗练》：“俱道适往，着手成春”；论《豪放》：“由道返气，处得以狂”；论《疏野》：“若其天放，如是得之”；论《委曲》：“道不自器，与之圆方”；论《实境》：“忽逢幽人，如见道心”；论《悲慨》：“大道日丧，若为雄才”；论《形容》：“俱似大道，妙契同尘”；论《超诣》：“少有道契，终与俗违”；论《流动》：“超超神明，返返冥无”。显然，司空图多用“道”来统摄他的二十四诗品，或二十四种诗歌风格。因此，如何将这散乱的表述梳理成具有内在逻辑的类型，就需要在古人的基础上理清思路，进行概括和统摄，进行现代美学理论上的整合。没有统摄的审美形态将是散乱的、无法把握的。在这方面，理论的整合不仅是必要的，而且是迫切的。

好在中国古代哲学概念在统摄中国的审美形态方面大有用武之地。如阳刚与阴柔、虚与实、意与境、形与神等都离不开中国哲学之“道”——阴阳的对立统一的制约。按照这种统摄性原则，我们就会比较容易地发现中国古代审美形态的基本脉络。

第三，源远流长性。有些审美形态积淀在民族的审美文化中，产生了长久而持续的影响，已经在某种意义上构成了本民族审美文化的识别标志。如“神”及其与之相关的神韵、神妙、神奇等，不仅在古代审美形态中占有重要的一席，而且在当今现实和艺术中仍有着强大的生命力。如我们称自己的祖国为“神州”，称自己的军队为“神兵”，文学作品中的“神雕侠侣”“神妙无比”等耳熟能详。相形之下，一些划分过于琐细而且对当今社会已经不再产生影响的审美风格，如《世说新语》中的人物品藻和古诗学中关于诗歌审美形态的几十种“品”，在美学教材中就不宜采用了。

二、审美的层次性标准

中国古代审美形态脱离体裁和种类以及集中于风格并以风格代替审美形态表达的特点，决定了其概念范畴的庞大体积，而且在这个庞大的概念范畴内部，各类概念往往相互交叉、相互包容、关联重合、等级界限不清。就以目前教科书中写到的中国审美形态为例，中和、神妙、气韵、意境、沉郁、飘逸、空灵、阴柔与阳刚等，实质上都是至少两个概念的近义或反义组合，不像西方的悲剧、喜剧、荒诞、崇高那么单纯、清晰，而是意义纠葛、模糊。主要表现在以下方面：

第一，在同等级别的审美形态之间实际上存在着形上与形下的层次之别，影响人们对中国审美形态的确认。如中和、神妙、阴柔与阳刚、气韵、意境就是一个从“道”的属性中演化而来的，属于与“元”“原”有关的次级概念。沉郁、飘逸、空灵等则属于与道、元、原没有直接联系而是只有延伸性联系的范畴，因而表现出概念的兼容性和分类的随俗性特点。但如果将这种兼容性和随俗性不加限制地扩大，则会造成级差混乱。

第二，广泛衍生，在形成族群性和家族相似性的同时，造成了中国古代审美形态的诸多亚种。如从“神”中衍生出神采、神情、神貌、神韵等，从“韵”中派生出气韵、风韵、神韵等；从而形成了近义词之间的亲属关联，极具家族相似性。其中就有叔侄关系的，如风神、风韵等；有甥舅关系的，如气韵、风韵等。但在这个亚种里往往会主从不分、高下不明，影响到对中国审美形态范畴的取舍。最后只能以“神”和“妙”这两个一级元概念的组合为此类中的最高审美形态。

第三，广泛组合，形成姻亲性。这种联姻式的审美形态形成了中国审美形态范畴的无限延展，对分类造成了一定的困难。中国的审美形态既具独立品格，自成单位，又关联性很强，具有风格之间的姻亲关系。意境与空灵、沉郁与中和、壮美与神妙、气韵与飘逸、阴柔与阳刚之间自有联合性，有一条扯不断的纽带，而且各组之间也有关联。如意境-空灵与气韵—飘逸、壮美-神妙与阴柔—阳刚之间都有兼容、互通的关系。可以说是具有壮美风格或阳刚风格，或阴柔风格的空灵意境，同时可以兼具气韵和飘逸的特点。如中国宋词中的豪放派与婉约派在创造诗歌意境时就都有数个审美形态之间的广泛联姻。苏东坡的《水调歌头·明月几时有》、李清照的《声声慢·凄凄惨惨戚戚》就都同时涉及意境、气韵、空灵、飘逸、阴柔与阳刚等审美形态。这种广泛的联姻很容易将不同级差或不同层次的审美形态杂糅在一起，很难进行干净利落的分类。

鉴于以上中国古代审美形态的层次级差实际，非常有必要坚持层次性原则，对其进行不同层次的分类，以便对中国审美形态的系统性和结构性有全面的把握。中国的审美形态大致可以分为以下四类：

一类标准，指元概念、元范畴。如道、性、气、中、和、神、妙、境、悟等单音节的单纯词。

二类标准，指合成意义上的具有统摄性的范畴。如气韵、意境、神妙、中和、阴柔与阳刚等双音节的复合词。

三类标准，是在二类标准基础上的延展，表现出家族相似性。如前述之从“神”中衍生出来的神采、神情、神貌、神韵等复合词，已超出了风格的范畴，具有准审美形态的特点，而且极具家族相似性。

四类标准，指二十四诗品、二十四画品中的次亚种。如平淡、古淡、冲淡、闲淡、枯淡等复合词就都是非常具体的风格，已不具备审美形态的广泛性、普适性和特殊性要求。

值得注意的是，以上等级性标准与功能性标准相互联系，互为前提。如只有二类标准中的审美形态才具有最佳的功能，在广泛性与普适性的结合上、在统摄性与杂多性的统一上、在流传的久远性方面相对称。而一级元概念由于其过于空泛而缺乏普适性，三类和四类审美形态过于狭小而缺乏广泛性，都不能成为最具典范性的审美形态。因此，明确审美形态的等级层次，有利于把握审美形态的学科标准，从而使审美形态的研究得以深入和精细。

第二节　中国古代文学的审美形态

“贯穿整个中国古典文学创作的审美形态主要有中和、气韵和意境三方面”①。但事实上，中国古代的文论、诗论和画论中就有大量的关于审美形态的论述。如钟嵘的《诗品》、刘勰的《文心雕龙》、司空图的《二十四诗品》等。现代自从王国维开始，中国审美形态研究得到了进一步深入，而且表现出与西方迥然不同的特征。王国维《红楼梦评论》《人间词话》等著作中所出现的诸多审美形态范畴，如“有我之境”“无我之境”“大境”“小境”“造境”“写境”“隔与不隔”“生气”“高致”“内美”“眩惑”等，在理念上、方法上、形式上均有某种内在联系，具有“群”的系统性，涉及创造与欣赏论、审美价值论、审美胸怀论和审美风格论等多方面的内容，不再是翻译、借用的所谓“日源新语”中的“美学词汇”。但我国的美学教科书却在很长一段时间内无视中国自古以来，尤其是王国维创建的这些审美形态范畴的存在，表现出在审美形态范畴研究上的盲区，或者说美学史常识不足。

在探讨中国审美形态之前，首先应该明确什么是一般理论意义上的审美形态。关于审美形态的界定，在发行过的百十种美学教材和国内外出版的近十种美学辞典中，说法颇

---

① 侯洁. 看中国古典文学审美形态里的中和文化渊源和思想基础 [J]. 科技创新导报，2012 (31)；250+252.

多，甚至连术语本身也不一致，如美的形态说。在美的形态说下，又有美的类型说、美的范畴说等数种说法。类型说又分为美的类型说和审美类型说。把社会美、自然美、艺术美、形式美作为美的形态，或将自然美、社会美、艺术美或现实美这些最初级的审美类型也作为基本的审美形态来界定。

范畴说又分为美的范畴说和美学范畴说，将审美范畴与审美形态相混同，并用前者取代后者，显然缺乏对审美形态的独立性的认识。近年来出现的最有影响的是叶朗的大风格说，将审美形态等同于文化大风格。还有朱立元的人生境界说，认为审美形态具有人生底蕴，是人生境界的表现。一种直观且比较容易被人们接受的说法是体裁说。认为就如悲剧是一种剧种，喜剧也是一种剧种一样，荒诞也是一种剧种，黑色幽默是一种小说，因此，审美形态就是文艺体裁或文艺类型。此说在涉及部分西方审美形态时有一定的根据，但当涉及中国的审美形态时则无任何根据。这是因为，一方面，中国的审美形态基本上与文艺的体裁或类型无关；另一方面，中国的审美形态不专属于某一种艺术形式。如意境是诗歌的一种审美形态，但绘画、园林中也有意境这种审美形态，不像悲剧、喜剧、黑色幽默、荒诞剧那样专属于这种同名的体裁或种类。还有其他一些创新性的说法：一是李泽厚在其《美学四讲》中把美感的形态分为悦耳悦目型、悦心悦意型和悦志悦神型三种，是一种侧重于审美感受而不顾及审美对象形态的一种新说，影响较大。二是“内审美”。内审美是一种脱离了对象和外在感官的审美形态，非常具有中国古代修养美学的特征。

以上关于审美形态的概念界定及其逻辑分类对于深化审美形态的研究和美学理论的建设都具有一定的意义，会逐步提高学者的理论意识和理论思辨能力。但以上关于审美形态的歧义颇多的分类标准却显示了人们对于审美形态的本质认识上的不够深入，也不够全面。如将审美形态等同于审美范畴，把社会美、自然美、艺术美这样的美学分类当成审美形态等，就缺乏对于审美形态的科学的认识。为此，关于一般的审美形态，曾有过一个定义。这就是，审美形态是特定的人生样态、人生境界、审美情趣、审美风格的感性凝聚及其逻辑分类。随着中国文化本身越来越受到人们的关注，也随着审美形态研究的深入，什么是中国审美形态、中国审美形态如何分类的问题就摆在了中国美学面前。

但中国审美形态有其自身的特殊性，因而不可以套用西方审美形态的标准和方法，而是需要遵循独特的路径，尤其需要提高理论认识水平。造成中国审美形态研究滞后的主要原因就在于理论认识的不足。如把审美形态等同于审美学范畴，就很容易造成审美范畴取代审美形态的过失。事实上，作为概念体系枢纽的范畴，可以涵盖审美形态及审美形态之外的所有大的概念内容，而审美形态只是审美范畴中的一种，因此，一旦用审美范畴概念代替审美形态概念，就很容易忽视审美形态的具体内涵和形态特征。

中国古代没有自觉的审美形态意识，有的只是对构成审美形态要素的风格的诸多论述，而且往往以风格来代替审美形态，又以性情决定风格，学理性不强。南北朝时期随着人的自觉和文的自觉，刘勰《文心雕龙·体性》就将诗文风格分为八体："一曰典雅，二曰远奥，三曰精约，四曰显附，五曰繁缛，六曰壮丽，七曰新奇，八曰轻靡。"而且这八体又是两两相对，成为四组。如典雅与新奇，远奥与显附，精约与繁缛，壮丽与轻靡。更为重要的在于，刘勰对于诗文风格的四组八体的划分自有其根据。如说，"雅与奇反"，是由于"体式雅郑，鲜有反其习"；"奥与显殊"，是由于"事义浅深，未闻乖其学"；"繁与约舛"，是由于"辞理庸俊，莫能翻其才"；"壮与轻乖"，是由于"风趣刚柔，宁或改其气"。而所有这些根据又都总归于"吐纳英华，莫非性情"，将风格归结为人的性情。这些划分虽然涉及了审美形态的风格特征，但其以风格代替形态，且同义反复、重复论证，也表现出学理性欠缺，影响到对审美形态的理论研究。

中国古代没有自觉的审美形态意识，可能与中国的审美形态并非来自文艺种类或体裁有关。古希腊的悲剧、喜剧这些审美形态本身就都是剧种。而中国古代对于作为审美形态之关键要素的风格的重视及其分类，恰好说明了中国古代对于文艺内容的特点的重视胜过对于文艺形式的重视。悲剧和喜剧首先是形式，其风格也是在这种形式中存在的。而在中国古代的审美形态中，首先是风格，其次才是形式。而且这种风格并未固定在文艺的形式中。到了晚唐司空图那里，其《二十四诗品》所言二十四种风格，都有超越形式、超越文艺而涵盖一切审美形态的功能。如雄浑、平淡、高远、典雅等，就虽在谈诗而不止于诗。另外，中国古代对审美形态某要素的划分表现为有根据的划分和主观任意的划分两种。前举刘勰的划分是根据人的性情的划分，而司空图的二十四种诗歌品位或风格却没有什么依据。而且司空图所说风格，有的并非风格。如"实境""精神"等就被清代诗论家许印芳称之为"乃诗家用功"（《二十四诗品跋》）而非风格形态。这两种情况中的或以风格代替审美形态，或不提供划分标准，或界定不严等，都可归结为中国古代审美形态意识缺乏、理论性不强所致。因此，我们对于中国审美形态的理论建构必须首先确定审美形态的内涵和外延，确定其划分标准，使之学理化。只有这样，才能使中国的审美形态研究达到理论的高度，从而形成学科意义上的审美形态。

第三节 中国古代文学的审美特征

“古代文学在世界文学长廊中是独具特色的，具有明显的审美特征。”① 中国古代文学是一种审美性的文学，无论是从铿锵顿挫的节奏形式上，从一唱而三叹的情感上，还是从鲜明的民族审美趣味上，我们都可以看出中国古代文学的审美特征。

一、诗词形式与独特的韵律

中国是公认的诗的国度。从《诗经》开始，中国诗人代代辈出，诗歌创作成就实为壮观，当然也包括晚唐兴起的词。中国的古典文学，本来就有特定的格式以及固定的平仄，因此，中国古典文学尤其是诗词自然表现出一种整齐而严谨，铿锵且具有音韵之美。其实只要从唐诗及宋词中拿出那么一两首来，你就都能发现其中所蕴含的美乐。譬如以“平平仄仄平”“仄仄平平”“平平平仄”“仄仄仄平平”这四种押韵的方式为基础的近体诗，是中国文学样式中特别的形式。而这种文学样式，从形式讲，它有明显的抑扬的腔调和铿锵的音韵，是中国诗歌史上独有的。因此，这种独特的音韵美，显得十分婉转耐听，当然就更便于抒情了。在诗歌的黄金时代，不同的诗人呈现出了不同的诗歌风格，描绘出了一幅幅大唐帝国社会现实的图画。唐初，俊爽风格的陈子昂高举旗帜，提倡“骨气端翔，音情顿挫，光英朗练”；盛唐的王维、孟浩然却创造出了一种静逸明秀的诗歌境界；王昌龄、崔颢则创造了一种刚劲爽健的诗歌风格：高适、岑参等边塞诗人创造了一种奇丽悲壮的美；中唐时期的诗人们则创造了一种冲淡平和的美；韩愈创造了一种新奇险怪的美；白居易、元稹创造了写实尚俗的美；李商隐的风格则感伤凄艳。唐代是个英才辈出的时代，最具代表性的作家——李白以其洒脱的人格，浪漫主义诗歌风格的运用，创造出自然、清新、俊逸的盛唐之美。杜甫则因其悲天悯人的儒者情怀，以“语不惊人死不休”的锤炼，创造了令后人叹为观止的沉郁顿挫之美。

在中国文学中，除了诗歌这种独特的文学样式以外，同样因为音韵的要求而有了独特魅力的文学样式，还有骈文、赋、词、对联，等等。汉代有汉赋，汉赋的特点能表现大汉帝国大一统的思想。当然也有“究天人之际，通古今之变，成一家之言”的《史记》。宋

① 范爱菊. 浅析中国古代文学的审美特征 [J]. 青年文学家，2010（03）：31.

代把词推向了辉煌，把词这种文学形式的美表现到了极致。元明清的戏曲、小说，同样也是满口余香、韵味悠长。中国文学以抒情为主，叙事方面不如抒情，这与中国传统的文学形式——诗有着很大的关系。翻开中国古代文学史，从我国最早的诗歌总集《诗经》可看出，抒情诗占的比例很大，叙事诗的比重很小。抒情诗比比皆是，而最著名的叙事诗却只有《木兰诗》和《孔雀东南飞》两首。难怪中国人喜欢抒情，这和中国的文学特质有着密切的关系。中国古代文学就沿着抒情言志的道路，走出了自己的独特之美，并将一直走下去。《左传》中"赋诗言志"的意思，"志"更多的是个人的思想、志向、抱负等，后世许多诗论者如唐代的孔颖达、白居易，清代的叶燮、王夫之，都坚持了这一种说法。这是对"诗言志"传统的继承和发展，在中国诗歌批评史上具有极其重要的价值和位置，也可以说是对中国古代诗歌艺术规律的总结性贡献，"诗缘情"的艺术特征在中国戏曲方面表现较多。比如在王实甫的《西厢记》、汤显祖的《牡丹亭》中，基本就是抒情诗的连缀，抒情的唱段很多，也很美，不是有"诗剧"之称嘛！而在其他的舞台效果方面，则充分运用了古代文学中我们提到的写意的特点，时间和空间的处理是要灵活得当，所谓"三五步，行经千里；面对面，如隔重山""四个龙套，千军万马；几下更锣，长夜即逝"等。很显然，这些诗意的抒情句子是文学中强调审美的一种模式，当然也是我们国家独有的文学之美。

二、"神韵—意境"等独特的审美风尚

艺术风格在中国文学的样式是极其多样的，而且不同的朝代有着不同的审美追求。中国古代文学中体现出来的审美可以说是一种中和美，是一种含蓄美。这种美包含着三个方面，即"韵""味""气"。比如，《齐》："美哉！泱泱乎，大风也哉!"《豳》："美哉！荡乎！乐而不淫。"我们从"泱泱乎""渊乎""广哉""荡乎"词语中可看出我国先民们推崇崇高博大的美。这种美从先民初期开始一直影响了数千年的中国文学。所谓"中和"，即"喜怒哀乐之未发谓之中，发而皆中节谓之和"。所以中国古代文学更多的是追求一种含蓄蕴藉的美。如《诗经·关雎》中所表现的那种中和和谐之美一样，"韵""味""气"就一起构成了独具中国特色的审美特征。

"韵"，原指音乐诗歌的音调，后来干脆用到诗歌中，使诗歌音调和谐，富有节奏，并能给人以美的享受。《说文解字》中的"韵"更多指音乐。到了魏晋时期，"韵"逐渐成为品评人物的一个标准，谢赫在《古画品录》中提出的绘画六法，第一点就是"气韵生动"，主要是把人物的精神状态和性格特征能够在画中表现出来。那么"韵"就又被拿来

品评画。到了晚唐时期，文学家们就又开始用“韵”来评价文学。清代王士祯提倡“神韵”，这样王士祯的提倡加上一些人的会意，自然把“韵”在诗歌创作中的作用扩大到了前所未有的高度，以至于影响了诗坛近百年之久。我们说“韵”在文学中的作用是得到了大家的认可的，包括现代的人们。

曹丕说：“文以气为主。”庄子说：“通天下一气耳。”（《庄子·知北游》）刘勰《文心雕龙·体性》中说：“气以实志，志以定言。吐纳英华，莫非情性。”陈子昂在《与东方左史虬修竹篇序》中提倡“骨气端翔，音情顿挫，光英朗练，有金石声”。这可以说是一种风格论的认识。方东树的说法是对一种创作论的认识。皎然在《诗式》中说：“诗有四不：气高而不怒，怒则失于风流；……诗有四深：气象氤氲，由深于体势；……”这可以是一种鉴赏论的对“气”的认识。

第四节　中国古代文学的审美理想

“中国古代文学历经几千年的传承和发展，在每一个阶段都有自己不同的创作风格，但是，其审美理想却一脉相承，始终秉承着对自然的崇尚，对平和思想的追求，对营造意境的探索，在人物刻画上也有很多的共识。”① 很多时候，中国哲学思想重视艺术的感染作用，所以在美学方面高度强调“美”与“善”的统一。而且，中国哲学思想倾向于把“善”作为至高追求，最终以“天人合一”为最高境界。孔子在《论语》中，曾经多次提到“善”与“美”，尤其是在《八佾》中记载：“子谓韶，‘尽美矣，又尽善也。’谓武，‘尽美矣，未尽善也。’”这句话充分体现了孔子对待音乐乃至对待艺术审美的态度与观点，同时又明确区分了“美”与“善”，将它们分别作为两个概念用在不同的审美维度。可见，虽然“美”和“善”一样能通向礼乐，但是在孔子的思想中，“美”与“善”的关系并不仅仅是单纯的统一，而是既有相通又有独立之处，同时还能共同营造一种“尽善尽美”的美学精神和审美理想。

一、“善”

“善”在《说文解字》中解释为：“吉也，从誩，从羊，此与义美同意。”“善”在

---

① 楚冬玲. 中国古代文学审美理想的一脉相承性［J］. 民营科技，2010（07）：99+52.

《辞源》中，有如下含义：美好，与恶相反；亲善、友好；喜好；爱惜；大、多；擅长、善于；改善；揩拭；熟悉。在《论语》中，“善”字一共出现了42次。其中，“善”可以指好人，如“举善而教不能，则劝”；也可以指善于做某事，如“晏平仲善与人交，久而敬之”（《公冶长篇》）；还可以指好处和优点，如“愿无伐善，无施劳”（《公冶长篇》）；“善”还可以表示好好地去做事，如“善为我辞焉”（《雍也篇》），“工欲善其事，必先利其器”；“善”又可以指善良和善意，如“人之将死，其言也善”（《泰伯篇》）；“善”还能表示完整、全面，或者保全、使完整，如“笃信好学，守死善道”（《泰伯篇》）。

另外，“善”还表达出一种良好的道德取向的意义，“善”字表达的“好”主要在于内在的好。比如在“善人，吾不得而见之矣”（《述而篇》）、“子张问善人之道”（《先进篇》）中，善人是一种有操守、德行高的好人。更重要的是，孔子所言的“善”在某些时候能够在某种程度上与“仁”相通。在“子欲善而民善矣”（《颜渊篇》）中，就表达出孔子所提倡的“仁政”思想，这里说统治者要为民众带头向“善”，就是说统治者要忠行于仁道。又如“知及之，仁能守之，庄以莅之，动之不以礼，未善也”（《卫灵公篇》），这句说明智慧要用仁心来维持，行动不符合礼制则不属“善”。明显能看出，“仁”“礼”“善”之间存在联系，仁是内在的精神追求，礼是外在的形式规范，通过内在的仁心外化出礼，从而达成“善”的效果。孔子虽然没有对于善的完整和直接的定义，但是从孔子对于《韶》《武》两种音乐的评价中，可以看到在孔子眼中歌颂大舜美德的《韶》乐是“尽善”的，而《武》乐中表现了武王以征伐取天下，故未“尽善”。可见，孔子赞美的是一种体现伦理道德美的文艺作品。更重要的是，“善”与不“善”的价值判断体现着孔子所追求的仁道。因为仁道不是尚武的，所以表现暴力武功征战天下的音乐才会与孔子的智慧相违背。因此，孔子所说的“善”关乎艺术作品中体现的人伦，更关乎艺术作品传达和体现出的价值取向和大道追求。

二、“美”

“美”在《说文》中释为：“美，甘也。从羊，从大。”徐铉等曰：“羊大为美。”李定《甲骨文字集释》：“疑象人饰羊首之形。”在《辞源》中，“美”的含义有：①指“甘美”，引申凡事物美好者皆称美；②指“美好”，特指容貌、声色、才德或品质的好；③指向“善”的含义，与恶对称；④指赞美。在《论语》中，“美”字一共出现了14次。在篇章中，“美”的含义主要有几种：首先，“美”代表外观好看、外形美丽。其中，美丽可以是指人的形貌美好，如“巧笑倩兮，美目盼兮，素以为绚兮”（《八佾篇》），“不有祝鮀，而有宋朝之美”（《雍也篇》）；也可以是指衣服的华美，如“恶衣服，而致美乎黻冕”）《泰伯篇》；还可以指建筑好看，堂皇壮美，“不见宗庙之美”（《子张篇》）。其次，“美”又能表达一种内在美，指的是人的品质或者才能优秀、出众，或者是物的质量、成色出类拔萃。比如“如有周公之才之美，使骄且吝，其余不足观也已”（《泰伯篇》），指的是周公的才能出众；而“有美玉于斯，韫椟而藏诸”（《子罕篇》）中的美玉则除了好看，还因其质地和成色优秀、出色。最后，“美”也常用作“美善”的意思，这种情况下的“美”与“善”的意义是十分接近甚至是相通的，表示“恶”的相对一面。比如“君子成人之美不成人之恶”（《颜渊篇》）中的“美”是好事，与恶相对。孔子还讲到“尊五美，屏四恶，斯可以从政矣”（《尧曰篇》），这里的“五美”就是指五种美德，它们是“君子惠而不费，劳而不怨，欲而不贪，泰而不骄，威而不猛”（《尧曰篇》），这“五美”可以说与儒家“仁、义、礼、智、信”的“五常”是相通的。这种“美”德，同时也就是“善”德，“美”与“善”实现贯通联系。除此之外，“美”还表示中和之美，是合乎礼仪和仁道的美。如“礼之用，和为贵。先王之道，斯为美”（《学而篇》），可见，合乎中和、中庸之道的礼乐传统，才能是美。而孔子提倡的礼乐传统又是由孔子之仁道所规定的，所以“美”与“和”相关联，与“礼”相关联，更与仁道相连。

可见，孔子认同的美是一种有条件的外观形式之美，但另一方面却常常认为美也在于内在本质，带有一种有道德内容和性质评判的审美观。但是在《八佾篇》中，“子谓韶，‘尽美矣，又尽善也。’谓武，‘尽美矣，未尽善也。’”这句话又明确区分了“美”与“善”，让美作为纯粹感官愉悦美妙的意义，而让道义上的意义隐去。所以，虽然“美”既和“善”一样能通向礼乐，但在孔子看来，它又有着自身独特的审美意义。

三、“善”和“美”的关系

（一）“美”和“善”的相和关系

以“美”在中国古代的起源看，它是同味、声、色直接联系的，即能够在这些方面直接给予人们感官享乐的对象，常常就成为美的对象。中国古代文献的记载说明，最初所谓的“美”，在不与“善”相混淆的情况下，是专指味、声、色而言的，但是，纵观历史上对善美的理解可以发现“美”与“善”在一定程度上常常是统一的。从“善”与“美”两字本身的解读来看，它们都是与羊字相关联，“羊大为美”这个说法反映美是以社会功利满足为基础的。而羊是当时特别是统治阶级的重要食物来源，同时又是富足吉祥的象征，因而被认为是好的、善的。这样，“羊大”就既美也善，“美善同意”。另一种关于“羊人为美”的解读则认为，原始时代的人戴着羊形冠或者面具等装饰进行图腾舞蹈或者武术活动被认为是很美的，这种舞蹈和武术活动又与社会生产活动以及战争等功利性目的紧密相连，所以“美”有着功利性的意义，与之关联的是社会功利色彩的“善”。众多资料可以确认，当时“羊人为美”“羊大为美”的审美观念中饱含着善的内容，与“善”不可分割，反映了中华民族“美善同意”的审美特色。在春秋以及春秋以前的时期，人们说的“美”并不单纯指形式美，从孔子《论语》中“礼之用，和为贵。先王之道，斯为美”（《学而篇》）也可以看出当时人们将“美”与“和”“善”等字联系在一起理解的思路。“美”与“善”的这种统一，可以说就是一种“和”。“和”这一美学范畴包含着浓厚的政治、道德观念。在《论语》中也曾 8 次出现“和”的概念，如“礼之用，和为贵”（《学而篇》）、“君子和而不同，小人同而不和”（《子路篇》）、“和无寡”（《季氏篇》）等。孔子论“和”时强调用道德来规范审美对象和审美主体，并紧密地围绕着礼乐问题而展开，带有浓厚的政治与伦理色彩。孔子在评论另一部音乐作品时说道“郑声淫”（《卫灵公篇》），这里“淫”的原因就在于指情绪发展得太过，以至于让人流连忘返。这里的“郑声”估计也不可谓不够动听优美、引人入胜，但得到孔子较低评价的原因就是其在“善”方面不够达标，更不符合孔子“和”的礼乐观。

这种“和”在孔子看来，是“礼”应有的形式，同时是建立在“仁”的基础之上的。审美和艺术在人们为追求“仁”的精神境界而进行的修身过程中能起到很独特的作用，审美、艺术和社会的政治风俗之间也有着重要的内在联系。为了使艺术在社会生活中能产生积极的作用，必须对艺术本身进行规范，艺术必须符合“仁”的要求。在孔子看来，“仁”是成人的本性，仁使人成为人。而要追求“仁”，就要向着“善”，因为“苟志于仁矣，无恶也”（《里仁篇》）。孔子所言“里仁为美。择不处仁，焉得知？”这就是要求人居住在仁之中，因为仁是善的，所以这种居住是善的；因为美善合一，所以这种居住是美好的；因为里仁是合于真理的选择，所以这种居住也是智慧的。

（二）“美”和“善”的独立关系

孔子博学多能，对许多艺术问题也有着自己独到深刻的见解。尤其是对于音乐，孔子对不同的音乐进行过特别的评价。在“子谓《韶》，‘尽美矣，又尽善也。’谓《武》，‘尽美矣，未尽善也’”（《八佾篇》）中，可以清楚看到，孔子明确地把“美”与“善”区分开。根据孔子这里的论述，可以总结出对于音乐的“善”与“美”的评价其实会有三种可能：尽善尽美、尽善不尽美、尽美不尽善。很明显，“美”和“善”在此处是两个维度的衡量标准，一部艺术作品可以同时符合两个标准，也可以只符合一个而不符合另外一个，这两个标准互不干扰、互相独立。对于此处的音乐来说，“善”是指音乐的内容，包括感情和主题等内涵；“美”则体现出孔子对于音乐形式美的肯定，“美”是在评价音乐艺术的旋律、节奏、音色等形式部分。

《韶》《武》皆为纪功乐舞，是宗庙祭祀活动的重要内容，场面宏大，节奏舒缓，声音平和，具有很强的感染力和震撼力，皆“尽美矣”；而《韶》又以其内容上的道德性因素取胜，具有“美之实”，符合“善”的标准。二者由于思想内容的不同，在孔子看来，就有了在“善”的境界上的高下之分。可以说，“尽善”与否的背后首先牵涉到了孔子忠君尊王的政治主张，还掩藏了孔子人道主义思想原则。但是，就纯粹艺术形式的美感来说，孔子提到的两种音乐都是美的。这种“美”的概念或许更能涉及美感的实质，“美”是外在的艺术形式激发人的感官愉悦，是无须考虑功利判断的单纯的审美享受。孔子在对《韶》《武》两部音乐评价时，“美”所指的方向是足够明确的，它并不是仅能给人低级的物质满足感的概念，也不是被伦理和政治裹胁的概念，“美善同一”的观念在此被打破，“美”的范畴里面指向了真正的审美对象，即艺术作为其自身存在之美。

这种对形式美的肯定甚至褒奖，在《论语》中不单只提到音乐艺术，“辞达而已矣”（《卫灵公篇》）是强调文学作品中言辞之美；“宗庙之美”（《子张篇》）是形容建筑之美；“巧笑倩兮，美目盼兮”（《八佾篇》）更是形容女子的形貌优美。这些美感都是以独立自在的感性形态进入审美领域，是主体以超功利的审美态度对引起人们感官愉悦的艺术对象进行观照和欣赏之时，专注地将心灵投入对象自身中去体验审美对象的美感。美作为一种能给人既有精神性又是感性的愉悦的对象，在孔子之前已为人们认识。孔子对“美”的价值做了充分肯定，明确地把美与善从含混的状态中独立出来，在肯定“美”所具有的超越世俗功利和伦常道德的审美功能的前提下，实现美与善在更高的层次上，亦即审美境界中的和谐统一。这是孔子对中国古代艺术做出的独特贡献，当然也成为儒家艺术精神的核心和精髓。

四、“尽善尽美”

所谓“尽善尽美”，现在看来，就是要让美与善在更高的层次上，即审美境界中达到和谐统一。通过这样的境界，人们能够确立个体与社会、道德伦理之善与艺术感性之美、人生态度与美感境界相容与共的审美理想。

孔子提倡的“尽善尽美”在艺术作品中的表现，即内容与形式都要出色，在道德教化方面和审美自律方面合二为一。在孔子那里，“美”“善”的相互交融形成了一种“美中有善，善中有美”的艺术境界。也就是说，单纯的形式美是不能打动孔子的，艺术作品还需要具备从生命根底所散发出的对“善”即终极意义的追求。在《八佾篇》中孔子说“人而不仁，如礼何？人而不仁，如乐何？”很明显，是用“仁”道来规定礼乐文化精神。按照孔子“仁”道的规定，音乐和其他艺术的美感不只是单纯的感官性的东西，更要传达出符合“仁”所规定的礼乐精神。也就是说，道义上的“美”应该是优先于单纯的形式上的美感的。假若“善”和“美”不能兼备，则宁可“尽善”而不“尽美”，而不是先追求“尽美”却忽视“尽善”。钱穆在《论语新解》说：“遗其本，专事其末，无其内，徒求其外，则玉帛钟鼓不得为礼乐。”孔子之所以“因音乐而忘我地投入和沉醉，恐怕并不仅是因为音乐本身的形式美所带给他的感官享受和满足，更多可能是因为在艺术世界里承载了他对生命意义的一种终极体认，并由此而引发了精神上、情感上的强烈共鸣”。孔子在艺术和人生境界方面，除了赞赏美的事物和美的感受，更需要追求伴随着美感体验而产生的生命终极之道，以及由此而形成的人生至高境界。

“美”与“善”兼备的事物，确实能让人体验到一种快乐，而这种“乐”的体验正是无上的审美境界。孔子说“兴于诗，立于礼，成于乐”（《泰伯篇》），正是美好的艺术让人流连其中，深受其中善的影响，让主体抛开凡俗中各种外在束缚，完全投入当下的生存境域中，真正从内心体验到快乐。这种快乐不仅是情感上的快乐，更是一种与大道同在的乐。而孔子的大道就是仁道，“尽善尽美”就是一种体味和达到“仁”的快乐，也是一种仁者之乐。孔子提倡“为己”之学，也就是主张完成自己的理想人格，提高自己的心灵境界。具体地说，一是为了完成自己的理想人格，实现仁的抱负；二是为了自己的精神享受，从中体验到快乐。这两层意义是互相联系的，实现了仁的境界，自然能产生心中之乐，而心中之乐是心灵境域的自我体验，且是最高体验。而要成为仁者，孔子认为应该做到“文质彬彬”，也就是要求仁者的言动、容色、生活各个方面的美和文化教养，与君子内在具有的仁义道德品质这两者的统一。

“文与质”与“美与善”基于内在的思想联系和外部的同构关系而相互联系，共同相辅相成组成了儒家的审美理想——文质彬彬，尽善尽美。这可以说是一种道德之美与艺术形式之美的完美融合，也是人生境界与艺术情怀的相得益彰。

第三章　中国古代文学的审美意象与题材

第一节　中国古代文学松柏意象与题材

松树和柏树都是植物中的普通品种，但是松柏在寒冷的冬天依然可以保持一抹绿色，枝干始终坚挺，并不会为寒冬所屈服，因此，在我国古代文学作品当中，众多文人寄情于松柏，通过其传递出某些思想。在长期的运用当中，松柏逐渐成为坚韧、不屈的代名词，文人也多用松柏“咏志”。在我国古代文学作品当中，运用松柏题材的作品非常多，且质量很高，很多作品都被后世广为传诵。

一、古代文学中松柏意象与题材繁荣的原因

“松柏分布广泛，应用普遍，与古人生活关系密切，因而很早就进入文学表现的领域。”① 在我国古代文学中，赞美松柏的作品数不胜数，松柏这一意象如此繁荣的原因主要包括两个方面：首先是松柏自身的原因。松柏作为树木品种，在我国有着广泛的分布，同时因为其生命力较强，对于土壤和水分的要求较低，可以生存在众多气候条件较差的地方，从而使得松柏的种植面积更为广泛。而且松柏本身还具有其他树木所不具备的特性，那就是松柏能够一年四季保持常青，特别是在寒冷的冬季，那一抹绿色更是显示其具有顽强的生命力，因此，松柏这一意象格外吸引文人的注意。其次是文学发展的原因。松柏题材与意象的繁荣与文学发展密不可分，特别是山水文学、咏物文学等的发展，都对松柏题材与意象的繁荣起到了推动作用。古代很多文人墨客喜欢寄情山水，高山、流水、明月等都成为当时文学作品当中常见的意象，这其中松柏意象也取得了较大的发展。在唐代，山水诗发展迅速，各种关于松柏意象的文学作品不断涌现，使松柏这一意象逐渐深入人心，

---

① 王颖. 中国古代文学松柏题材与意象研究［D］. 南京：南京师范大学，2012：15.

成为坚韧、孤傲的代名词，例如《寒松赋》等。由此可见，松柏题材与意象的不断繁荣与文学的发展有着紧密的联系。

二、松柏文化意蕴与典型意象分析

在古代文学作品当中，松柏意象寄托了文学创作者的众多价值观念，具有多重表意抒情的作用，文学创作者通过托物寓意、借景抒情的方式，表现了松柏意象的多种意义。

（一）墓地松柏题材与意象分析

在墓地中种植松柏在我国具有悠久的历史，据记载，基地周围种植松柏的习惯在商周时期就已经形成了。这一现象在一定程度上也影响了我国的丧葬制度，寄托着后代对逝去亲人的思念，是我国先民的一种情感观念的体现。因为墓地松柏的特殊意蕴，使得松柏时常被古人用来追悼、祭祀逝去的亲人。墓地松柏作为一种特殊的情感寄托，自汉代开始就在文人墨客的笔下出现，到了魏晋时期，墓地松柏意象的发展更为兴盛，成为文人用来表达对先人的思念、感慨生死等情感的重要意象。

可以从两个方面来看墓地松柏所具有的作用：首先把松柏栽种到墓地可以起到标识作用。由于古时土葬制度的影响，人们在去世之后的坟冢多为土堆，在经过长时间雨水的冲刷后会逐渐成为平地，因而将松柏种植于墓地之中，能够起到标识的作用，后人可以通过松柏的位置来判断先人的埋葬位置。其次是松柏具有护佑亡灵的作用。在古人眼中，松柏可以驱邪，保护亡灵，所以在很多的文学作品中都通过墓地松柏这一意象来表达松柏对亡灵的护佑。正因如此，墓地松柏对于在世的亲人来说十分重要。例如：《晋书·庾衮传》记载："或有斩其墓柏，莫知其谁，乃召邻人集于墓而自责焉。"墓地松柏彰显古人对于逝去先人的情感寄托，并且松柏象征万古长青，寓意着死者可以子孙延绵。

除此之外，松柏具有较强的抗旱抗寒性，是墓地之木的首选。而且，松柏还是一种长寿之木，符合人们渴望长生的理念，因此四季常青的松柏就成为人们用来寄托仙寿的载体。所以从另一方面来看，墓地松柏还有一个寓意，则是希望先人能够在另外一个世界中得以长生。

（二）涧底松柏意象与题材分析

涧底松柏生长于山脚下、溪水边，这种地方相对来说土壤、水分较为充足，因而涧底松柏生长得更为苍翠葱郁，是松柏树中的佼佼者，但是因为地方比较偏僻，故而常常不被人关注到。晋代诗人左思发现其特殊之处后应用在作品内，并流传开来。随后，不同时期的众多文人在进行文学创作时也多会对其进行描述，使涧底松柏逐渐成为一种文学意象。在唐代，白居易的作品当中就有众多描写涧底松柏的，例如以《涧底松》为题，写了首政治讽刺诗，在诗中白居易为出身寒微的学子鸣不平，同时也对当时的科举制度中存在的弊端进行批评，具有较强的现实意义。

晋代左思的《咏史》描绘出的涧底松是艰苦、挺拔的形象，这一形象后来也象征寒门弟子，被不同时期的文学家广泛沿用，通过对涧底松生长环境的描写，来表现寒门学子生活的不易，以及难以被世人所发现而产生的一些愤懑之情。由于涧底松生活在幽深的谷底并且依然坚韧挺拔，与文人的形象十分相似，因此古代文人在被贬或者郁郁不得志时就会在作品中加入涧底松，表达文人怀才不遇的情怀和流落异地的凄凉感情。同时，涧底松这一形象还具有一种向上的精神，虽然其生长在谷底，但是因为其有志，坚信终有一天会有出头之日，所以诗人也常以涧底松来鼓励处于低落期的人们。

涧底松柏意象代表了文人对松柏的审美认识和道德评价，展示出涧底松柏的生存状态及其中蕴含的人生哲学，并具有相应的人格寓言。

（三）老怪松柏意象与题材分析

在唐代之前，松柏主要是以常青和劲直为主要特点出现的。而到了唐代之后，老怪松柏开始受到了更多文人的关注，文人对于松柏的描述更加丰富多彩，不管是从容挺拔、枝繁叶茂，还是老、枯、怪等都生动形象地进行描述，使世人可以根据描述在脑海中再现一棵真实的松柏。

对老松柏这一形象的描述是从唐朝兴起的，唐朝文人多以老松柏或者是古松柏为题材来创作文学作品，例如皇甫松的《古松感兴》等。另外还有一些文学作品，虽然没有以松柏为题目，但其文章所描写的形象依然是老松柏。这些作品的出现已然能够表明，在唐代老松柏的形象普遍被文人所认可。老松柏这一形象具有独特的色彩，可以让人产生色彩美感，在形体方面，老松柏与挺拔的松柏不同，其形貌体态扭曲，无论是枝干还是树根等，都能够给人一种美的感受，因而在当时的很多画作当中我们也能够看到老松柏的形象。在姿态方面，老松柏也具有独特的美感，通过树干、树叶、树枝等各个方面来呈现一种形象，这一形象使老松柏产生一种姿态美。由于生长环境的差异，老松柏的姿态也具有较大的区别，这一姿态美也打动了文人的心，从而在众多的文学作品当中都能够看到老松柏的形象。神韵美是老松柏通过内在精神韵味表达出来的一种美感，极具自然属性，在文学作品中具有更重大的意义。

从文化意蕴方面来看，老松柏刚开始是在神话作品当中出现的，这些神话作品当中的老松柏具有长寿的特性，因而老松柏也逐渐成为长寿的代名词。“人中之有老彭，犹木中之有松柏”，在民间传言中，松柏是长寿的代表，有着“木中之仙”的称号，通常老松柏要很久才能形成，因此其独特的寿龄是人们所向往的、敬重的，有着高尚的人格、风格、品格之美。在古代众多诗词当中，都对老松柏所体现出来的人格之美深有感悟，例如白居易的《题王处士郊居》中有：“寒松纵老风标在，野鹤虽饥饮啄闲。”表现了寒冬里的松树纵然苍老，但是仍然保持着挺拔的风格和品格。

（四）连理松柏意象与题材分析

连理松柏意象，具有特定的民俗意蕴和内涵，具有深厚的文化价值。连理松柏是一种奇特的现象，生长枝干相连但根部却各不相同。道家作为中国本土思想文化，强调“天人合一”，因此很多文人便为连理松柏赋予了丰富的文学寓意，连理枝也常象征着夫妻和睦恩爱、不愿分离，被人们认为代表着祥瑞。在宋代那个文人墨客众多的时代，连理枝的形象更加丰富，寓意着人们对岁寒同心的美好意愿，也表达出古代人们对于美好情感的向往。对连理松柏这一意象进行分析，主要包括两个方面：首先是连理松柏具有吉祥的文化寓意。古代人们因为缺乏抵抗大自然的能力，因而对大自然常存敬畏之心，而连理松柏这一形象在众人看来，是一种吉祥的预兆。作为一种祥兆，当连理松柏被发现之后会引起人们的参观，并吸引众多夫妻前来许愿，甚至当作吉祥的象征而送给当时的帝王。其次，连理松柏象征着爱情，夫妻同心、坚贞不渝。白居易曾写道“在天愿作比翼鸟，在地愿为连理枝”，这一著名诗句广为流传，成为人们表达忠贞爱情的绝美佳句。连理松柏的树枝和树叶相互交错，在文人墨客的作品描绘当中，表达了对爱人的忠贞、对爱情的向往。

第二节 中国古代文学灵芝意象与题材

“在古代社会中，灵芝的文化意义却远大于它的医药价值”①。灵芝文化是一个综合体，有着长远的发展历程，有着丰富的文化内涵。《“中国灵芝文化”提要》中认为灵芝

① 张晓东. 中国古代文学灵芝意象与题材研究［D］. 南京：南京师范大学，2019：23.

文化是极具中国特色的一种文化，大约萌生于史前，经奴隶社会而发展，充实于漫长的封建社会，其中鼎盛于唐、宋、元、明时期。清代已较多地受西方科学文化影响，对灵芝的认识从神圣地位逐渐下降，然而灵芝的圣名却深入民众。为完善“中国灵芝文化”研究，卯晓岚将灵芝文化涉及的内容稍加归类，并分为文学、艺术、生物、医药、民俗等多个领域。卯晓岚先生的这篇提要对于理解灵芝文化纵向的发展过程，以及灵芝文化横向的内涵范围，具有重要意义。

学界现在一般将灵芝文化内涵细分为三个部分。郭天希《〈神农本草经〉三个灵芝观念浅析》认为《神农本草经》运用了三种学说论述“六芝”，并建立了三个文化观念：根据阴阳五行按五芝—五色—五味—五腑—五官—五脏—五气进行归类，建立药草观；强调六芝神仙功效，建立方仙道的仙草观；引入新儒家思想建立吉祥观，从五芝对增进五德的作用丰富吉祥观。温庆武、陈克元《灵芝符号的意象结构与文化内涵》认为在不同的文化范畴中，灵芝被赋予不同的文化内涵，根据其产生、发展和演变，灵芝图式大体可划分为巫术中的、政治神话中的、神仙道教中的、民间吉祥文化中的等相互交叉渗透的四种符号功能。这两篇论文很有参考价值，灵芝药草观、仙草观和吉祥观三个部分几乎构成了全部灵芝文化的基础。其中药草观是灵芝文化的前提，它衍生出了灵芝的仙草观，其实先秦两汉很多有药用价值的草本植物都被认为是仙草，灵芝仅为其中之一。而灵芝的吉祥观又是从其仙草观衍生而出的，因为灵芝是仙草，所以它的降临预示着神仙给予的祥瑞。灵芝由药草观到吉祥观的演变过程值得我们进一步探讨。其实，我们发现温庆武、陈克元所说的巫术中的、政治神话中的、神仙道教中的、民间吉祥文化中的四种灵芝符号也可归附于灵芝的“三观”，巫术中的、神仙道教中的归于仙草观，政治神话中的、民间吉祥文化中的归于吉祥观。

就灵芝文化研究而言，其仙药内涵和瑞草内涵显然是研究的重中之重。陈士瑜《瑶姬·仙草·灵芝——菌蕈稗史钩沉之二》详细介绍了灵芝的仙草属性，并且认为从瑶姬精魂化为灵芝，到昆仑山仙人在芝田种灵芝，这些神话传说是在一定文化背景下产生和发展的，反过来又丰富了民族文化的内容。虽然现代科学的发展已经摈弃了灵芝可以长生的功效，但在神话传说中灵芝故事的生命是永存的。陈士瑜在另一篇论文《芝草纪瑞——菌蕈稗史钩沉之四》详细介绍了古代“芝草纪瑞”现象。我国古代灵芝的出现，被认为是向人们展示天意的一种吉祥征兆。并认为这种观念的形成，固然与战国以来齐燕方士文化有关，其根本原因还在于汉儒将芝草神化的结果。陈士瑜先生的这两篇论文分别向我们介绍了灵芝仙草和瑞草两大文化内涵，对我们理解灵芝文化有所帮助。但是陈先生作为一个真菌科学家，其对于文化现象的阐释缺乏论述深度和证明力度，并没有证明清楚灵芝文化“仙草”与“瑞草”的发生和发展过程。

芦笛《释唐代“芝田”》阐释了唐代与灵芝相关意象“芝田”的具体指向。论文反驳了那些仅根据新旧《唐书》《种芝经》和唐诗中的“芝田”描写，就认为唐代已有灵芝栽培的观点，芦笛认为唐诗中的“芝田”一词典出曹植的《洛神赋》，其本义为仙人种植芝草处，“芝田”一词在唐诗中有时指作者想象中的仙人种灵芝的田地，有时指代作者看到的现实生活中的农家良田，并不是指真正的灵芝种植之田。吴志鹏《姜特立诗中菌芝探析》介绍了南宋诗人姜特立《梅山续稿》中四首有关食药用菌的诗歌，并就《子陵濑》“先生诚高哉，无愧紫芝歌”分析了四皓商山采芝的典故，认为四皓不被世俗所纷扰的隐士情怀，赋予了紫芝超凡脱俗、怡情悦性的文化内涵。孙振涛《〈全唐诗〉中的“灵芝”文化意蕴考》比较详细地阐释了唐诗中的灵芝内涵，认为“灵芝”作为神话传说中的仙药仙草，其美好寓意与上古时代瑶姬精魄化芝及巫山神女服芝媚人等凄美传说关系密切。而且唐人在作品中不断翻唱“紫芝歌”，是对秦末汉初“商山四皓”隐逸传说的神往。另外，唐诗作品中的“芝田”主要意指神话传说中的“灵芝”产地，同时又喻指人们所耕种的沃土良田。

第三节　中国古代文学蔷薇意象与题材

“花卉，是中国古代文学中非常重要的意象类型。而蔷薇，又是这一意象类型中较为重要的一种意象”①。花卉是中国古代文学作品中常见的意象，它除了具有文学、美学的价值，还有重要的实用价值。蔷薇是中国古代重要的观赏花卉，自魏晋南北朝时期开始，历代有无数文人用他们的诗词歌赋或笔记杂文记录下对蔷薇之美的描绘，而蔷薇的实用价值更早于其形象之美被人们发现。唐代的诗歌中已出现相当数量的专咏蔷薇题材的诗歌，宋、元、明、清这几个封建王朝中的蔷薇题材文学数量几乎与日俱增，特别是到明清时期，吟咏蔷薇的赋作开始出现，蔷薇组成的景观意象也频频出现在戏曲、小说之中。至现当代文学中，蔷薇亦作为重要的意象出现在文学作品中。

近年来，对于蔷薇意象与题材的研究有了新的发展，可以说，有关蔷薇题材古代文学

① 任健. 中国古代文学蔷薇意象与题材研究［D］. 南京：南京师范大学，2019：31.

研究呈现出日益受到关注的趋势。例如商务印书馆 2018 年 9 月出版的《蔷薇秘事》一书就是新成果中较为重要的一部。书中介绍了与蔷薇有关的秘闻趣事，收录了西方大量的蔷薇图画，同时还对蔷薇的栽培与文化内涵进行了一定的探讨，部分观点十分新颖。

程杰师在其《论花卉、花卉美和花卉文化》一文中曾论及“花卉美”的概念，认为“花卉美”应当包括“形色美”“风韵美”及“情意美”三大方面，而“形色美”又可具体分为“色彩美”“气味美”“形态美”“习性美”四个方面。从古代文学中有关蔷薇题材的作品来看，蔷薇这几方面的美感都受到一定程度的关注。但不同的朝代关注的重点不同，即使是同一美感，不同朝代欣赏的“美”都不尽相同。除此之外，蔷薇这种植物枝条茎蔓上的刺也是许多文人关注的对象，但并非欣赏它的美感，而是借助“刺”这一物象暗喻人的锋芒，有情感意蕴上的美感。总而言之，蔷薇在古代文学作品中所呈现出的形象特色主要包括“色彩”“气味”“形态”“习性”四大方面。其中“形态”这一大方面既有“枝叶”“萼芽”等受到人们赞美欣赏之处，也有“刺”这种并不讨喜却能暗喻人之锋芒的层面。

与“风韵美”“情意美”有所不同，“形色美”是花卉植物给人带来的直接的、客观的感受。而风韵美属于人们整体的、相对抽象的主观感受，“情意美”则包含了个人的情感体验与情感寄托。三者之间并不是一个并列的关系，这也就意味着只有弄清楚“形色美”的文学表现，才能进一步深究、更好地理解“神韵美”及“情意美”。“风韵美”虽是人们相对抽象的主观感受，但其实是有一定的客观基础，并且是一个整体上的美感表达，因此蔷薇的风韵美实则也属于蔷薇的形象特色的一部分。

一、中国古代对蔷薇形象之关注历程

（一）魏晋南北朝时期：“枝叶美”最先受到关注

古人关注到蔷薇，最早关注到的是其形象中的“枝叶美”，这属于蔷薇的“形态美”。南北朝时期，许多对于蔷薇的吟咏总是绕不开对其“枝叶”的赞美。例如谢朓《咏蔷薇诗》中说“低枝讵胜叶”，萧绎《看摘蔷薇诗》中说“横枝斜绾袖，嫩叶下牵裾”，等等。除“枝叶美”之外，南北朝时期的咏蔷薇诗歌中还有关于“花萼”“花苞”的描写。谢朓的《咏蔷薇诗》中也提到“发萼初攒紫”，这是关注到蔷薇“花萼”的颜色。鲍泉的《咏蔷薇诗》则说“片舒犹带紫，半卷未全红”，这显然是对尚未开放的“花苞”进行刻画。鲍泉的《咏蔷薇诗》中另有一句“花密易伤风”，则是讲蔷薇花开茂密，不似“梅英疏淡”之态。总而言之，“形态美”中以“枝叶美”为最早受关注之形象特色。

“枝叶美”为何会成为蔷薇最先被关注的形象特色呢？这主要有三方面的原因：首先，蔷薇枝叶茂盛，象征着勃勃生机。仔细品味谢朓《咏蔷薇诗》中的“低枝讵胜叶”一句，这句诗是说，蔷薇的叶子非常茂盛，使得枝条都因禁受不住而倒下，这样茂盛的枝叶，当然可以象征着勃勃生机，由于蔷薇在花开之前就已经有茂盛的枝叶，所以人们才会最早关注到它。再如柳恽的《咏蔷薇诗》中说“当户种蔷薇，枝叶太葳蕤”，“葳蕤”二字即是指草木茂盛、枝叶下垂之状。可见，茂盛的枝叶的确十分容易引起人们的关注。其次，柔软易倒的枝条符合南朝人的审美。前文已有相关论述，从野生蔷薇到当户栽培，这个转变过程是在南朝时期完成的，为什么南朝人会喜欢蔷薇呢？结合时代背景与文化心态不难推断，蔷薇枝条的柔软易倒恰恰符合南朝人的审美情趣。所以萧纲的《咏蔷薇诗》中才会出现“燕来枝益软”的描写。刘缓的《看美人摘蔷薇诗》中亦用“绕架寻多处，窥丛见好枝”来表达对蔷薇枝条的赞美。这柔软的枝条，在南朝人的心中，是否正如女子的曼妙身姿一样动人呢？最后，“枝叶美”的发现实际上与蔷薇的“习性美”息息相关。枝叶的茂盛象征着春天的到来，“一年之计在于春”，春天在人们心目中自然多是美好的季节。萧纲《赋得蔷薇诗》中说“岂如兹草丽，逢春始发花”，正是对蔷薇逢春发花之习性的赞美。因此，王褒《燕歌行》中便说：“初春丽日莺欲娇，桃花流水没河桥。蔷薇花开百重叶，杨柳拂地数千条。”这便是蔷薇，“百重叶”象征着春天的到来，同时也是春日丽景的一部分，当然容易受到关注。同时，在南方地区，如果气温适宜，蔷薇的叶子可以四季不凋。这就更加增加了其受到南朝人关注的机会。

当然，虽然“枝叶美”是南北朝时期人们关注蔷薇的焦点，但其实这一时期也关注到了蔷薇形象特色中的其他方面。刘缓的《看美人摘蔷薇诗》中说“鲜红同映水，轻香共逐吹”，此二句关注到的便是“色彩美”与“气味美”。柳恽的《咏蔷薇诗》中说“不摇香已乱”，同样关注到“气味美”。萧纲的《赋得蔷薇诗》“岂如兹草丽，逢春始发花”所赞美的便是蔷薇的“习性美”；他的《咏蔷薇诗》中“氤氲不肯去，还来阶上香”则赞美的是蔷薇的“气味美”。此外，梁元帝萧绎在《屋名诗》中说“蔷薇嫌刺多”，说明这时“蔷薇刺”也已受到关注，只是其中的情感意蕴尚未被发掘。

综上所述，可以说魏晋南北朝时期虽然只是蔷薇题材文学的萌芽与出现期，但在这一时期，“形态美”“气味美”“色彩美”“习性美”都或多或少受到了关注，其中“形态美”中的“枝叶美”是受关注最早、最多的形象特色。唐代以前的文学作品，涉及蔷薇的只有9首，9首之中便将蔷薇的形象特色全部做出刻画，可以说这也为唐宋大量的有关蔷薇题材文学作品的出现提供了基本条件。

（二）唐宋时期："色"与"香"逐渐成为最受关注的形象特色

唐宋时期，蔷薇文化日趋繁荣，人们对于蔷薇的审美取向也有了新的发展。唐朝的国力强盛，外交过程中一些新的物种被引入中国；宋朝重文轻武，市民阶层的兴起使得人们的文化生活日趋丰富。因此，人们有了更多的时间欣赏蔷薇，更多的蔷薇品种得以为世人所知。在这种条件下，"枝叶美"显然已不能满足唐宋人的审美需求，因此"色"与"香"则成为这一时期蔷薇最受关注的形象特色。

当然，这并不是说在这一时期"形态美""习性美"便不受关注，只是相比于"色彩美"与"气味美"来说作品数量少一些。相比南北朝时期只有9首蔷薇题材的作品，唐宋时期的整体数量占绝对优势，因此无论是"形态美"还是"习性美"，都有一定数量的文学作品对其进行刻画描摹。

无论是"万朵当轩"还是"万蕊争开"，都是指花开繁茂，用"万"字虽是虚指，却正体现出蔷薇花开之多。"枝条还更好"，说明到宋代依然有人关注蔷薇的枝条之美。可见，唐宋时期并非完全失去对形态美的关注，只是作品数量不够多罢了。

而描写"色彩美"与"气味美"成为唐宋人书写蔷薇形象的主流。这样的例子数不胜数，例如：浓似猩猩初染素，轻如燕燕欲凌空。可怜细丽难胜日，照得深红作浅红。（唐·皮日休《重题蔷薇》）东风折尽诸花卉，是个亭台冷如水。黄鹂舌滑跳柳阴，教看蔷薇吐金蕊。双成涌出琉璃宫，天香阔罩红熏笼。（唐·张碧《林书记蔷薇》）燕子风微春昼长，独携书卷卧禅房。悠然一笑无人领，只有蔷薇满院香。（宋·孙应时《西溪僧舍昼卧》）楚泽春残雨又风，啼莺芳草思无穷。芜菁满地黄金烂，不及蔷薇一点红。（宋·张耒《西园风雨杂花谢》）可见，唐宋时期的蔷薇题材文学作品则更多关注的是其"色彩美"与"气味美"。如果再准确点说，应当是唐代更加注重"色彩美"，尤其是对"红蔷薇"情有独钟；宋代则更加注重"气味美"，这与"蔷薇水"的传入有千丝万缕的联系。

宋代还有一个现象值得注意，就是在部分诗歌中出现对蔷薇园艺价值的描写。例如：名花逢深春，各自逞娇怪。蔷薇绕篱根，园丁采去卖。（宋·张侃《秋日闲居十首·其二》）蔷薇正好结花棚，拟为幽轩作锦屏。穷巷寂寥人不到，空藏春色锁深扃。（宋·杨时《春日五首·其二》）蔷薇点缀勾栏好，薜荔攀缘怪石幽。（宋·李至《奉和小园独坐偶赋所怀》）这对元明清时期蔷薇题材文学中的蔷薇书写有一定的启发意义。

（三）元明清时期：注重整体的“形色美”

所谓关注整体的形色美，就是不再单纯关注枝叶美或色彩美、气味美之某一方面，而是更多从整体、宏观的角度去欣赏蔷薇。早在宋代就已经出现了对蔷薇整体形色美的关注，只是当时的人们还是更偏重描绘蔷薇的色彩美或气味美。《苕溪渔隐丛话》引陈辅之《诗话》云：“唐人《牡丹诗》云：‘红开西子妆楼晓，翠揭麻姑水殿春。’若改春作秋，全是莲花诗。林和靖《梅花诗》云：‘疏影横斜水清浅，暗香浮动月黄昏。’近似野蔷薇也。”“疏影横斜水清浅，暗香浮动月黄昏”是林逋在其《山园小梅》一诗中的名句，姜夔因爱之而度《暗香》《疏影》咏梅二曲，然此处陈辅却云二句所述近似野蔷薇。“疏影横斜”乃关注其枝叶美，“暗香浮动”则描述气味美，故此处可见陈辅对蔷薇之关注已从局部到整体。只是“疏影”之状以古人描述看不似蔷薇，蔷薇枝叶茂密，何来“疏影”？且野蔷薇不似庭院所生蔷薇枝条柔靡，小灌木丛生的野蔷薇在水中倒影当也无“横斜”之状。所以，针对这一问题，宋人已经提出了不同意见。费衮在其《梁溪漫志》中就认为陈辅“未为知诗者”，并通过自己的亲身经历对“近似野蔷薇”一说进行了反驳：“予尝踏月水边，见梅影在地，疏瘦清绝，熟味此诗，真能与梅传神也。野蔷薇丛生，初无疏影，花阴散漫，乌得横斜也哉？”其观点正得其理。从此联是咏梅还是咏野蔷薇的辩论中，可以看出宋人已经能较好地关注到蔷薇整体的“形色美”，而非单纯的“枝叶美”或“色彩美”“气味美”。

元明清时期对于蔷薇的文学书写有一个非常明显的特点，就是无论是“色彩美”“气味美”，还是“形态美”“习性美”，在具体作品中的表现数量都差不多。也就是说，这一时期的人们更加注重的是蔷薇整体的“形色美”，而不是“形色美”的某一方面。这一时期的文学作品很多并非对蔷薇形象的刻画，而是对蔷薇形成的景观进行刻画。也就是说，宋代出现的有关蔷薇园艺价值的描写，在元明清时期得到进一步发扬。“蔷薇洞”“蔷薇架”“蔷薇屏”成为诗歌中时常描写的对象。

蔷薇之所以能够形成供人观赏的园艺或景观，是因为其本身具有观赏价值。这种观赏价值不能单方面说是“色彩”“气味”或是“形态”，应该说这几方面都是观赏价值的组成部分，因此可以说元明清时期的人们对蔷薇整体的“形色美”更加关注。

除以上所述之外，“蔷薇刺”这一特殊的意象也在这个过程中不断被人们所关注。南北朝至唐宋时文人提到蔷薇刺多含贬义。到元明清时，说蔷薇“刺多”“伤人”则是褒贬不定的，甚至可以说是中性的描述，这时的“蔷薇”往往被形容成略带高冷气质的花卉，这种高冷的气质给人一种蔷薇“只可远观，不可亵玩”的感觉，因此要远观而不可以随意采摘。早在梁元帝萧绎的《屋名诗》中就曾经有“木莲恨花晚，蔷薇嫌刺多”之句，一个“嫌”字，表明最早当人们关注到蔷薇刺时，对其的态度仍然带有贬义。再如白居易《题山石榴花》一诗中说“蔷薇带刺攀应懒”，以蔷薇刺多比之山石榴花，突出了对山石榴花之赞美。但这首诗最后两句说“争及此花檐户下，任人采弄尽人看”，说明白居易之所以赞美山石榴花，原因在于其“任人采弄尽人看”，这从侧面说明，在白居易看来，蔷薇美则美矣，只是蔷薇刺使其不可采摘、只可远观，这当然不如这些可以“任人采弄尽人看”的花能让人尽情地、自由地观赏。“刺多”便容易伤手，尽管如此，这样美丽的花朵仍能吸引很多人去采摘观赏。于是诗歌中便多言“刺多”伤人手。这并不是对蔷薇的谴责，只是对蔷薇这一花卉植物客观外形中某一特点的一种描述。

当然也有例外，如明代诗人王世贞在其诗中说“生憎蔷薇好齰指”，这里用一个“憎”字表明了他对于蔷薇刺伤手的态度，这种对蔷薇刺不喜欢的态度还是表露无遗的。除了“伤手”以外，文人们细致的观察力使得有关蔷薇刺伤人的描写还有很多，这方面清代的文人们表现尤为突出。例如有写怕蔷薇刺伤足的，明末清初的文人沈谦在其《青玉案·美人足》中写道：“半夜潜踪因底事。月堤苔滑，碧天露冷，满地蔷薇刺。”他说，半夜之所以见不到美人的足迹，是因为“月堤苔滑”“碧天露冷”以及“满地蔷薇刺”。这一类诗词读来饶有趣味，对蔷薇刺的态度也是不定褒贬。

除蔷薇刺外，蔷薇的果实“营实”具有较好的药用价值。有的花卉植物不仅花美、枝叶美，果实的色泽形状也有可赏玩之处，石榴便是其中之一。因此有学者称：“石榴的果实不仅滋味鲜美，而且因其独特的物色属性成为人们把玩、欣赏的对象，具有较高的审美价值。”“营实”的实用价值尚可，但其观赏价值并不突出，因此从未见诗歌中有对蔷薇的果实“营实”加以吟咏的，此不赘述。

综上所述，古人对于蔷薇形象特色的关注是有一个发展历程的。从最初关注到蔷薇的“枝叶美”，到唐宋时期关注较多的“色彩美”与“气味美”，再到元明清时期关注到蔷薇整体的“形色美”，这是一个层层递进的过程。

二、蔷薇的“神韵美”

以美人喻花，这在古诗词文中并非罕见。例如刘禹锡《赏牡丹》一诗中，“唯有牡丹真国色，花开时节动京城”二句便是将牡丹进行人格化的描写，与“庭前芍药妖无格”“池上芙蕖净少情”也形成了对比，从此牡丹便成为“国色”之代名词。再如周敦颐之

《爱莲说》，“出淤泥而不染，濯清涟而不妖”，也是人格化的描写。因此，以蔷薇之形象特色而言，以美人比之并无不妥。然而与其他花卉略有不同之处在于，这种花与美人之间形成的本体与喻体之关系并非从一开始就如此。在最早的蔷薇意象的书写中，美人与蔷薇的同时出现说明那时蔷薇与美人尚未形成本体与喻体的关系，那时的美人与蔷薇只是文学作品描绘的主体与客体关系。

（一）蔷薇“神韵美”的发现

六朝时期的咏物诗与宫体诗之间有一种内在的联系。前文已引用过王玫在其《论六朝咏物诗、宫体诗与山水诗之联系》一文中的话：“南朝咏物诗大量产生有其气候与土壤。这时期已然觉醒的审美意识促使人们更加自觉地把握和欣赏客观对象的美。”其实，最值得注意的是“已然觉醒的审美意识”，它不仅可以解释为何咏物诗在六朝时期大量产生，还可以解释为何在这一时期会出现宫体诗这种诗歌样式。简单来说，咏物诗是人们对于自然万物的审美表现，而宫体诗有一部分则是对人尤其是女性的审美表现，二者共同的基础便是六朝时期人们审美意识的觉醒。

梁陈时期，宫体诗的兴盛是刘宋时期甚至萧齐时期无法相提并论的，有一部分宫体诗出现了关注女性活动的内容。“看花”“摘花”等是那时女性在春天的一些重要活动。例如江淹的《咏美人春游》中提到了“不知谁家子，看花桃李津”，从“桃李津”这一地名可以推断，此次女子春游看到的是桃花、李花。再如汤僧济的《咏渫井得金钗诗》中也说“昔日倡家女，摘花露井边”，此处虽不知摘的是什么花，但确实表明“摘花”活动在那一时期受到了大批文人尤其是宫体诗人的青睐。

在这样的背景下，刘缓的《看美人摘蔷薇》和梁元帝萧绎的《看摘蔷薇诗》就显得与众不同。这两首诗毫无疑问均属于宫体诗，而不是单纯的咏物诗。两首诗都抓住了美人的“摘花”活动进行描写。其中，“美人”是摘花活动中的“主体”，而“蔷薇”则是摘花活动中的“客体”，因此可以说，此时的文学家们更关注的还是“人美”，而“花美”是“人美”的陪衬，是反映“人美”的重要途径。值得注意的是这种书写并不是南朝时期的专利，后世的一些拟古诗歌、反映类似题材的怀古诗歌同样利用“采花”“摘花”等行为活动刻画“人美”之形象。例如：秦家女儿爱芳菲，画眉相伴采葳蕤。（唐·储光羲《蔷薇篇》）俜停吴宫女，三月采蔷薇。挹彼枝上香，散入舞裳衣。（元·范梈《泻露亭》）美人折花粉墙曲，花前背立云鬟绿。乍爱蔷薇染绛霞，还惜海裳破红玉。（元·郭钰《美人折花歌》）爱濯蔷薇露，凌晨试折来。低鬟犹未插，含笑傍妆台。（明·姚绶

《折花仕女》）

上述所举之例无论是“采花”“摘花”还是“折花”，对象都是“蔷薇”，这并非毫无道理。李倩在其《宫体诗与南朝乐府民歌中的女性形象之别》中曾论及宫体诗中的女性形象特点可以用一个“美”字来概括，而乐府民歌中的女性形象特点则须用一个“真”字来概括。“美”是宫体诗或者说宫体诗作者们的追求。在南朝时期，“蔷薇”才是相对较符合宫体诗审美的花。因为蔷薇花最为重要的两个特征便是“色”与“香”，尤其是艳丽的颜色比起牡丹、菊花等更能衬托出女子的“美艳”，杨柳、松柏等则更加无此效果。且蔷薇“逢春开”之特性也是很重要的，因为宫体诗多关注的是美人春天的活动。在南朝宫体诗中找不到“看美人折杨柳”“看美人采菊花”等诗题，而这也从侧面反映出，南朝时期的宫体诗虽然咏美人摘花的重点是“人美”，“花美”也是必不可少的咏赏条件。换言之，“人美”与“花美”在一定程度上是一种“主客交融”的书写方式。因此后世在模仿此类书写时依旧要用蔷薇这一意象。可以说，这种书写方式是从侧面反映出蔷薇的“风韵美”。

（二）蔷薇“神韵美”的表达模式

唐宋以后，花卉审美文化的进一步发展以及花卉文学的日趋繁荣，再加上宫体诗的式微，使得文学创作者在自己的诗歌中越来越注重从正面反映蔷薇的“风韵美”，这种方式就是用“美人”来比喻“蔷薇”或者用“蔷薇”来比喻“美人”。此时“蔷薇”与“美人”不再是“采花”“看花”“摘花”等活动中的主体与客体关系，而是文学描写中的本体与喻体关系。比喻往往需要抓住二者之间的共同之处。在这组比喻关系中，“美人”与“蔷薇”的共通之处主要体现在“无力”与“美丽”两方面。

“无力”是美人常见的状态。这种状态往往给人一种娇弱、惹人疼惜的感觉。《红楼梦》中描述林黛玉时曾说其“心较比干多一窍，病如西子胜三分”，这种“病西施”的状态正是一种典型的“无力”。蔷薇为何会有“无力”的特性呢？这主要是因为蔷薇的藤蔓较为柔弱，“依墙而生”是其特点，容易被风吹倒也是其特征。正因为其藤蔓柔软的特性使得诗人联想到病中无力的柔弱女子，于是有了“无力蔷薇”之名。最著名的当数秦观的《春日绝句》：一夕轻雷落万丝，霁光浮瓦碧参差。有情芍药含春泪，无力蔷薇卧晓枝。

这首诗将“有情芍药”与“无力蔷薇”对举，均是采用拟人化的写法，将叶子上仍带有雨珠的芍药比作是因为有情含泪的女子，又将蔷薇当成因无力而卧的女子，感受细腻、描写形象。当然，将蔷薇写成无力的女子，秦观并不是首创。唐代牛峤的《红蔷薇》

一诗中已有“晓啼珠露浑无力”之语，已经将清晨枝叶、花瓣上缀满露珠的红蔷薇比作“无力”的女子去写。再如唐代韩偓的《寒食日沙县雨中看蔷薇》，诗中描写蔷薇“通体全无力”；宋代史达祖的《祝英台近》中又用了“蜿蜒无力”来形容蔷薇；明代冯梦龙的《警世通言》中也曾写过“无力蔷薇带雨低”……由此可见，将蔷薇比作女子，不仅是从“美丽的性别特质”这一角度出发，还有很多文学作品是从“无力的身体状态”这一角度出发。同样将花卉比作美人，这是蔷薇与众不同的地方。

不可否认的是，仍有很多诗歌将蔷薇比作美人，就是从“美丽的性别特质”这一角度去书写的。上一小节已详细论述了蔷薇在形象特色上的文学书写，仔细阅读就不难发现，很多作品都是将蔷薇比作美人来写，突出了一个“美”字的感受。这类例子较多，李建勋在其《蔷薇二首》这一组诗中便写道“仙子衣飘黼黻香”“一生颜色笑西施”，说明这种美实际上就指的是上一张所论述到的客观上的“形色美”，“形”“色”“香”均有美的体现。白居易的《戏题新栽蔷薇》戏言道“少府无妻春寂寞，花开将尔当夫人”，将蔷薇视作夫人，未写其“形”“色”“香”，却给人留下无限的想象空间，其效果便是使读者相信在白居易心目中蔷薇就是一个活脱脱的美人。宋代张明中的《蔷薇》一诗中又写道“贵妃得酒沁红色，更着领巾龙脑香”，将蔷薇之红花比作贵妃醉酒时微醺泛红的脸庞，这同样是从“美丽的性别特质”将蔷薇与美人联系起来。唐代李群玉的《临水蔷薇》更是通篇将一束生长在水边的蔷薇比作遭人抛弃的女子，“千脸泪”便是女子悲伤的表现。凡此种种在古诗词中有不少的例子，在此不必一一列举。

此外，还有一种角度值得引起注意，那就是蔷薇与美人的妆容打扮也有一定关系。牛峤的《红蔷薇》后两句说：“若缀寿阳公主额，六宫争肯学梅妆。”所谓“梅妆”，又称“梅花妆”“寿阳公主妆”“寿阳妆”等。典出《太平御览》卷九七引《宋书》：武帝女寿阳公主人日卧于含章殿檐下，梅花落公主额上，成五出花，拂之不去。皇后留之，自后有梅花妆。

此妆的来历与南朝宋武帝之女寿阳公主有关，可以推断自此之后在女子额头上饰以图样花纹是古代女子化妆的一种重要形式。牛峤此处说，如果当时坠落在寿阳公主额头的是红色的蔷薇花，那么哪里还会有人去学习梅花妆呢？在牛峤眼中，也许“蔷薇花妆”会比“梅花妆”更好看，实际上反映出的是牛峤认为蔷薇花之美艳胜过梅花之清淡。这当然与当时社会的主流认同不相符合，但也算书写蔷薇“花美”的一种手段。再如前文论及蔷薇花之红时还谈到文学创作者们往往会把红色的蔷薇花瓣比作胭脂，也是这一类书写方式。再如唐代吴融的《蔷薇》：“万卉春风度，繁花夏景长。馆娃人尽醉，西子始新妆。”将红色蔷薇花的绽放比作“馆娃尽醉”“西子始妆”，也是将蔷薇之美与美丽女子的妆容联系了起来。

恰如《红楼梦》中将既聪明可爱又志高要强的贾探春比作“三玫瑰”一样，与玫瑰同属蔷薇属的蔷薇花茎上也有刺，因此也可用来比外表美艳动人而又内藏刚强不可接近的女子。也就是说，带刺的蔷薇亦如带刺的“美人”，外表鲜艳却让人不敢靠近。例如宋末元初诗人方回的《红蔷薇花》：月桂金沙各斗春，蔷薇红透更精神。虽然面似佳人笑，满体锋铓解刺人。

这首诗直截了当地将绽放的红透的蔷薇花比作“佳人笑”，但同时又说其“满体锋铓”能刺人。言外之意即此花虽美，但不可近之，一如有脾气、有性格的美人，虽然相貌美丽却不可轻易接近。《红楼梦》中将贾探春比作“玫瑰”亦是此意。明代冯梦祯的《途中忆家园蔷薇》则有南朝宫体遗风，中有“不见素手摘，弥想纤躯映”之句，“纤躯”既可指“人美”，又可指“花美”，“不见素手摘”则说的是不可接近之意。花与美人融为一体，值得玩味。

无论是将蔷薇比作“无力”的病美人，还是将其比作“美丽”的赛西施，抑或是将其与美人的妆容打扮联系起来，这些都是从正面描写蔷薇“风韵美”的方式。从单纯地关注“人美”，到“人美”与“花美”互为映衬，再到注重“花美”、借“美人”来反映蔷薇花之美，其中有一个历时性的变化过程。不变的是，这均是对蔷薇“风韵美”的刻画。

三、不同自然环境下的蔷薇美

通读包含蔷薇意象的诗歌后不难发现，不同的自然环境下，文人对蔷薇之美的刻画有不同的倾向。这些自然环境均是常见的自然现象，但对蔷薇之审美产生了一定的影响。因此，本节选取观赏蔷薇时最常见的三种自然环境，论述其在不同自然环境下的不同美感。

所谓“自然环境”，按照社会学的解释，是指“人类生存和发展所依赖的各种自然条件的总和”，这是从人的角度而言。按照这一解释，我们人类生活的环境中所包含的一切动物、植物都可以算作“自然环境”。但倘若以蔷薇花之角度而言，则“自然环境”概指其所生活环境中的风、雨、雷、电等自然现象。而“日、月、风、雨、霜、雪、烛光等天时良辰对领略花卉美有很大影响”。可见，自然现象的变化对于普通人领略蔷薇之美是有很大影响的。柳恽《咏蔷薇诗》云“无风花自飞”，蔷薇花娇小纤弱，无风尚且花飞漫天，更何况是有风、狂风的天气呢？因而风对欣赏蔷薇花作用不大，倒是风能让蔷薇花凋落，故时时引出诗人伤感之情。故而观赏蔷薇比较常见的三种自然环境便是：日照、雨中与月下。

（一）日照蔷薇——生机之美

俗语说“万物生长靠太阳”，这是说大多数动植物的成长需要、喜爱光照，蔷薇自然也不例外。实际上，古人写蔷薇，他们观赏蔷薇的自然条件大多都是晴天，毕竟一年之中下雨天还是要相对少于不下雨的天数，且古人雨具不发达，下雨天鲜少出门。但本小节讨论之日照蔷薇之文学书写，有一个前提条件就是“日”或“阳”必须作为一个意象出现在诗中。而日照环境下的蔷薇之所以尤其能体现出一种生机之美，主要有三个原因：其一，红色的蔷薇在日照的环境下会使红色更加鲜艳，与枝叶之茂盛相映衬，可以展现生机之美；其二，晴日出游的文学家们能够注意到晴天环境的人往往有着不错的心情，此时他们观赏蔷薇会从主观意识上感到蔷薇更加明媚可爱，体现生机与活力；其三，与雨天相比，晴天蜂蝶等昆虫动物会开始活动，当它们飞到蔷薇花丛中时，便可与蔷薇形成动静相衬的一幅画面，从而凸显出春日之生机。

较早明确在诗中将“日”与“蔷薇”意象结合起来的，是谢朓的《咏蔷薇诗》与萧纲的《赋得蔷薇诗》。前者诗中说“新花对白日，故蕊逐行风”，后者诗中云“回风舒紫萼，朝日吐新芽”，可以说，这两位诗人都观察到了日照状态下的蔷薇有一种不同寻常的美，但这种美究竟是什么，二位诗人并没有说清。直到唐代元稹才在《蔷薇》残句中说：“千重密叶侵阶绿，万朵闲花向日红。”“万朵”极言蔷薇花开放之茂盛，“向日红”说明这蔷薇花原本就是红色，“向日”使得花红更加鲜艳，于是与“侵阶绿”的“千重密叶”相映成趣，红、绿色彩组合呈现出生机之美。后来明代杨起元在其《天关讲学示诸生》一诗中写道：“烘花日暖蔷薇丽，掠燕风生杨柳轻。”同样强调了日照对观赏蔷薇起到的作用，并且明确提出在“日暖”的条件下，蔷薇的特点是“丽”，从而又与杨柳的“轻”形成对照，显示出其中的生机之美。

如果说元稹、杨起元的描述还相对客观，那么皮日休、陆龟蒙等人的诗作则是主观表达蔷薇在日照之下显现出的生机之美。皮日休《重题蔷薇》诗云浓似猩猩初染素，轻如燕燕欲凌空。可怜细丽难胜日，照得深红作浅红。

一方面，这首诗点明为何蔷薇在日照之下有别样的美感，是因为日照使得深红的蔷薇花看上去像浅红色的一般，与寻常“浓似猩猩”的蔷薇花不同；另一方面，“可怜”二字将作者的主观情感表露无遗。“可怜”一词在唐诗中有“可爱”之意，白居易《暮江吟》云：“可怜九月初三夜，露似珍珠月似弓”，“可怜”即为“可爱”。但不可否认“可怜”

在唐代也有“值得怜悯”之意，同样出自白居易之手的《卖炭翁》一诗中有“可怜身上衣正单，心忧炭贱愿天寒”之语，则“可怜”一词居于唐代已有两种不同的含义。此处理解为“值得怜悯”更通，但实际上这里皮日休也是带有一丝调侃的口吻说细丽的蔷薇花非常可怜，禁不住日晒的她被太阳照得颜色都变浅了。实则皮日休与陆龟蒙都非常喜爱蔷薇，这首《重题蔷薇》正是对陆龟蒙《蔷薇》一诗的唱和之后自己重新创作的一首吟咏蔷薇的诗歌，因而，这样掺入主观情感的蔷薇便更见其生机，尽管这生机可能正在遭受阳光的摧残。陆龟蒙的《蔷薇》诗“外布芳菲虽笑日，中含芒刺欲伤人”也是同样的态度，看似贬低实则包含对蔷薇的喜爱，而且陆龟蒙说蔷薇外布芳菲、开出红花仿佛是在对太阳微笑一般，主观感情隐含其中已不言而喻。

毛熙震的《定西番》词云：“蝶交飞，戏蔷薇。”而这外部环境按照词的下阕来说正是“斜日倚阑风好”，正是由于风和日丽的外部环境才有了“蝶交飞”的场景，而飞舞的蝴蝶与盛开的蔷薇则共同反映出春日的生机之美。清代的叶宏缃在《浣溪沙·初夏》一词中说：“开遍蔷薇小院香。乍晴梅雨蝶飞忙。”这两句说得更加明确，正是因为梅雨乍晴所以蝴蝶纷纷重新开始“飞忙”，而这与开遍小院的蔷薇组合从而呈现出初夏的生机之美。可见，昆虫动物的活动对反映蔷薇之美是有映衬作用的，而它们的活动往往在晴天。

值得注意的是，对这种生机之美的关注与唐人的自信态度密切相关。因此这种反映日照下蔷薇生机之美的诗歌多见于唐代，宋人绝少出现，明清则重新出现这种题材。这一点从所引诗歌在不同朝代的数量上也可见一斑。

（二）雨中蔷薇——娇弱之美

雨与植物形成组合意象向来都是古代文学中常见的情况。比如象征唐玄宗与杨贵妃爱情的“梧桐雨”就是“梧桐”与“雨”的意象组合，李清照在《声声慢》中也说：“梧桐更兼细雨，到黄昏、点点滴滴。”可见，一般来说，雨与植物进行组合很多情况下并不是其视觉上有多美，更多的是听觉上的美。类似的例子还有“雨打芭蕉”。“雨打芭蕉”在视觉上有一定的可观性，但相对听觉来说雨打芭蕉的视觉美感比较单调，则同样说明雨与植物形成组合意象时视觉美感是次于听觉上的声韵美感的。然而，蔷薇虽然枝叶茂密，但其叶与芭蕉、梧桐等相比未免太小，即使雨打其上也很难出现“点点滴滴”的声音。故而雨中蔷薇的观赏则视觉美感更胜于听觉美感。

“杨柳叶生晴处少，蔷薇花在雨中香”，明末清初的王邦畿曾在《送春》一诗中有这样的描述。雨中赏蔷薇，应当别有一番情趣。而说到雨中赏蔷薇，则须先读朱庆余的《题蔷薇花》，诗曰：四面垂条密，浮阴入夏清。绿攒伤手刺，红堕断肠英。粉着蜂须腻，光凝蝶翅明。雨中看亦好，况复值初晴。

这首诗首联说明这是“入夏”后盛开的蔷薇，颔联用“绿刺”与“红花”相搭配体现色彩组合之美与生机之感，颈联用“蜂”“蝶”两种动物进一步衬托生机之美。单看前六句，对于蔷薇所呈现的夏日生机之美读者已有了一个基本的认识。而尾联笔锋一转，说“雨中看亦好，况复值初晴”。可见，朱庆余在平时的生活中应当是注意到了雨中蔷薇的美感，但在阳光明媚的情况下，他发现这种生机之美似乎更加可爱动人。这便是唐人的心态，因为雨中的蔷薇多半表现出来的是一种娇弱之美，以唐人普遍的心态大概不会喜欢。朱庆余生活在中晚唐，倘或生活在盛唐，大概根本不会留意到蔷薇在雨中的美感。

晚唐的韩偓第一次用诗篇记录下了其观赏雨中蔷薇的场景，其诗名为《寒食日沙县雨中看蔷薇》，诗云：何处遇蔷薇，殊乡冷节时。雨声笼锦帐，风势偃罗帏。通体全无力，酡颜不自持。绿疏微露刺，红密欲藏枝。惬意凭栏久，贪吟放盏迟。旁人应见讶，自醉自题诗。

细读其诗可以得出三点结论：第一，韩偓注意到了雨打蔷薇的听觉美感，他说“雨声笼锦帐”，这“锦帐”当指错乱的蔷薇枝条与茂密的蔷薇叶、茂盛的蔷薇花形成的形如“锦帐”的状态，而“雨声”笼罩在这锦帐之上，韩偓应当曾侧耳倾听。第二，更重要的还是雨打蔷薇呈现出的视觉美，因为蔷薇花形小态弱，雨打之后难免东倒西歪，给人一种蔷薇花“喝醉”“无力”的感觉，这在上一节论述蔷薇的“神韵美”时已有所论及，而这正是雨打蔷薇的娇弱之美。第三，韩偓看到这些无力的蔷薇并没有产生怜惜伤感之情，他在诗中说自己此时的感受是“惬意”，表现出来的状态是“贪吟”，并且想要“题诗”，这些都表明韩偓此时内心是一种享受的状态，他享受的正是蔷薇在雨中表现出来的娇弱之美。可见雨中蔷薇的娇弱之美是可以给人带来视觉上的享受的。至于后来秦观于《春日绝句》中说“有情芍药含春泪，无力蔷薇卧晓枝”，同样表现出春雨滋润下蔷薇的无力状态，呈现出一种雨中蔷薇的娇弱之美。

韩偓与秦观尚不为雨中蔷薇的无力状态感到怜惜，但雨势过大容易摧折花草，稍大些的雨就足以使蔷薇花凋落。因此，自宋代始也有人注意到了雨中蔷薇被摧残的状态。宋代毛并的《秋蕊香》云：“晓来一阵扫花雨。惆怅蔷薇在否。”一阵扫花雨过，蔷薇的凋落使作者产生惆怅之情。明代朱朴的《念奴娇·雨中》说：“荼蘼初谢，又山丹开过，蔷薇零落。”同样表现对雨中蔷薇零落的惋惜。宋代顾逢的《雨中赏蔷薇》将对娇弱之美的欣赏与怜惜结合了起来，诗云：“春风庭院少迟留，烂熳红英带雨羞。最是花边情绪恶，看花狼藉为花愁。”第二句先夸赞了雨中蔷薇“烂漫”的视觉美感以及“羞”的娇弱之状，三、四两句又情绪陡转，看到雨中蔷薇纷纷凋落、满地狼藉的状态，作者又生发出愁绪来。但总而言之，雨中蔷薇能够呈现一种娇弱之美，这是显而易见的。

最后需要指出的一点是，有些诗人在写下雨的场景时，会提到蔷薇这一意象。雨对蔷薇有一种洗濯的作用，因此诗人常用“雨洗蔷薇”表现自己对雨景的赞美。例如宋代王之道的《喜雨》说“雷声翻海电光红，濯濯蔷薇一夜空”，明代区大相的《雨中蔷薇》说“短刺长条满院香，淡烟微雨洗红妆”，均是此类。雨洗蔷薇使蔷薇更见纯净，而“洗红妆”则依然将蔷薇视作娇弱的女子。因此这类题材的诗作细品亦能感受到蔷薇的娇弱之美。

（三）月下蔷薇——朦胧之美

“朦胧”二字，从造字法来说都属形声字。“朦”从月蒙声，“胧”从月龙声，二者的形符皆从月，说明“朦胧”之本义即与“月”有关。所以现代汉语中说到“朦胧”二字，或指月光黯淡、微弱，或指物体模糊、看不清（造成的原因可能恰是月光的黯淡），并由此“朦胧”成为一个美学范畴。月下蔷薇的朦胧之美，很大程度上指的是月下花影带来的朦胧之感。

雨与花能够形成组合意象，月当然也可以，并且有学者认为“‘花月言愁’堪为中国文学之一大传统”。但蔷薇与月的组合意象又绝少言愁。唐代诗人章碣有《陪浙西王侍郎夜宴》一诗，诗中有“红锦蔷薇影烛开”一句，可见唐代已有诗人注意到蔷薇花影带来的朦胧之美，只不过，章碣所看到的影子是蔷薇花在烛光的照耀下形成的。烛光较太阳光而言实在是太微不足道，实际上连月光都不如，章碣能注意到烛光下的蔷薇花影，是很难能可贵的。随着蔷薇园艺栽培历史的发展，蔷薇架、蔷薇屏的出现使得月下观花影从客观上来说出现的可能性增加，人们开始有机会欣赏到月下蔷薇之影。例如：蔷薇折。一怀秀影花和月。花和月。着人浓似，粉香酥色。（宋·毛滂《忆秦娥·月下观花》）一帘花影春风夜，月到蔷薇架。　（清·韩纯玉《虞美人》）深院蔷薇和影折。兜裙红刺审。（清·周琼《谒金门》）

毛滂的《忆秦娥》词下原有“月下观花”之题，可见这是有目的地观赏月下蔷薇，而不是偶然间经过发现月下花影有朦胧之感。韩纯玉的《虞美人》则提到“蔷薇架”，可见要想构成所谓的朦胧之美，“蔷薇架”也是极好的选择。因为蔷薇如果不搭架子，生长便会杂乱无章，月光要想透过枝叶投影便比较难，这样人们看到的将不是细致的花影，而是一团杂影。蔷薇架使蔷薇的生长更有章法，月光可以穿透枝叶照射到地面形成花影，这种疏疏密密的花影才能给人一种时而清晰、时而模糊的朦胧之感。周琼的《谒金门》则谓观月下蔷薇已为花影所着迷，故而欲连花影一并折走。这些都体现了月下蔷薇的朦胧之美给诗人带来的独特感受。

此外，由于“月”之意象的独特性，有时“月上蔷薇架”或“月到蔷薇架”是为了表达约定时间的到来，恰如欧阳修《生查子》所言“月上柳梢头，人约黄昏后”，例如明代胡奎的《醉后蔷薇花下待月有怀》：“林扉待月出，醉影忽在地。褰衣就花前，弄影学儿戏。微飔吹我衣，清露散花气。隔水报钟来，故人期不至。”

实际上诗人在等待月出，并不是为了等待欣赏月下蔷薇，而是在等待朋友赴约。但这并不代表没有花影，三、四两句谓“褰衣就花前，弄影学儿戏”便是明证，因此，虽然这首诗的重点不在表现月下蔷薇的朦胧之美，但诗人对花影的喜爱却是不言而喻的。

第四节　中国古代文学桃花意象与题材

“将桃花作为文学题材，通过隐喻与描摹的方式进行陈述，这在我国文学发展历史中有着较为广泛与深刻的应用。”① 桃树凭借其艳丽的花朵与较强的环境适应性，在我国有大面积种植。在古代文学中，对于桃花的吟咏是极为普遍的现象，通过文人的不断应用与沉淀，桃花在基本的自然属性上又形成了一层精神层面的内容，两者相互交织与映衬，表现出典型的意象特征与文学价值。

一、桃花在文学塑造中的意象内容

在中国古典文学中，花语意象有重要的历史地位与研究价值。作为典型代表，桃花经常出现在文学作品中，并逐渐形成了多种类型的文化引申意义。文人墨客不仅沉醉于桃花的形色，也感伤于桃花的凋零，在充满浪漫主义色彩的文学笔触下，形成了既含蓄内敛又生意盎然的文学气质。

第一，作为春天开放的花朵，桃花被很自然地带入描绘生命的景象中。桃花往往在初春时节盛开，即三四月，并受不同地区的时令条件影响而存在差异。因此，古代文人经常

① 邵美玲. 中国古代文学桃花题材与意象研究［J］. 牡丹，2019（11）：64-65.

接触阳春三月争艳的桃花，其象征着人间的春色，人们顺理成章地将桃花作为春天与生命的代表，通过引用桃花，歌颂春天生命复苏的迹象。

第二，桃花以“人面桃花相映红”的意境代表了爱情。作为文学故事中最为丰富的题材，爱情是文人经久不衰的表现内容。由于桃花的美丽，人们经常将其作为爱情故事的象征，甚至有时直接将桃花隐喻为“美人”，表现对美好爱情的憧憬。

第三，晋代文人陶渊明用一篇《桃花源记》描述了一个典型的世外之境，这对于后世文学创作产生了深远的影响。桃花意象也增添了几分世外仙隐的气质。例如，明代诗人唐寅在著名的《桃花庵歌》中反复强调桃花文学元素，为整首诗歌营造了一种典型的洒脱气质。

二、桃花在各个历史时期的表现形式

（一）魏晋风骨下的桃花意象

魏晋时期，文学创作中桃花题材的应用十分典型，在整个中国文学史上占据十分重要的地位。关于魏晋时期桃花题材的应用，人们可以将这一历史环境中的桃花情结定义为“自觉”性的时代。在表现形式上，文人主要通过咏桃的诗文与辞赋来描摹桃花。调查发现，魏晋时期的文学作品中专注咏桃的就达到 64 篇，由此可以看出时人对桃花的喜爱与推崇。

魏晋时期，由于年代的不同，桃花题材的描写内容也存在明显的差异。魏晋初期，对桃树的描写主要集中在桃子与桃木上，大量笔墨着重描写桃木的嶙峋与果实的饱满，很少触及对桃花的描写。例如，张正见的《衰桃赋》就有“独夭桃之灼灼，轻擢采于寒踪”的描写。到了魏晋后期和南北朝时期，人们逐渐将描写重点转移到桃花上，完成了审美方向的变革。例如，沈约《咏桃诗》“红英已照灼，况复含日光”突出了桃花的典型特征。

另外，晋魏时期的咏桃诗句明显区别于辞赋内容。在诗文创作中，文人将桃花的文学意象与女性的柔美相关联，对后世的文化思想产生了深远的影响。梁简文帝的《咏初桃》与沈约的《咏桃诗》是这类作品的代表，二者成为传世经典，沈约也被人称为桃花寄情诗创作的鼻祖。而在辞赋创作中，文人赋予了桃花意象隐士情节，陶渊明的《桃花源记》就是典型代表。

（二）大唐盛世中的桃花意象

唐代诗歌发展最为繁盛，桃花题材作为重要的文学引征意象，在唐代的使用也最为广泛。唐代桃花诗歌形成了更加丰富、更加细致、更加成熟的文学系统，从而将桃花的文学地位推上了新的高峰。唐代诗人热爱各种花卉，牡丹、菊花、梅花等都是唐代文学创作的热点，桃花意象出现频率也很高。在《全唐诗》的数据化检索中，题目带有“桃”字的诗文高达 143 首，而内容带有“桃”字的诗文更是多达 1553 首，这也充分说明了唐代文人对“桃”这一文学题材的热爱。

唐人喜爱桃花，这与当时的社会环境密不可分。唐代，观赏桃花被视为时尚的象征。为了表现容纳一切、消融一切的气度，展现帝国的强大实力，长安城种植了大量桃树。唐朝将很多政治庆典活动都设置在桃花园中，专门组织文人墨客作诗文辞赋，以此昭示国家对桃花的喜爱。同时，种桃卖花也成为一个系统性的行业。桃花成为人们生活中的重要元素，引起了文人的普遍关注与喜爱。例如，白居易《种桃歌》“命酒树下饮，停杯拾馀葩”就描写了自己亲手种植桃树的经历。

（三）两宋时期的桃花意象

宋代是我国文学艺术的巅峰时代。通过对于花的种植，宋代形成了独特的“花德”，为后世的历史文化发展带来了极为深刻的影响。所以，读者经常能在宋代桃花诗文中感受到“德行”“道义”的影子，而这种文学方式也将以往的“借物咏情”转移到“借物咏德”上，使花语所承载的思想内涵更加深刻、丰富。

同时，宋代的桃花意象文学创作中经常出现爱情与隐士的情节，这两点也成为宋代桃花文学题材的代表内容。以爱情为主题的桃花诗文中，陆游的《钗头凤・红酥手》可以算得上经典的作品，诗词的后半阕更是借助桃花意象，将离合的悲苦透过“泪痕红浥鲛绡透”“桃花落”等诗句表现得淋漓尽致，使一片片随风而落、随水而逝的桃花作为爱情凋零的具象化内容。另外，文人还将桃园比作爱情自由的象征。以晏殊的《红窗听》为例，词中“淡云轻霭知多少，隔桃园无处”将这种若即若离的精神状态通过淡云轻霭恰当地表现出来，又透过隔桃园无处，表达了对爱情桃园的极度渴望。

（四）明清的桃花意象

元代，文学创作逐渐形成歌曲体的特征，使文学内容逐渐普及化，更多人可以通过阅读获取知识。这就使得文学创作中融入大量情色内容，并将桃花作为情色的象征物。元曲中经常会出现“桃源洞”“朱蕊宫”等词汇，这也是当时文学表现的特色内容。

明代，文人的社会地位较高，所以，在桃花意象的使用与创作中，隐士情结与爱情寓意被传承下来。同时，在文学创作中，元代形成的情色寓意内容也在民间得以延续，但受到社会环境与风气的影响，逐渐变得雅致，并在明代后期活跃的社会思潮中得到了多样化的发展，展现出蓬勃的朝气。

第四章　中国古代文学的不同价值体现

第一节　中国古代文学的文化价值

“在时代变迁与历史发展的进程中形成了独特的中国文化，几千年来，积淀与传承下来的优秀的文学作品及丰富的文学思想，对于当代社会而言，是极其珍贵的文化遗产与伟大的精神财富。”① 一般认为文学流派是在文学发展过程中，一定历史时期内出现的一批作家，由于审美观点一致和创作风格类似，自觉或不自觉地形成的文学集团和派别，通常是有一定数量和代表人物的作家群。文学流派的发端可追溯到魏晋时期，因文学地位的独立出现了一些结构松散的文人集团，如建安七子、竹林七贤、竟陵八友等，他们志趣相投、诗风相近，但并非自觉形成特定组织，没有主动创造一派之文学的目的意识。明人胡应麟认为他们的标榜并称多为后人所知：余尝历考古今，一时并称者，多以游从习熟，唱和频仍，好事者因之以成标目。中间或品格差肩，以踪迹离而不能合；或才情迥绝，以声气合而不得离，难概论也。但“这种实体性的文人集团是文学流派的胚胎”，后世文学流派均由此发展而来，既要求具有代表性作家，又要拥有显著的文学风格。

中国古代文学的文化价值具体如下（图 4-1）：

一、中国古代文学形成群团性文学传播主体

文学流派的主体在形成过程中逐渐呈现出一种群体性、团体性特征，我们称之为群团性。

① 李利，王奕琳．中国古代文学在当代的价值探讨［J］．戏剧之家，2021（02）：185-186.

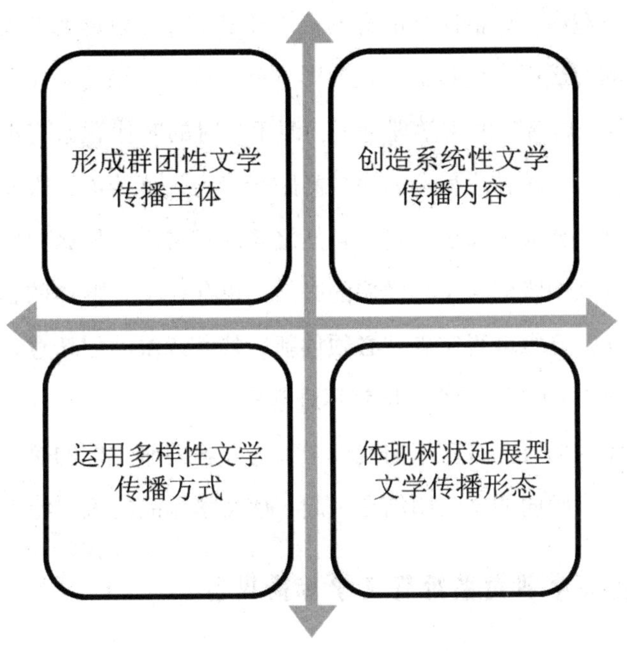

图 4-1　中国古代文学的文化价值

产生于齐梁年间的“永明体”是一种时代特征明显的文学流派，关于该文学传播主体的形成，史书有言：永明末，盛为文章。吴兴沈约、陈郡谢朓、琅邪王融以气类相推毂。汝南周颗善识声韵。又《何氏语林·高氏小史》云：“周颗，字彦伦，始置四声切韵行于时。”由此观之，该文学传播主体的创始成员有四人，沈约、谢朓、王融、周颗于永明年间因为同样关注声调及音韵而团结在一起，用宫商及四声协调诗律，进行新型文学创作，将“永明体”这种特殊的诗歌外在体制传播出去，引起人们的争相效仿。如名盛其时的“竟陵八友”中的另外五人就在沈约、谢朓、王融的影响下进行“永明体”诗歌的创作，进一步壮大其声势。南朝时佛教兴盛，在佛经翻译成汉文过程中，人们开始关注音韵、声调等问题，沈约等人将其与诗歌创作联系起来，提出“四声八病”，如“平头、上尾、蜂腰、鹤膝。五字之中音韵悉异，两句之内角徵不同”（《南史·陆厥传》）。对诗歌律法进行如此精细之规定，造成诗歌创作时难度加大，如宋时叶适有言：“盖魏晋名家多发兴高远之言，少验物切近之实，及沈约、谢朓永明体出，士争效之。初犹甚艰，或仅得一偶句，便已名世矣。”要想创作出不犯一病，完全符合声律的诗歌在当时还很艰难，由此，当有诗人偶得佳句，便广为流传，声名大噪。这也进一步促进文学传播主体积极创作“永明体”诗歌，形成带有时代烙印的诗歌体系，直接影响初唐沈宋对于律诗的定型，为后世抑扬顿挫的诗歌发声理论提供基础。

中唐的韩孟诗派以韩愈、孟郊为代表作家，卢仝、李贺、马异、刘叉、贾岛、张籍、李翱、皇甫湜等围绕左右，以群团性的文人主体开启了大变唐诗的新篇章。韩孟诗派的创新意识随着该诗派的形成而广泛传播，最终影响整个诗坛。该传播主体崇尚“险怪”“笔补造化”，宣扬“不平则鸣”的文学理论观，源于当时的时代背景与审美观点。唐自安史之乱而国力顿衰，士人的精神由盛唐的昂扬高蹈转变为失落苦闷，眼光也由追寻天际遨游的潇洒转入现实俗世。如果说盛唐是追求自然之美的雅文学，那么中唐就走上了崇尚人工美的俗文学道路。这其中既包含文学发展的必然，也存在文人群体的自主选择。中唐诗坛承接盛唐的辉煌成就，要想取得突破就必须创新。韩孟诗派的创新意识体现在整个诗派当中，形成“崇奇尚怪”的文学审美风格就不难理解。

群团性文人主体的形成，打破了前代以个人为文学创作主体的单一格局，使拥有相同或相近审美风格及创作倾向的文人团结在一起，使文学作品的流派特色更为突出。

二、中国古代文学创造系统性文学传播内容

中国古代文学流派在形成过程中创造出的系统性传播内容，可以通过最能体现本派文学风貌的作品集表现出来，这些作品集的编纂均在一定的理论指导下完成，因而呈现出浑融一体的系统性，如《西昆酬唱集》与《古文辞类纂》。

“西昆体”是宋初文坛盛行一时、影响最大的诗歌流派，得名于当时馆阁文臣杨亿所编《西昆酬唱集》，以李商隐的深富密丽、崇学尚典为宗，推崇华美典雅之风。史载，真宗景德二年（公元 1005 年）翰林学士杨亿等奉诏编纂历代君臣事迹，由于编书限于馆阁，活动单一，馆臣们的相互唱和诗作逐渐增多，杨亿据此编成《西昆酬唱集》。诗集中共收杨亿、刘筠、钱惟演等 17 位诗人近体诗 250 首。杨亿有言：“历览遗编，研味前作，挹其芳润，发于希慕。”这样的写作缘起与写作过程，就在一定程度上限制了“西昆体”诗歌的题材，主要有咏史怀古诗、咏物诗、流连光景诗三类。“西昆体”诗歌在艺术上推崇李商隐的华美整饬，欣赏丰润雕饰之美。如杨亿的《南朝》诗句：繁星晓埭闻鸡度，细雨春场射雉归。步试金莲波溅袜，歌翻玉树涕沾衣。对仗工稳，华丽典密，颇类李商隐。

“西昆体”诗人作为一个文学传播主体，创造了系统性的文学传播内容——《西昆酬唱集》，该诗集还体现出一种与传统观点相异的纯文学审美态度。自唐律诗由沈宋定型，文人侍从们所写的近体诗歌多为应制待诏之体，游宴称颂，览苑应景，缺少文人主体的主动创作。《西昆酬唱集》的出现，不仅体现馆阁文臣的主动创作，还代表了上层士大夫的一种贵族化倾向十分明显的纯文学观点，尽管有其弊病，但亦有其价值。

除将当世文人的诗文编纂成作品集外，也可通过编选历史上早已存在的文学作品来彰

显本派思想观点与理论主张，如桐城派姚鼐编选《古文辞类纂》。

桐城派是绵延清朝二百年的文章大派，也是有清一代影响最大的散文流派，因其代表人物方苞、刘大櫆、姚鼐均为安徽桐城人而得名，其中又以姚鼐成就最高。桐城文派因其鲜明的散文理论闻名于世：先驱者戴名世为文主张“精气神”；开创者方苞师从戴名世，提出“义法论”，提倡“雅洁”；拓大者刘大櫆师从方苞，提出“神气音节”说。至姚鼐师从刘大櫆，积极融会前人理论成果，并结合自己的创作实践，提出完备的古文理论，如“义理考据辞章”三者并重，有意识地将桐城派的声望打响，开后世尊崇之风，编纂凸显桐城派散文理论的《古文辞类纂》就是其中的重要活动。

乾隆四十四年，时值姚鼐辞官第四年，由于到书院讲学，姚鼐编选了《古文辞类纂》，便于学子们学习古文，指导思想自然是桐城派古文理论。《古文辞类纂》全书共75卷，选录了战国至清代的古文，按文体分为13类，选“唐宋八大家”作品为数最多，该选本充分而有力地代表了“桐城派”的散文观点。

《古文辞类纂》自成书一直以钞本形式流传，直至嘉道年间，姚门弟子积极斡旋付梓，才得以刊行流传于世，该集是学习古文的必读之书，前人对它的评价颇高，如“今而后治古文者可以不迷于向往矣!”

三、中国古代文学运用多样性文学传播方式

（一）运用宴饮集会传播

在明代，宴饮集会一般以文人结社为外在表现形式，诗社文社对于一个时代文学风貌的影响和推动作用是巨大的。明代文人结社之风盛行，据有关学者统计，从明弘治到万历年间，共涌现出一百五十多家文人社团。按照当时的风气，几乎每一文学流派都以结社的方式形成自己的势力，扩大各自的影响；文坛的领袖人物大多立社为盟，召集士流，提高自己的地位；对于广大士人来说，入社酬和、扩大交游，乃是生活中的一项常事，也是乐事。因此，文社是明代文学流派正常运转不可缺少的组织机制。以明公安派为例，据《公安县志》卷六《人物志上·袁士瑜》载，南平社活动为：“入社之日，日轮一人具伊蒲之供，互相商证，叩击所得，或静坐禅榻览贝叶，或游东壁河边观澄澜，或彼此角诗，至日暮始归。”在这里包含了宴饮、论学、参禅、读经、游览、赋诗等内容，完全符合公安派提倡的“独抒性灵，不拘格套”的文学创作风格，较为闲适自由，观性清心。

（二）运用讲授传播

桐城派在其传衍过程当中，师承关系占据着十分重要的因素。由刚开始的私人传授到后来系统的书院讲学，师生辗转相承，一直未断。桐城三祖即是属于私人传授：方苞师从戴名世，刘大櫆师从方苞，姚鼐师从刘大櫆。到姚鼐，书院讲学式的师承关系尤为突出，这与其自身经历相关。乾隆四十年，姚鼐辞去京城官职，不再入仕，两年后，到扬州任梅花书院山长。这时，也是有意抬出同乡方苞、刘大櫆，“为文章者，有所法而后能，有所变而后大。维盛清治迈逾前古千百，独士能为古文者未广。昔有方侍郎，今有刘先生，天下文章，其出于桐城乎？”于是天下间呼之为“桐城派”。此后四十年，姚鼐先后主讲于梅花书院、敬敷书院、紫阳书院、钟山书院、江宁书院等地，招揽弟子，专授古文，培养人才，将桐城派古文理论进一步以实践的行为方式教给后世学子，以致其后姚门弟子广为播撒，优秀的有“姚门四弟子”，其中在梅曾亮门下，又有陈学受、吴嘉宾、鲁一同等弟子。

（三）运用批评传播

明代剽窃、抄袭之风盛行，有明一代没有一股固定的文学宗派思想，流派间斗争激烈，此起彼伏。明代文坛先是出现了以“三杨”为代表的台阁体诗文，内容大多为歌功颂德，风格雍容华贵、典雅工丽，多属应酬、题赠之作。在反台阁体文风中，弘治年间出现以李东阳为代表的主张诗学汉唐，摹古诗法度的茶陵诗派和分别以李梦阳、何景明与李攀龙、王世贞为代表的前后七子鼓吹的“文必秦汉、诗必盛唐”为代表的复古派；同时归有光、王慎中、唐顺之等散文家反驳前七子师法秦汉文风，提倡唐宋文风，成为“唐宋派”；接着在晚明时期的万历中期，出现以公安“三袁”为代表的“公安派”，反对复古，提倡“独抒性灵、不拘格套”，在创作上注重有感而发、直抒胸臆，追求清新洒脱；明代末年，为纠正公安派末流鄙俗率直的弊端，出现以钟惺、谭元春为代表的竟陵派，追求一种幽情单绪的审美情趣；复社、几社人士则不满公安派、竟陵派的轻浮之风，重新举起复古大旗。

四、中国古代文学体现树状延展型文学传播形态

江西诗派是我国第一个比较成熟的文学流派，其得名于徽宗时，吕本中作《江西诗社宗派图》，下列陈师道、潘大临、谢逸等 25 人，吕认为这些诗人与黄庭坚都是一脉相承

的。诗派中并不都是江西人，后被人归入江西诗派的还有吕本中、曾几、陈与义等。这就超越了“江西”的地域限制，空间范围不断扩大。经过靖康之难，金兵包围汴梁之后，江西诗派的创作主张得到改变，主张吕本中的“活法为诗”；宋末方回在《瀛奎律髓》中对江西诗派的渊源关系做了进一步补充，提出祖三宗之说，进一步完善了江西诗派的宗法关系。由此，在创作实践中，江西诗派成为有宋一代最有影响的诗歌流派，它的影响遍及整个南宋诗坛，余波还一直延及近代的同光体诗人。这是江西诗派在时间维度上的延伸和扩展。

清代桐城派从时间上看，该派先驱者戴名世主要活动于康熙年间；其后方苞、刘大櫆开门立派至乾隆之时，姚鼐将桐城派发扬光大，此延续至嘉庆末年；姚鼐之后还有管同、梅曾亮、方东树、姚莹“四大弟子”活动于嘉庆道光年间；清末还有曾国藩、吴汝纶等代表人物，整体而言，桐城派的发展轨迹贯穿清二百余年，时间跨度极大。空间维度上，其代表人物戴名世、方苞、刘大櫆、姚鼐均为安徽桐城人氏，后姚鼐执教书院四十余年，弟子广布，“姚门四弟子”中管同、梅曾亮为江宁上元人（今江苏南京），尤其是梅曾亮，官居京城二十余年，传播风气，以文会友，把北京变为桐城派的重要根据地之一，以致湖南的吴敏树、孙鼎臣、杨彝珍，广西的朱琦、王拯、尤启瑞等都纷纷归向桐城派；还有桐城派分支阳湖派，阳湖在今江苏武进，以恽敬、张惠言为代表人物。清末的曾国藩还是湘派代表人物。桐城派由最初的乡里扩展为跨地域进而影响全国的文章大派。

综上，中国古代文学流派在发展过程中形成了群团性文学传播主体，扩大了传播范围，增强了传播力量；创造出系统性文学传播内容，凸显了本派的思想主张与理论观点；运用多样性文学传播方式，给文学流派的传播注入新活力；体现树状延展型文学传播形态，为后世研究带来思考。运用传播学理论进行古代文学流派的形成分析，可以更深入地从当时的社会背景条件出发，窥探其发展原貌，诠释其隐藏价值。

第二节　中国古代文学的教育价值

爱国主义是个人或集体对祖国所持有的一种热爱与支持的情感和态度，是对自己所生活的祖国之国土、民族和文化的归属感、认同感、尊严感与荣誉感的统一。中华民族具有悠久的爱国主义传统，历史上涌现出无数的志士仁人和爱国事迹。正是这种对神州大地、华夏儿女和灿烂文化传统的热爱和守护，才使中华文明绵延至今而未曾断绝。“中国古代文学作品对中国国土空间的诗意描绘，对中华文化精神的深入揭示，对中华民族认同的丰富表达，使其成为新时代爱国主义教育的有效形式之一”①。

爱国与爱国主义有所不同。一般而言，爱国总是感性的、具体的、零散的，爱国主义则是一个国家或民族的人们在长期的社会实践中形成的爱国的情感与行为的理性升华，是对个人与祖国两者关系的理性认识，是热爱自己国家或民族的情感、意志和行为的统一。既然爱国是公民的一种自发情感，那么它就有必要通过教育手段进行合理的引导，从而使个体的爱国情感实现从自发到自觉、从冲动到理性、从肤浅到深沉、从短暂到持久的嬗变。

中国古代文学中的爱国情感是深刻而又丰富的，饱含对中国国土、中国文化以及中华民族的归属感、认同感和荣誉感。通过对古典文学中爱国题材作品的学习，可以有效加深学生对祖国的理解和认知，从而培养出持久、深沉、理性、自觉的爱国主义情感。

爱国首先是指热爱自己生长于斯的国土，然而任何一个国家的人民在看待自己生长于其中的国土空间时，都不可避免地带有其自身文化赋予该国土空间的审美趣味和情感联想。因此，中华民族对中国国土的热爱，也就不仅是对中国自然地理空间的热爱，更是对中国古代文学所塑造的人化精神空间的热爱。古人凭借世界唯一存续到今天的象形文字构筑了一个诗性的中国，在这个汉字符号所表征的自然空间里，一草一木，山川河流，都变得兴味盎然，或者引人遐思。正是因为中国古代文学赋予自然万物以独特的审美视角与情感联想，所以学习古代文学也就意味着直接感悟古人所传递给我们的这种诗意的人化自然空间。

旅居山林，我们能联想到王维的“明月松间照，清泉石上流”，王安石的“一水护田将绿绕，两山排闼送青来”。游览长江黄河，我们能联想到谢朓的“余霞散成绮，澄江静如练”，李白的“黄河落天走东海，万里写入胸怀间”。见到草木、鸟兽、虫鱼，我们自然联想到陶渊明的“芳草鲜美，落英缤纷”，吴均的“游鱼细石，直视无碍”，林逋的“疏影横斜水清浅，暗香浮动月黄昏”，杨万里的“小荷才露尖尖角，早有蜻蜓立上头”。登临黄鹤楼，我们能联想到崔颢的“昔人已乘黄鹤去，此地空余黄鹤楼。黄鹤一去不复返，白云千载空悠悠”；登临岳阳楼，我们则能联想到范仲淹的“长烟一空，皓月千里，浮光跃金，静影沉璧，渔歌互答，此乐何极”。此外，但凡有美好自然风光的城市，大抵都在古代文学作品中出现过，例如“襄阳好风日，留醉与山翁”“洛阳三月花如锦，多少

① 马笑峰. 中国古代文学的爱国主义教育价值［J］. 文学教育（下），2021（09）：42-44.

工夫织得成”“春风十里扬州路，卷上珠帘总不如”“暖风熏得游人醉，直把杭州作汴州”等。

可见，中华大地上的山川河流、草木鸟兽、亭台楼阁、一城一池，都在古典文学那里化作一个个诗化意象，这些意象共同构筑了一个具有中华民族独特审美心理和情感体验的人化空间，成为一代代中华儿女记忆中的“中国”。因此，学习中国古代文学的过程就是接续民族记忆的过程，就是重新赋予自己所生存的自然空间以精神性的过程。如此，我们就不难理解为何学习古代文学能够极大地增强学生的爱国主义情感了。

中国不仅是一个空间性概念，还是一个时间性或历史性概念，这主要体现在中国是一个绵延伸展的文化过程。与现代民族国家意义上的“中国”概念不同，古代基本上是指与四方“蛮夷戎狄”相对的中原地区，而中原、中国之边界主要是靠文化而非实体的土地疆域来界定的。《礼记·王制》曰：“中国戎夷，五方之民，皆有其性也，不可推移。东方曰夷，被发文身，有不火食者矣。南方曰蛮，雕题交趾，有不火食者矣。西方曰戎，被发衣皮，有不粒食者矣。北方曰狄，衣羽毛穴居，有不粒食者矣。”因此，正如黄俊杰所总结的那样，“中国古代经典所见的中国词，在地理上认为中国是世界地理的中心，中国以外的东西南北四方则是边陲”“在文化上，中国是文明世界的中心，中国以外的区域是未开化之所，所以称之为蛮、夷、戎、狄等歧视性语汇”。钱穆先生也说：“在古代观念上，四夷与诸夏实在另有一个分别的标准，这个标准，不是血统而是文化。所谓诸侯用夷礼则夷之，夷狄进于中国则中国之，此即是以文化为华夷分别之明证。”地理疆域上的中国是动态发展的，它像一个旋涡一样，依靠中原文化的向心力不断对周边产生辐射影响，凡被卷入这一文化旋涡之中并认同此一文化者，皆被化入中国，这就是中国的时间性、历史性，地理空间上的中国之所以令人神往主要是因为她还是一个文化意义上的中国。《周易·贲卦》云：“观乎天文，以察时变；观乎人文，以化成天下”。中国先民最早反思了人禽之别，高扬伦理道德这一独属于人类的价值追求，通过“人文化成”创造了世界上唯一没有中断的中华文明。

所以，爱国主义教育的重点应该是培养学生对中华文化的理解、认同、热爱与自信。文化是一个国家、一个民族的灵魂。文化兴国运兴，文化强民族强。没有高度的文化自信，没有文化的繁荣昌盛，就没有中华民族伟大复兴。中国古代文学是中华文化的重要载体之一，它不仅具有辞章之美，还承载着以儒释道为代表的中华文化之思想理念与价值追求。“浴乎沂，风乎舞雩，咏而归”（《论语》）的春和气象，“富贵不能淫，贫贱不能移，威武不能屈”（《孟子》）的价值坚守，“外化而内不化”“物物而不物于物”（《庄子》）

的真人风范，“采菊东篱下，悠然见南山”（《饮酒》）、“久在樊笼里，复得返自然”（《归园田居》）的抱朴含真，“行到水穷处，坐看云起时”（《终南别业》）、“空山不见人，但闻人语响”（《鹿柴》）的空灵禅境，都能令读者在优游涵泳过程中体认到中华先贤的崇高人格和深邃智慧。尤其是到了唐代，在儒、释、道三教合一的文化格局下，涌现出诗圣杜甫、诗仙李白、诗佛王维，三人各以其风格迥异的诗歌形式传达出儒家的仁民爱物、道家的率真自然、佛家的空灵寂静。此外，古代文学作品还透显出探求真理、心忧天下、发奋自强等价值取向，这些都是中华文化的核心价值观念。例如，司马迁立志“究天人之际，通古今之变，成一家之言”；曹孟德以“老骥伏枥，志在千里，烈士暮年，壮心不已”自勉；韩愈以文载道，“文起八代之衰，道济天下之溺”；范仲淹心系苍生，“先天下之忧而忧，后天下之乐而乐”。品读这些文学作品，会潜移默化地受到中华民族核心价值观念的熏陶，从而产生对中华文化的认同感和自信心。一旦学生建立了坚定的文化认同和文化自信，其对祖国的热爱之情也会更深刻、更持久、更自觉，因为其所爱者不仅是地理之中国，更是文化之中国。

第三节　中国古代文学对当代文学的价值

“古代文学的影响力延续至今已经不是局限在文化方面了，还拓展到对人精神品性的塑造、对人价值观的影响方面。”① 我国古代的文学理论范畴极其丰富，其范畴具有多种层次的特点，比如艺术想象范畴、艺术风格范畴以及论作内容的范畴等。范畴的丰富在一定程度上代表其文学属性以及特征的丰富，能够在较大程度上揭示文学的本质规律，这一点是当代文学理论所不完善的地方，因此，对于古代文学理论范畴需要进行深刻的了解，挖掘其价值，供后世文学学习。例如当代论著作中常常借鉴古代文论范畴中的意境、风格、虚实、豪放、含蓄以及自然等。这些范畴在当代的文学活动中也较常运用，因为其古代的范畴在一定程度上揭示了文学的本质属性及其发展规律，值得后世借鉴。

一、我国古代文学对于当代文学的经验性

我国古代文学理论范畴是整合所有思维方式的集合体，对文学理论进行高度的审美经

① 徐珮. 中国古代文学在当代的价值探讨［J］. 山西财经大学学报，2016，38（S1）：136-138.

验以及文学经验概括，对于当代的文学作品具有较强的实用性。同时中国古代文学范畴的经验性具有思辨的特征，主要表现在其文学方式注重直观表达，可操作性强，并且夹杂感悟式的体验，其文学方式注重感悟的直观与语义的模糊，其感悟与直觉的运用，构成了一个民族的思维特性。首先，古代的文学理论范畴大多是借鉴古典哲学，因此，其文学理论中具有哲学性质，形成了丰富的语言文学体系，在一般的论著中常常运用多种修辞手段进行渲染，导致文章主题接近形而上之道的范畴，展现了其特有的思辨特质。其次，思辨与学理是共同发挥作用的，对于当代的文学创作提供了行之有效的思辨结构。国内有部分的学者认为我国古代的文学逻辑思辨借鉴国外的文化思想体系，为此，有学者进行研究，表明其文学理论重视经验感悟，在自身的体系结构中具有系统性的特征，因此不同于西方的文学理论。当代文学价值的发展离不开古代文学理论范畴的经验性。

二、我国古代文学所具备的当代价值

（一）古代文学内涵组成当代文学理论的重要部分

我国古代文学理论具有较为悠久的历史，部分学者认为其文学理论已经过时，基于当代文学的发展变化，古代文学理论已经不适应其发展的变化，主张抛弃古代文学的研究，或者将其研究仅作为历史研究。其实不然，文学理论具有真理性，其真理性并不会随着时间的推移而湮灭，因此，在当代文学理论研究中，其本质规律仍然值得借鉴利用。当今，随着社会的发展，文学逐渐偏离了其原始的轨道，在文学作品创作者面临较大的危机，主要表现在文学语言的低俗化以及娱乐化，比如诗歌，作为古代文学的主要文学形式，如今已经逐渐地没落，文学作品对于表达情感以及展现理想的内涵逐渐丧失，因此，重塑当代文学的内涵对其文学的发展有着不可忽视的作用，其古代文学范畴中的言志与缘情都应当被重新拾起。

（二）古代文学对于矫正当代文学有着重要作用

当代文学理论大多充斥着抽象以及不切实际的言论，导致当下的文学创作出现不和谐的现象，在很大程度上没有进行有效的激烈批评，引起了读者的反感，这对于当代文学的发展有着极为不利的影响。在文学理论中，只有解决的具体问题给人以启发才能算是真正有价值的理论。古代的文学理论范畴，一般是针对当时具体的时势进行议论，具有实际意义，然而当代文学内容的空洞以及虚无，造成其理论内容空乏，缺少其实际意义。在古代文学理论的观念中，创作过程是人与社会感应的一种联系，通过文学的表达方式抒发情感。这种理论创作的形式都是值得当代文学借鉴的，并且能够从本质上改变其现状。

（三）古代文学对于构建文化传统有积极意义

我国古代文学范畴较为复杂，不同时期有着不同的表现，因此，需要加大力度挖掘其不同时期的意义以及变化，为当代的文学创作做出有益的文学阐述。同时文学创作不能照搬照抄，应当对其古代手法进行适当的运用，综合古代当代的文学体系，构建我国的文化特色传统。

我国古代文学理论范畴的理论表述与理论内涵都有其独特的地方，其采用的感悟性经验表达适当增加文学最为缺乏的理论，古代文学运用最为形象的语言表达丰富的思想内涵，在民族的原创性上有着长久的意义。当代文学理论要想取得良好的发展，必须对其古代的文学理论范畴进行深刻的探索。

第五章 中国古诗词审美与价值研究

第一节 中国古诗词暮愁主题的美感魅力

“中国古代诗词艺术世界涉及日暮意象的作品比例较高，多寄予悲愁情怀，贯穿着暮愁主题。”① 最早将忧愁思绪与黄昏、夕阳这一特定时辰联结在一起的是《国风》和屈原。“鸡栖于埘，日之夕矣，羊牛下来，君子于役，如之何勿思?”《国风》里浓浓的田园泥土芬芳奏响了第一声悠长的黄昏怀远的笛音，开启了诗词厚重的闺怨和暮愁主题。而屈原则以“惟草木之零落兮，恐美人之迟暮”中“美人迟暮”这一具有深刻蕴意和高度浓缩的意象，把诗人求美人不得、求贤主不遇、理想难成的忧虑和悲哀与落木、暮色有机地联系在一起，从而使自己悲剧性的人生哀叹和政治失意在暮色中凸现，镌刻成千古绝唱。与《国风》中的暮愁相比，屈原的暮愁所表达的内涵更丰富、更深刻。《国风》中呈现的日常生活中极普通的悲剧意识，在屈原的笔下将其与追求的政治理想破灭和政治失败结合起来，比兴求美人不得来表现，使君臣和夫妇、政治和爱情关系得到互通互喻，从而使日常悲剧意识具有了更丰厚的含义。《国风》和屈原分别开创的具有日常悲剧意识和政治悲剧意识的暮愁主题，也成了后世诗歌连绵不绝的咏叹调。

一、暮愁主题绵延不绝、闪耀千古的原因

首先，日暮给人的感觉不同。黎明、日午、黄昏、黑夜共同构成一天中的四个时段。黎明总是伴随着太阳的升起给人光明、希望和向上的信心；日午辉煌、热烈，气象壮阔，给人以热情、昂扬和百尺竿头的昭示。而黄昏展现的则是斜阳西下、景色幽暗、光影之

---

① 赵丽玲. 中国古诗词暮愁主题的美感魅力解读［J］. 湖北工业大学学报，2010，25（03）：130-134.

景，给人残败、孤寂、凄凉之感。但与厚重的黑夜造成的压抑、恐惊、寂静相比，与烈日当空、耀人眼目的日午相比，黄昏具有相对的“中和”性、过渡性，给人的感官刺激不强烈。即便是忧愁，也是隐隐袭来，如丝如缕，空灵缥缈，给人一种哀婉妙曼的感受。

自然界生命的脉搏带给人的感受既可以甜美快慰，也可以酸苦伤神，但总有大致的指向与认同。而黄昏的凄迷与人类的感伤是极为吻合的。“方舟溯大江，日暮愁我心”，汉魏诗人王粲的这句诗将审美主体对暮色的感知和体验深刻地表达了出来。作者正是在黄昏的氛围中领悟了这种早已存在却又不为人们所自觉的“存在”，以自身的审美体验融情入景，为多姿多彩的忧思愁绪找到了最合适的栖息地。

其次，中国古代天人感应的哲学观认为，人与自然具有一种内在的同构关系。人们的一些情感往往聚集在某种自然景象之中，某种自然景象也成为某种情感的固定接受物。所谓“人禀七情，应物斯感”，就是说自然界的变化可以引起人心情变化的感应。黄昏、暮色的来临带来的自然界物象的变化，强烈地提醒人们：一天即将终结，这种提醒易于将与时间相连的生命的一次性显示出来：君不见，高堂明镜悲白发，朝如青丝暮成雪；朝为媚少年，夕暮成丑老。这都是黄昏之时令人联想到生命向死寂境界逼近而生出的惜时叹逝之感，是自然界与人的生理过程的同构而引出的黄昏悲愁情绪。

黄昏悲愁情绪的基调是怀人与念远、思归与期待，其迷离恍惚之状与朦胧缥缈的夕气极为吻合，黄昏时鸟归巢、兽归穴的情境，最易触发人们怀远、思归之情。在丈夫远征边塞，或宦游他乡，当归未归时，居家的妻子则心生怀远之意，她们的期待与丈夫的思归形成一种双向思念的意绪，黄昏的闲暇与孤寂激发了这种情感，于是人们怅抒“日暮乡关何处是，烟波江上使人愁”的慨叹。他们渴望在自由闲散的黄昏里享受情感的交流：“月上柳梢头，人约黄昏后”，一旦这类精神需要受阻，便易生出闲愁、清愁、哀愁等愁绪。“一场秋梦酒醒时，斜阳却照深深院”，是无聊的清愁；“寻寻觅觅，冷冷清清，凄凄惨惨戚戚”，是失侣的哀愁；“楼前宫畔暮江流，楚天长短黄昏雨，宋玉无愁亦自愁”，是岁月易逝的悲愁。黄昏以其特定的时刻操动着人们的幽思，使人产生最哀怨愁苦的相思和期待。

最后，迁逝之悲也是黄昏悲愁情绪基调之一。古代农耕生活依据自然植物四时迁移变化而年复一年地进行着，人们从植物的生长与死亡中感知了生命的意义。刘克庄《清平乐》就有：除是无身方了，有身长有闲愁。这种关于“有身”的闲愁是在农耕生活背景下感悟有限生命迁逝的悲伤。当他们认识到“有生即有死”和“生就意味着死”时，人们对只能拥有一次的生命就特别珍惜了。这种珍惜或表现为及时行乐，或表现为强烈的建立功业的愿望，但无论是哪种表现形式，都不能阻止生命走向完结，从而使得生命的迁逝感变成人们所共同的也是最深沉的暮愁内容。如，刘琨的“功业未及建，夕阳忽西流，时哉不我与，去乎若云浮”；陶潜的“悲晨曦之易夕，感人生之长勤，同一尽于百年，何欢寡而愁殷”。生与死的悲哀具有永恒的意义，而彰显这种悲哀的正是象征生命的衰老、萧落的黄昏。

二、暮愁主题的社会内涵与常见形态

我国古代先民很早就有拜日祭祀的宗教，《礼记》中就有这样的记载：郊之祭也，迎长日之至也，大报天而主日。孔颖达注：天之诸神，日居群神之首，故云日为尊也。可见上古先民对太阳是顶礼膜拜的。然而“系日从来乏长绳”（李商隐诗句），日落是必然的。太阳的西沉意味着一次生命的结束。在黄昏之际，人们很容易联想起生命的脆弱，人生的短暂。个体生命的有限性引起人类普遍的焦虑，时间的有限性在于人类生命旅途上横亘着不可逾越的死亡之谷。于是面对黄昏人们自然会产生迟暮叹老的感慨。

封建社会的漫长曲折，阶级之间以及统治阶级内部的斗争，造成了社会的大动乱、大分裂。这种苦难、黑暗的生活和环境使得暮愁主题有一定的时代气息和社会内涵。黄昏怀人的忧怨，迁逝的悲苦，往往因频繁的战乱造成音信杳无而演变成对生离死别的胡笳之悲、羌笛之怨，但不论是“日昏胡笳乱”的军旅悲情，还是“金闺万里愁”的思归柔情，暮愁主题在烽火与夕阳中跳动着动荡时代的脉搏。

当诗人们在黄昏中思索个体生命意义时，也从夕阳残照中获得历史的启示。黄昏笼罩下的断壁残垣、孤坟荒冢，无不显示着王朝的衰弱更迭、古今的荣枯变迁、历史的沧桑巨变。时代的衰落乱离，社会的动荡不安，百姓的流离失所，所有这一切都撞击着诗人们多情而敏感的心，进而触发他们深深的忧患意识，因而造成了暮愁主题丰富多彩的侧面。归结起来主要有伤别、乡愁、闺怨、怨弃和悲亡几类。

（一）伤别类

写伤别较突出的有：念去去，千里烟波，暮霭沉沉楚天阔。杨柳岸，晓风残月。此去经年，应是良辰美景虚设。（柳永《雨霖铃》）多少蓬莱旧事，空回首，烟霭纷纷。斜阳外，寒鸦万点，流水绕孤村……此去何时见也，襟袖上，空惹啼痕。伤情处，高城望断，灯火已黄昏。（秦观《满庭芳》）这两首词反映的离别具有一定的典型意义。前者的离别是突来的、无准备的，故给离别者的心理情感撞击也是强烈的。情人的突然离去，使得情感从安定的状态一下跌入恐慌之中，对别离后的忧心、对孤寂生活的想象使离别的双方情感极为复杂微妙。后者的离别是突发和现在时，但设想离人行踪飘忽不定，一去不返或去而难返，那么这种离情就会像断线的风筝在望不到尽头的空中飘荡一样，永远不得安定。总之不管是哪种离别，都是令人伤情的。由离别造成的失落感和不安定生活，使得黄昏的暮色更加惨淡幽暗了。

如果说前二者渲染的是寂寥秋色中的暮愁，那么孟浩然的“荆吴相接水为乡，君去春江正渺茫。日暮征帆泊何处，天涯一望断人肠”和张籍的“山桥日晚行人少，时有猩猩树上啼”则是以朦胧春色为背景展现暮色中离别场面的，夕阳与暮色连缀起秋景伤别和春景伤别。日暮景色在秋景伤别中使悲愁更加浓烈，而在春景伤别中使悲愁变得深沉与柔婉。此外，黄昏还因落日寓意出生命的陨落，与以落叶喻生命凋零的悲秋意识、以落花喻青春短暂的伤春意识相通相融。

（二）乡愁类

现实中许多追求功名者为了从狭小家庭走向广阔社会，投身政治实现自我而常常离家宦游。各个阶层的人都可能无奈地走在离家的路上。宦游可能出现诸多困难与曲折，古人如陷入这种漂泊状态，他们的情感反应必定是化解不开的乡愁。而千百年来华夏民族踏着在农耕生活背景中形成的日出而作、日落而息的生活节拍，周而复始无数次逐渐形成一种条件反射式的心理定式——每当夕阳黄昏，人们便自然地心中升起思念家园故土之情。尤其是漂泊在外的游子，浪迹天涯的艰辛、羁旅孤寂的伤痛已给他们的生活带来极大的创伤，而大多“宦游”者“负志而往，受阻而悲”，也极易产生一种回归意识——乡愁。无论是哪种游人，唯一能熨平他们心灵创伤的便是那个朝思暮想的充满温情的家。于是中国古代诗歌中出现了大量的游子形象，乡愁也成了横贯古今吟唱的主题。

日暮以其凝重苍凉的色彩迎合了乡愁。个人的不幸命运就像是一天中的日暮一样，是可悲可叹之事，然而又是无可奈何之事。人们一方面有一种很深的被遗弃感（命运和家庭），另一方面又必须接受这一事实。一种挥不去、斩不断的思绪渗透其间：“客心愁日暮，徙倚空望归。山烟涵树色，江水映霞辉”。“移舟泊烟渚，日暮客愁新”，游子的客愁、无奈在夕阳的景象中得到了寄托、宣泄。诗人黄昏意境中的“家”不仅是现实生活中的小家庭，更是一种带有人生理想色彩的“精神之家”。游子们正是借这种精神归宿来安慰、排遣自己的种种愁绪，使仕途的失意或人生的失意之情在大自然的暮色中得到抚慰和超脱。陶渊明有“日夕气清，悠然其怀”“岂思天路，欣返旧栖”的心迹，也有“山气日夕佳，飞鸟相与还。此中有真意，欲辨已忘言”的怡然。白居易有“一道残阳铺水中，半江瑟瑟半江红。可怜九月初三夜，露似珍珠月似弓”的闲适。王维则有“秋山敛余照，飞鸟逐前侣。彩翠时分明，夕岚无处所”的洒脱。凡此种种，“只缘身在此山中”。

（三）闺怨类

后世闺怨诗是在《诗经》闺怨诗的基础上升华和拓展的。独守闺房的妻子面对男子的出游，情感是极为复杂的。一方面她们不能劝阻丈夫“功名要向马上取”的选择，甚至还鼓励丈夫建功立业；一方面她们又有“悔教夫婿觅封侯”的懊恼。她既对远行的丈夫牵肠挂肚，又要坚守妇道，饱尝离别带来的情感的煎熬和痛苦。如果丈夫的出游是有时间性的，归期可定，那么闺中妻子的团圆意想还有盼头，这会减轻她们的凄楚。而一旦丈夫是游踪难觅，“君问归期未有期”，那么这种思念之情就会转为悲怨。所以闺怨诗中至少包含了思、悲、怨这三种情感。唐代鱼玄机的闺怨诗《江陵愁望有寄》云：枫叶千枝复万枝，江桥掩映暮帆迟。忆君心似西江水，日夜东流无歇时。可见思念之情之深、之长。再如“靡芜盈手泣斜晖，闻道邻家夫婿归”，闺怨的意境也是契合日暮时分，描摹得如泣如诉，悲伤之极。

（四）怨弃类

借或是个人被夫抛弃（夫弃），或是被君王抛弃（君弃），表达被弃者的一种深深的哀怨。杜甫诗“天寒翠袖薄，日暮倚修竹”是写弃妇的悲惨遭遇。宋祁《木兰花》“为君持酒劝斜阳，且向花间留晚照”，朱淑真《蝶恋花・送春》“把酒送春春不语，黄昏却下潇潇雨”等是借黄昏渲染孤苦伶仃的窘况和哀怨。屈原《离骚》借被遗弃的女子的口吻，抓取黄昏意象表达“美人迟暮”之苦，隐喻政治“失恋”之悲：时暧暧其将罢兮，结幽兰而延伫。“老冉冉其将至兮，恐修名之不立。”南宋爱国词人辛弃疾的《水龙吟・登建康赏心亭》：“落日楼头，断鸿声里，江南游子”“可惜流年，忧愁风雨，树犹如此！倩何人唤取，红巾翠袖，揾英雄泪”，胸怀恢复之志反遭南宋统治者冷落，面对落日，联想宋朝衰微局势，观掌中之剑却不能杀敌，顿生英雄豪杰悲慨之意。“江湖诗派”领军人物刘克庄涉嫌讪谤朝臣，被免官达十余年之久，后又三入朝而三被劾，愤而作《贺新郎・九日》：“少年自负凌云笔。到而今、春华落尽，满怀萧瑟”，“鸿北去，日西匿”，胸中突兀不平之气尽显于这满目秋色、斜风细雨的黄昏中。袁晖诗“谁使恩情深，今来反相误。愁眼罗帐晓，泣坐金闺暮”，直接借“金闺暮”抒发难以自拔的君弃之怨。

（五）悲亡类

悲亡类是各王朝在历史的重复循环中被历史所抛弃以及个人在这种矛盾中挣脱不解的悲哀。这种悲哀是在王朝与个人的短暂与历史的绵长对比反差中产生的。在怀古主题的诗词中，这种意象是常见的。如刘长卿《秋日登吴公台上寺远眺》“夕阳依旧垒，寒磬满空林。惆怅南朝事，长江独至今”，杜甫《登楼》“可怜后主还祠庙，日暮聊为梁甫吟”，刘禹锡的“朱雀桥边野草花，乌衣巷口夕阳斜。旧时王谢堂前燕，飞入寻常百姓家”，薛昭蕴《浣溪沙》：“吴主山河空落日，越王宫殿半平芜，藕花菱蔓满重湖”，这些悲亡诗不仅愁情移入，且有深沉的历史兴亡感。南宋诗词中这类作品不胜枚举，如姜夔《扬州慢》“渐黄昏，清角吹寒，都在空城”。朱敦儒《相见欢》“万里夕阳垂地，大江流，中原乱，簪缨散，几时收？”辛弃疾《菩萨蛮·书江西造口壁》：“西北望长安，可怜无数山。青山遮不住，毕竟东流去。江晚正愁予，山深闻鹧鸪。”

三、暮愁主题的审美感应

忧愁哀怨是中国古典抒情诗写得最多的，除了个人的磨难、时代与社会的变动原因之外，还涉及审美理想。中国文化主要是以儒家文化教育为基石的文化系统，而儒家文化本身就具有一种悲悯意识，这种悲悯意识最终与“先天下之忧而忧”的忧患意识相统一，其制约和造就的审美理想在整体倾向上表现为悲剧美和对悲剧美的有意识追求与崇尚。因为悲剧美给人以崇高感、悲壮感，能激发人的力量，令人产生同情，所以当人们置身夕阳的暮霭中，面对过去、现在、将来永恒存在的夕阳时，一种苍茫悲壮的历史感便油然而生，人们在夕阳西下中顿悟到生命的消殒。永恒无限的夕阳昭示了人生的短暂与渺小，于是凄美苍凉之雾弥漫暮色中诗人之眼，就此“夕阳”成为古代诗人悲剧性审美活动的典型意象。

凝重而深厚的夕阳的意象，有一种苍凉美、悲壮美，所以残阳夕照便成了诗人悲悼往事残迹和自写人生失意的着意点，借此意象抒发某种悲凉深沉的思想感情。如辛弃疾的“斜阳草树，寻常巷陌”的悲凉意象是英雄业绩随风雨凋残的叹惋，“落日楼头，断鸿声里”的悲壮意象是英雄末路的悲慨。

暮愁不是一种对物质追求无法满足的悲叹，而是精神上得不到满足的郁闷苦痛的抒发。所以暮愁主题一经产生便具有惊人的吸引力与生命力。由于暮愁之作的内涵越加丰富且日渐丰厚，使得后世的暮愁抒发能更多地脱离自然实体，而顺应前人暮愁的情感定式，略加点染，便给人无限遐思和良多感慨。

客体意象系统：暮云、暮雨、暮气、暮霭、暮帆、夕阳、落日、斜阳、黄昏、残照……主体情致系统：怀人、思归、期待、乡愁、伤别、闺怨、羁旅、悲惜年华、伤时悯乱……风格主调系统：清愁、闲愁、哀愁、悲愁、凄愁、忧愁……清人吴衡照说："言愁之词，必借景色映托，乃具深沉流美之致。"（《莲子居词话》卷二）愁本身是抽象的，是人们内心的一种抽象的感情。诗人总是借具体可感的意象来表现，借有形有色之物以抒难以名状之情，使"愁"变得可触、可感。而暮愁之作正是以个别的意向、特定的情致、具体的风格，在系统中各要素的渗透及融合形成了既相似又不相同的暮愁主题，借助于暮愁系统的整体美学功能，表现出普遍与一般、具体与特殊的美感效应来，从而丰富了暮愁主题的各个侧面和暮愁的内涵。

暮愁主题因为成全了诗人的一腔悲绪，又特别注意意象的创造和提炼，讲究思与境的和谐，因此丰富了中国古典抒情诗的表现内容，也因此形成了古代诗人遣悲怀、抒牢骚的一种艺术构想模式——"斜阳残照感悲凉，日暮黄昏伤凄楚"，并给中国抒情文学以巨大的影响。正如傅道彬先生所说："时间意义的悲凉和空间意义的温馨构成了中国文学中黄昏意象的象征意蕴。"从时空来说，"暮"作为衰朽象征在语言的层面就有"岁暮""春暮""秋暮""暮年""暮气"等意义扩展。日暮黄昏不仅具有个体生命的衰朽意蕴，还具有社会历史阶段的衰落意味，以及朝代更迭、家族兴衰、人世沧桑的历史表现性，具有丰富的表现潜质。可以说黄昏作为一种典型的情感符号，积淀着中华民族文人千古的审美情趣，滋润着后代学者的心灵世界，这也是黄昏意象在中国诗歌中长盛不衰的原因。

第二节　中国古诗词中杜鹃意象的审美价值

关于杜鹃的神话传说，即"望帝啼鹃"的故事，影响了后世对杜鹃的看法。根据《禽经》中的解释为：蜀王杜宇称帝，号望帝。那时，荆州有一个死而复生的人，名鳖灵，望帝立以为相。恰逢洪水为灾，民不聊生，鳖灵凿巫山，开三峡，去除了水患，隔了几年，望帝因他功高，就让位于他，号开明氏，自己入西山，隐居修道。望帝死后，忽然化为杜鹃，到了春天，总要悲啼起来，使人听了心酸。这是关于杜鹃最早的神话传说，也是古代文人一般所理解的关于杜鹃的神话。但对这一传说，不同人对望帝化鹃悲啼的原因有不同理解，诗词中有不少以杜鹃形象为题材的。

一、杜鹃的人文意蕴

中国文人在杜鹃身上赋予了多种情感，但总体却都具有哀情美。哀情并不总是表示着一种消极淡泊人生的情怀。在人体会到这种感情时，他的内心是无奈的，不想这样，却又无能为力。杜鹃这一意象恰恰符合了这一载体，当人们处于一种凄苦悲愁情境时，自然就会想起杜鹃，想到自己也许就是一只杜鹃。

（一）杜鹃哀情的渊源

在中国古代，很多文人墨客对杜鹃赋予了极深的情感内涵。提到杜鹃，人们就会将其看作是“悲愁”的代表，所以，很多人称杜鹃是“天地间的愁种子”。作为悲情的寄托，古人认为杜鹃的啼鸣实际上是一种悲鸣，听了杜鹃啼叫声令人心酸，断肠。之所以会出现这种现象，也是源于人们对杜鹃的认知，以及关于杜鹃的很多神话传说。要分析杜鹃之所以被认定是悲情的代表的原因，不得不提到杜宇和杜鹃的传说。按照传说的内容，杜宇因为水灾的将自己的君主位置禅让给自己的臣子，自己却常年在山中隐居。在杜宇死后，他的灵魂化作了一只杜鹃，无论是白天还是夜晚都悲鸣不止。中国有“杜鹃啼血”的传说，也就是意味着杜鹃日夜悲鸣，直到啼鸣到血出才停止悲鸣。很明显，在这个过程中，也是人为地将一种悲戚的情感赋予杜鹃这种原本不存在情感的禽类身上。杜宇在君主位置的禅让上是主动禅让的。既然如此，他化作杜鹃后，又为何会日夜悲鸣呢？从这点来说，前后显然是矛盾的。这一点也是值得我们去深入思考和探究的。在元曲《窦娥冤》中，窦娥临刑前用四个典故引出了三桩誓愿，根据课文注解，其中三个典故都是表达冤屈的，但是“望帝啼鹃”的相应解读实际上很难让人一眼看出这是一个表达冤屈的典故。究竟是关汉卿表意错了？还是人们没探索到神话根源呢？据《华阳国志校补图注》中《蜀志》载：周失纪纲，蜀先称王，……后有王曰杜宇，教民务农。一号杜主。时朱提有梁氏女利，游江源。宇悦之，纳以为妃。移治郫邑。或治瞿上。巴国称王，杜宇称帝。号曰望帝，更名蒲卑。自以功德高诸王。乃以褒斜为前门，熊耳、灵关为后户，玉垒、峨嵋为城郭，江、潜绵、洛为池泽；以汶山为畜牧，南中为园苑。会有水灾，其相开明，决玉垒山以除水害。帝遂委以政事，法尧舜禅授之意，禅位于开明。帝升西山隐焉。时适二月，子鹃鸟鸣。故蜀人悲子鹃鸟鸣也。巴亦化其教而力农务。迄今巴蜀民农，时先祀杜主君。根据此记载杜宇主动让位于其相，并没有写出杜宇的冤屈。

又据《禽经》引李膺《蜀志》云：“其后巫山龙斗，壅江不流，鳖灵乃凿巫山，开三峡，降丘宅，土人得路居。望帝以其功高，禅位于鳖灵，号曰开明氏。望帝修道，化为杜鹃鸟，或云化为杜宇鸟，亦曰子规鸟，至春则啼，闻者凄恻。”望帝没有冤屈，为什么“闻者凄恻”呢？

《辞海》中有这样的描述，周末年杜宇，凭借自身实力成为蜀国君王，而后其将君主位置让给宰相开明，自己则选择归隐。当时正是二月时节，也是子鹃鸟鸣叫的时节。因为对君主杜宇十分怀念，所以人们称子鹃鸟为杜鹃。还有一种说法是，由于杜宇和宰相妻子有私通，感觉愧对宰相而亡故，杜宇的亡魂后幻化做鹃。具体可以参考《蜀王本纪》《华阳国志·蜀相》，也正是因为如此，所以人们将杜鹃鸟称作是“杜宇”。在这里说他“通于其相之妻”只是“惨而亡去”，也并未表其冤屈。《中国历代名人辞典》中说道：杜宇原本是秦朝时代蜀国的君主，当时蜀地曾经出现水患，彼时，杜宇率领百姓在长平山躲避水患。随后鳖灵在水患治理上，开峡放水，而后百姓才能够回归陆地。于是杜宇将自己的君主之位传给鳖灵，并选择在西山隐居。后来杜宇得道升仙，蜀人十分怀念他。此外，《古诗词典故辞典》里也就望帝杜鹃做出了相应表述。望帝是传说中蜀国的君主，这位君主就是杜宇。周末年的时候杜宇成为蜀国的君主，号望帝。在杜宇死后，他的魂魄化成了鸟，这个鸟被称作杜鹃。杜鹃的啼鸣十分哀伤，所以后来在表达理想抱负难以实现时，就用“望帝杜鹃”来表述。

可见，现代一些词语典故中所说的关于杜鹃的神话都来源于《华阳国志》和《禽经》。其中只说明他称帝、归隐、化鸟、悲啼，没有说明杜宇是冤屈的。所以，我们在进行具体的内容分析时，就会存在一个疑虑，杜宇化作杜鹃悲鸣的典故究竟出自何方？以及在既有的文学典籍中，是否有杜宇化作杜鹃悲鸣的相关资料呢？真正的说辞究竟是什么样的？袁珂先生在其作品《中国神话传说词典》里有这样的表述，杜宇的事迹在《全上古三代秦汉三国六朝文·全汉文》辑《蜀王本纪》中其实就有相应的表述，后有男子名杜宇，在蜀国自立为君主，开创蜀国，号望帝。《蜀志》里有这样的说辞，望帝后化成杜鹃鸟，杜鹃鸟每逢春季啼鸣，听到的人感觉到十分悲戚。但是并没有就过程中的隐情做细致表述。《说郛》（百二十卷本）卷六辑《太平寰宇记》里有这样的表述，望帝离开帝位之后，他想要复位，但是经过多次努力都没有成功，死后其魂魄化成了杜鹃。由此可以知道，望帝化为杜鹃的原因是他想要复位但没有达成目的。在民间也有一些关于杜宇故事的传说，但是这些传说和古籍中的记载有较为显著的不同。按照民间故事传说，在岷江上游有一条恶龙，平常动辄就发洪水荼毒百姓，为制止恶龙，龙妹到岷江下游泄洪，被恶龙封印在五虎山的铁笼子里。杜宇作为一名猎者，为百姓求取治水方式。在途中遇到一名仙翁，仙翁给了他一根竹杖，让他前往去帮助、救助龙妹。于是，杜宇拿着竹杖和恶龙大战，最终取得胜利并救出了龙妹。二人共同治理水患，最终结为夫妇。后人将杜宇拥立为蜀国君主。杜宇下有一名佞臣，贪恋龙妹美色和杜宇的君主之位，想要谋害杜宇。该臣在打猎时遇到恶龙，于是联合起来将杜宇骗到山中囚禁起来。后来，贼臣抢占了杜宇的君主位置，逼龙妹嫁给他为妻。龙妹拒绝便被囚禁起来。因长久囚禁，杜宇最终离世，魂魄化作杜鹃鸟，回到旧时王宫围绕龙妹飞翔，曰“归汶阳”。汶阳就是汶水之阳，即《蜀王本纪》中提到的“望帝治汶山下邑曰郫”。龙妹在听到杜宇声音后，悲痛离世也化作杜鹃鸟，与杜宇一同离去。如果按照此民间传说，杜宇显然是冤死的。这也是杜宇化作杜鹃鸟悲鸣的原因。所以，按照民间传说，显然“望帝啼鹃”典故是成立的。

（二）杜鹃悲愁的象征

蜀王杜宇化鹃悲啼的神话是古代文人墨客寄托悲哀情感的主要依据，在杜鹃身上凝聚了浓厚的悲剧情节，这也符合文人多愁善感的审美心理。自古以来，中国的文人墨客就擅长运用各种各样的动物、情景来进行悲伤情绪的寄托。通过融情于景，文人墨客在情感的表达上，能够充分实现情感的寄托。同样，中国古代的文人墨客常把自身的思乡情结移到杜鹃身上，古代人们常为功名而奔走，多年独在异乡，杜鹃声的悲哀很容易引起人们的思乡之情。正如西方美学中所说的“移情作用”。实际上在这个过程中，杜鹃本身也是文人墨客情感的寄托。通过杜鹃的悲鸣，也能充分将文人墨客内心的心酸和苦楚表达出来。在这个过程中，人们把自己的思乡情感移到杜鹃身上，仿佛觉得杜鹃也有同样的辛酸情感。况且，杜鹃分布广泛，游子们常常把他乡声声哀鸣的杜鹃当成了故乡的杜鹃，在催促自己归去。于是把杜鹃的叫声附会成“不如归去”，这与“感时花溅泪，恨别鸟惊心”是一样的道理。杜鹃身上所凝聚的这种悲愁情结与思乡情结激发了文人极大的创作才能，出现了众多的名篇佳作，一代一代地继承下去；岁月沉淀，杜鹃便成了一种文化现象，成了“悲愁”的象征。

二、杜鹃意象的普遍

（一）中国文人的审美情结及心态

为什么中国的文人会在杜鹃的身上寄托这么多的情感呢？把杜鹃看作是凄寒悲愁的象征呢？这与中国文人的审美情结与心态有关。在中国的古诗词中，文人一般不把自己的感情直接表达出来，而是把自己的感情寄托在外物上，寻找情和境的完美统一。在王国维的《人间词话》中有关“情”和“境”的论述：境并非是独立存在的净色，而是融入了人的喜怒哀乐。所以，在景色描写上，能够寓情于景才被称作是境界。可见，中国的文人表达感情追求的是情和境的有机结合。寄情于景，以景寓情，情景交融，这是文人表达情感的主要方式。把杜鹃看作是凄寒悲苦的象征，这也正符合文人的审美情结。他们把对世事不平，人生不得意的这种压抑心理，寄托在外物上，杜鹃正符合了文人的这一心理寄托对象，再加上望帝啼鹃的神话传说，杜鹃表示着哀情的形象在文人的心中更深刻了。杜鹃被认为是薄命的佳人、忧国的志士、失意的文人，声是满腹相思，血是隐隐长痛。

（二）审美机制及心理构成

中国文人的审美主要追求的是一种意境美，意境是艺术美的主要特征之一，在谈艺术美时，离不开意境。王国维有过这样的表述，他认为“文学之事，其内是以虑己，外是以感人者，意与境二者而已”。这里的境界，实际上就是说意和境的融合，所以在进行景色表述上，唯有融入感情才能够称作是有境界。在写杜鹃的诗词中，杜鹃和其他景物所构成的意境都具有一种悲情的美，比如：李白《闻王昌龄左迁龙标遥有此寄》：杨花落尽子规啼，闻道龙标过五溪。我寄愁心与明月，随风直到夜郎西。这句话是从眼前景色开始表述，但是在写景的同时也将离别之情融入景色表述中。后面两句是通过明月来寄托离愁。此外，贺铸《忆秦娥》：三更月，中庭恰照梨花雪；梨花雪，不胜凄断，杜鹃啼血。这首诗歌在表述上，也是通过将情感和景色的互融，来表达词人的伤心，在描写景色的过程中融入自己的悲戚和对故乡的思念。再比如：“可堪孤馆闭春寒，杜鹃声里斜阳暮”（唐人秦观《踏莎行》）、“子规夜半犹啼血，不信东风唤不回”（宋人王令《送春》）等，在情感表达上都是通过杜鹃哀啼体现内心的凄凉情思。中国文人自古以来就有多愁善感的性格，一些文人性格脆弱，以物喻情、寄情于景的感情因素特别重。用杜鹃来表示忧愁，能够使诗人的这种忧愁更形象地表现出来。

第三节　中国古诗词中哀怨意象的审美价值

审美活动是和社会文化活动分不开的，所以，不同的文化传统、不同的价值取向形成的最终审美形态是不同的，这就如同一个导演，创造的一系列艺术作品，往往会显示出不同的色调和风貌，进而形成自己的风格。“古代文人抒情往往不是情感的直接流露，也不是直接向读者灌输，而是通过一系列意象来借景抒情、托物言志。哀怨意象既可以作为文人审美创造的结晶和悲伤情感意念的载体，又是现实生活的写照”①。中国的古诗词作品里，都蕴含着丰富多彩的意象形态，具有不同的审美价值。在别具特色、纷纭多姿的意象世界里，哀怨意象常带给读者一种凄婉、令人心生伤悲的独特审美体验。

一、离愁别绪

人生都是乐聚恨别的，所以才有离愁别绪。宋欧阳修的《梁州令》中写道“离情别恨多少，条条结向垂杨柳”，柳永也曾叹道“多情自古伤离别”。古诗词中描写离愁别绪的作品一经翻开，触目多是“眼泪”“伤心”“凄凉”“断肠”……一个个审美意象接踵而来，最常见的比如“柳”“酒”“船”等。

随风摆动的柔弱的“柳”和“留”谐音，所以在古代代表着依依惜别的含义。唐代著名诗人李商隐曾在《杨柳枝词》中写道：“含烟惹雾每依依，万绪千条拂落晖。为报行人休尽折，半留相送半迎归。”李商隐写诗句句精当，字字推敲，在此诗中，他笔下的柳条仿佛是通人性一般多情依依的，离别的人一看到杨柳，就会想起依依惜别的场面，此诗由折柳相送联想到折柳迎归，意思更翻进一层，“柳”的惜别怀远之意约定俗成了。“酒”这个意象很特别，因为中华民族自古就与酒结下不解之缘，上自王侯将相，下至平民百姓，都离不开它。酒入诗词可以表示喜怒哀乐多种情绪，作为哀怨意象的酒能见证时光的流逝、历史的变迁，更是表达离愁别绪的最好媒介。“劝君更尽一杯酒，西出阳关无故人”（王维），“醉不成欢惨将别，别时茫茫江浸月”（白居易），这杯杯代表离别的酒，让我们看到了前路渺茫、愁绪在胸的古人惜别场景，看似随便脱口而出的几句劝酒词，却是文人强烈真挚的离愁别绪的集中体现。柳永的“今宵酒醒何处？杨柳岸晓风残月”让千古的痴男怨女着迷，引发了“此去经年，应是良辰美景虚设”的感慨。把本来就断肠的别离写得如此曼妙，离别因为有了酒才显得更加感伤，更加让人心碎不已。“舟船”在古代，可是非常重要的交通工具，迎来送往，相当于现在的车水马龙。码头相当于现在的车站，都是和离别息息相关的。“日暮征帆何处泊？天涯一望断人肠”（孟浩然《送十四之江南》），小小的一叶扁舟，把亲朋好友隔离开来，从此天各一方、风烟万里了。无论行人还是送行的人一见到舟船就离愁顿起，在无常的事实面前，舟船伴随着人四处漂泊，淡淡的忧伤或

① 吴晓旭. 论中国古诗词中哀怨意象的审美价值［J］. 齐齐哈尔大学学报（哲学社会科学版），2012（01）：113-114.

者是风雨中的飘摇都昭示着离别的情绪何等悲哀。

二、闺怨相思

中国有很多古诗词是游子思妇的断肠曲。在一年四季当中，秋这个季节极为特殊，草木凋零，万物凄凉，使得中国文人往往触景而发，与秋结下了千古之缘。许多的闺怨作品，往往选取秋天意象，其中梧桐是最典型的落叶乔木，“望秋先殒”，恰好迎合了文人们凄凉悲伤的幽怨心理。十分典型的例子是王昌龄的作品《长信秋词》，“金井梧桐秋叶黄，珠帘不卷夜来霜。熏笼玉枕无颜色，卧听南宫清漏长”。少女应该是无忧无虑、天真烂漫的，但是在这里，却被剥夺了青春，被剥夺了幸福，甚至被剥夺了可贵的自由。一个人在孤单寂静冷清的深宫里，卧听宫漏的情景。这种闺中萧瑟冷寂的苦闷，让我们感同身受。著名词人李清照的作品《声声慢》中“梧桐更兼细雨，到黄昏、点点滴滴”更是把女主人公一天到晚孤单、冷清、寻觅解脱方式无果的愁苦心绪烘托得淋漓尽致。冰冷的雨打在梧桐叶上，好不令人凄苦，更加思念心中的人。与此相类似的意象还有一个比较典型的就是芭蕉，闺怨之中的女孩用梧桐叶落和雨打芭蕉，写尽了相思之苦。文人作品通过这样哀怨的意象把闺中女人的绵绵思念、款款深情、离情别恨表达得更加让人同情，发出了“悔叫夫婿觅封侯”的感叹，用月圆人未圆的心理抒发方式来引起人们共鸣。

三、征人游子

在李益的《从军被征》里，描写了在茫茫大漠之中，有几十万战士同时抬头望着东升的月亮，一时间抑制不住悲苦的思念家乡之情。可见，在古代，常年征战的人过着一种怎样感伤、凄凉的羁旅生活。他们对故乡的思念通过文人哀怨的意象表达出来，带给我们的是一种震撼。其中不乏一些经典的动物意象，我们大多数接触的意象以景为主，借助动物意象表达情感也算是别出心裁了。在春夏季节里，杜鹃彻夜不停地啼鸣，由于声音短促清脆，所以引人遐思，生发出情思万种。在古代有个神话，说是蜀王杜宇，也就是望帝，被迫让位给他的臣子，自己隐居在深山老林里。传说死后灵魂就化作了杜鹃，啼声哀怨动人，人们说听着好像在说“不如归去！”因了这个优美又凄凉的神话故事，多愁善感的文人们把杜鹃看成了凄凉、哀伤的象征，深深喜爱并不断应用。文天祥《金陵驿二首》中“从今别却江南路，化作啼鹃带血归”，杜鹃哀伤的啼叫触动了作者和读者的乡愁，惹起了乡思。鹧鸪这种动物意象在古诗词里也有和杜鹃类似的内蕴，“江晚正愁余，山深闻鹧鸪”（辛弃疾），鹧鸪的鸣声很容易勾起人们对旅途艰险的联想和满腔的羁旅行役愁绪。所以在古诗词中，鹧鸪都不能作为单纯意义上的鸟来理解。在现实生活中，鸿雁属于大型候鸟，在每年的秋季都要南迁，迎合了离家在外的征人和游子的思念家乡怀念亲人之情。薛道衡《人日思归》中“入春才七日，离家已二年。人归落雁后，思发在花前”，意思是说早在花开以前，诗人就想回家了。但是大雁已经北归了，人却依然没有回家，回家的想法一直没有实现。这是诗人在作客的时候写下的思归名句，十分含蓄，意象也韵味深远。鸿雁传书的典故大家都很熟悉了，所以文人喜欢用作为信使的大雁来表达思乡情怀就再恰当不过。

四、忧国忧民

古代的许多知识分子常常以“达则兼济天下，穷则独善其身”作为自己的处世准则，可是也有一部分文人无论穷达，都是忧国忧民、都是兼济天下的。杜甫和辛弃疾就是其中的代表。李贽的《读律肤说》中提到：“沉郁者自然酸悲”，这是把杜甫的个人命运和国家动乱、人民苦难结合在一起，从而引发的感受和体验。杜甫的《登高》向来被传为名作，杨伦称其为“杜集七言律诗第一”，可胡应麟却喻它为“古今七律第一”，这首杜甫去世三年前的作品，给我们创造了一个又一个表示哀怨的意象，比如风、猿、落木这些极为凝练的意象是杜甫晚年孤独寂寞、漂泊无依的写照。这种哀怨郁愤的意象也成为中国文学史的一个重要传统，“万里悲秋常作客，百年多病独登台”，这是杜甫哀怨郁愤的基调，但他绝对不是单纯指自己的病魔缠身和艰难的一生，杜甫是想通过这些意象来强调他的忧国、忧民又忧身。所以《登高》这首诗蕴含的这些哀怨意象表达的情感是哀婉孤独，是沉郁高昂，是愁苦沉痛，也是忧愤和无奈。无独有偶，宋代著名词人辛弃疾调离原职的时候运用许多美不胜收的意象写下了名篇《摸鱼儿·更能消几番风雨》，词的上片从伤春写到惜春写到留春，塑造了一个小小的蜘蛛意象，小小的蜘蛛能有多大的力量，但还是尽自己最大的努力勤勤恳恳地织网，目的是为了去沾惹那些象征着残春景象的杨柳飞花，以此留春，其情实在可悯：下片用的表达哀怨的意象都是一些古代失宠的美人典故，从春意阑珊写到美人迟暮，这绝对不只是作者个人遭遇的感慨，更多的是他对南宋朝廷暗淡前途的担忧。前人评价此词“肝肠似火，色貌如花”，就是看到了这以美丽抒写哀怨的表达方式，让人更加怜惜，也看到了作者的忠心耿耿、忧国忧民。

如果想更好地、真正地鉴赏古代的诗词作品，就一定要抓住意象的旨趣，了解意象所体现的情调，以及意象的社会意义和审美价值。意象在古代最初其实是一个哲学概念，是后来逐步用于对诗词的评论及美学研究中的，意象寓“意”之象，哀怨意象是作者想借哀怨事物抒发悲伤凄凉之情，了解了这些，我们读者很容易就和作者达到思想上的沟通。对于这些意象，会产生相同或者相类似的联想和认知，从而获得类似的情感审美体验。了解了哀怨意象的审美价值，对于我们领会作品主旨，融入作品意境、感知作者的感情都具有十分重要的意义。

第四节　中国古诗词歌曲的审美价值表现

“古诗词歌曲是具有悠久文化底蕴的全新艺术形式，是我国音乐艺术发展的全新篇章，无论是在音乐曲调还是在歌词上，无不体现着我国先贤文人的哲学思想与人文关怀。”①我国音乐艺术经过五千年的历史洗礼，已取得巨大的成果，主要表现为中国古典歌曲、民族乐曲、民谣、小调以及各类戏曲等。然而伴随时代的发展与信息技术的普及，我国音乐艺术尤其是歌曲艺术迎来了全新挑战。以 20 世纪 80 年代为例，我国内地歌曲主要是以歌颂党、歌颂劳动人民为主的民俗歌曲，而随着改革开放的推进，港台流行音乐逐渐进入大陆乐坛，并在一定程度上为我国传统歌曲带来了影响与冲击，其更迎合青年群体的喜好，彰显时代的魅力。时至今日，互联网技术的崛起为我国歌曲艺术发展提供了新方向，越来越多的西方歌曲、日韩歌曲涌入我国，并日渐成为中国歌曲艺术发展的新趋势。但也在意识形态层面上，为我国社会主义建设与高校思政教育带来了阻力。

一、中国古诗词歌曲的时代意义

中国古诗词采用我国古代诗歌形式、韵律、意境、词调所形成的全新歌曲形式，重点表现我国古诗、词曲所独有的文化韵律，在创作题材上多采用流传较久、影响较大的诗词佳作，或直接运用当代诗歌，结合现代音乐创作模式进行创作。现阶段我国古诗词歌曲发展已呈现规模化趋势，拥有着大量优秀的古诗词歌曲作品，例如《岭南人》《红豆词》《满江红》等。与此同时也造就了大批优秀的音乐艺术家，例如黎英海、王志信等。在新时期背景下，现代文化与西方文化不断影响着人们的思维逻辑与行为方式，为我国意识形态教育与核心价值观教育带来挑战，特别在“传承弘扬传统文化”不断得到深入的背景下，人们难以从物质文化或非物质文化的层面对传统文化形成崭新的认识，导致中华传统

① 曹漫. 中国古诗词歌曲的审美价值研究［J］. 戏剧之家，2019（34）：46.

文化在现代信息技术的冲击下不断衰退，仅依靠政府相关部门的扶持，才能得到局部的发展。

二、中国古诗词歌曲的审美价值

第一，增强审美体验。中国古诗词歌曲在歌曲情态与形式上不仅满足人们对音乐的审美需求，更能使人们体验到古诗词歌曲多种微妙细腻的情感变化。中国古诗词歌曲独有的语言风格与文学韵味，能够使人们的逻辑思维能力与想象力得到提升，以此促成听众审美体验的积累。以汝艺的《水调歌头》为例，全曲以月为咏唱内容，以月为抒发意象，也以月表现着词曲作者内心的情感以及对社会自然的哲学感慨，在经过现代音乐技法的升华后，旋律与诗词的神韵交融，伴奏与演唱的情境渲染，无不使听众在欣赏歌曲曲调变换的同时，体会并感悟到轻灵透彻的畅想与抒怀。

第二，推进文化教育。中国歌曲与诗词的融合是音乐艺术形式的创造性发展，不仅彰显着中国传统音乐的底蕴，更呈现着我国悠久的文化魅力与时代发展规律。对中国古诗词歌曲的创作与欣赏离不开对古典文化的研究与理解，《春晓》表达着对春季的怜惜与喜爱之情；《江城子》抒发着对妻子的思念与悲怆之情。通过对古典诗词的再次创作，不仅继承了我国悠久的历史文化与人文文化，更提升了人们对古代经典诗词的认识，提升了古典文化在现代科技文化中的地位。在当代文化教育中，古典文化特有的语言风格与艺术形式，加重了学生对古典文化的理解难度，不利于高校对古代文化的教育，制约着中华传统文化的传承。古诗词歌曲则以崭新的艺术形式将古典诗词与现代音乐创作相结合，使之形成适合当代青年审美需求的音乐艺术形式，以此达到从艺术感染到文化弘扬的目的。此外，古诗词歌曲不仅在教育层面上激发了学生对古典文化学习的热情，更推动当代青年继承古典文化的热情，以《知否知否》为例，该曲在结合李清照《如梦令》的基础上，运用现代曲风与元素，促使当代青年更加关注古典诗词的艺术美、旋律美以及意境美。

第六章　中国古代文学传播及方式革新

第一节　中国古代文学传播的主要目的

“中国古代文学传播是一个非常复杂的系统工程，由传播主体、客体、媒介、环境、内容、效果等诸多层面组成，中国古代文学传播具有丰富多彩的内涵。”①

一、中国古代文学传播形成道德观念

中华文化博大精深，自上古神话时代的女娲补天到长江、黄河流域到夏商周时期奠定各类制度，又到春秋战国多雄争霸时期，最后到秦汉晋隋元明清等多朝代更替，中国历史发展从未停息。岁月悠悠，文化传承却从未改变，甚至发展得愈来愈好。春秋战国时期是中华文化形成的关键时期，诸子百家争鸣，文化在这一时期产生了碰撞与融合，以孔子、老子等为代表的中国伟大思想家，他们的文学作品对后世的道德标准、行为准则产生了巨大的影响。不仅如此，中国古代文学也在影响着世界的变化，其中孔子学院遍布世界，正是这一观点的证明。因此，孔子的伟大不仅在中国一国，更是传播到了其他国家，是世界的文化瑰宝。正是由于孔子、老子等伟大思想家的存在，中国人才能形成心中的道德观念，这一切都离不开历史的积淀和文学作品的兴盛，所以中国古代文学就是当代人心中的道德观念指向，就是当代中国人默认的行为准则。

二、中国古代文学传播是精神理念源泉

中华五千年历史孕育了数之不尽的文学作品，而这些文学作品又共同组成了文化素

---

①　戴学慧. 中国古代文学的传播特点与经验启示［J］. 兰州教育学院学报，2015，31（10）：9-10.

养，可以说文学素养就是精神理念的源泉。爱国主义精神、顽强不息精神、坚持不懈精神等无数的精神理念都可以在文学作品中找到它的应有之处，并且不止一处可以体现这些精神。

三、中国古代文学传播是浪漫主义色彩的发源地

女娲补天、精卫填海、夸父追日等浪漫主义神话不仅为后世传递了坚强不息的理念，也催生出一大批浪漫主义色彩文学作品，更是让当代中国人懂得了浪漫主义。提及浪漫主义就难以避免李白和苏轼这两位伟大的诗人或词人，他们的文学作品孕育着极其浓厚的浪漫主义色彩，也为后人的浪漫理念开辟了先河，使得后人能够在他们的文学基础上拓展浪漫主义，其中典型的则有郭沫若、海子等。

《将进酒》是李白将浪漫主义色彩发挥到极致的一首诗，其中的“君不见，黄河之水天上来，奔流到海不复回”，极为明显地凸显了李白心中的浪漫情怀以及他对黄河的感慨，极大地体现了李白的豪迈之情，也是当代中国人必学的一首诗，其价值难以想象。而苏轼的《水调歌头》更是力压中秋一切诗词，成为中秋诗词中最闪亮的一颗星，“但愿人长久，千里共婵娟”一句把苏轼对弟弟的思念之情升华到了整个中秋的思乡之情，词中对“天上宫阙”的描述，更是将苏轼的浪漫体现到了无以复加的程度。所以，中国古代文学不仅是精神源泉，更是浪漫主义色彩的根本。

第二节　中国古代文学传播的主体分析

“文学传播的研究对象包括文学作为被传播对象而被传播，以及文学作为传播手段而传播其他社会意识。”① 哲学意义的主体是指事物的属性、关系、运动变化的承担者和载体，从认识论看，主体则是指认识活动和实践活动的承担者。将主体概念引申到文学传播领域中来，可以说明文学传播过程中，文学信息的制造者与传播者之间的复杂关系，这对于我们进一步认识文学的产生和发展，对于我们发现和揭示文学发展的规律具有一定意义。

文学传播学作为主要对文学传播过程进行研究的学科，其注重点首先在于文学传播主

① 曹萌．中国古代文学传播的主体［J］．沈阳师范大学学报（社会科学版），2008，32（06）：47-52.

体问题。按照著名传播学家拉斯韦尔的观点，传播的主体应该是“五 W 模式”中的说了什么的“谁”，那么像哲学角度所界定的主体为具有能动性的人一样，文学传播的主体也应该是人。这与传统的新闻学中传播主体是指报纸、电台、电视台、通讯社、新闻电影制片厂及新闻性期刊等大众传播机构，以及网络新闻传播主体既包含利用网络媒体传播新闻的传统新闻传播媒介，也包括从事新闻传播的非专门性机构（如综合性网站、商业网站），还包括利用网络媒体发布新闻的个人等情况有所差异。

现实社会中的文学传播并非如拉斯韦尔“五 W 模式”所描述的那么简单明了，而是表现为比较复杂的情况。因为在古今中外的文学传播中，只有原创文学的传播才体现出“五 W 模式”特征，而文学史上那些流传或传播着的文学大多是脱离了原创状态的已存文学。这些已存文学的传播与原创文学的传播在操作上有着很大的区别，而导致这一差异的根本原因就在于文学传播主体的不同。

因此，讨论文学传播的主体就应该从两个方面进行：一是原创文学传播的传播主体，另一则是已存文学传播中的传播主体。本节的目的在于对原创文学和已存文学的传播主体进行描述和说明，并通过一定的例证分析说明其文化特征。

一、原创文学传播主体

作家是文学信息的制造者和产生者。像新闻传播中被传播的信息是新闻消息或时事报道一样，文学传播中被传播的信息首先是文学作品，而产生或制造文学作品的人就是文学传播的主体，但这仅限于原创文学的传播。

作家是文学信息的制造者，这在今天已非常明确。但在古代，尤其是在文学尚未自觉的古代，情况却比较复杂，因为其时没有出版权、没有自觉的文学创作意识等观念，创作文学作品、制造文学信息的作家大都没有在其作品上署名，或留下能说明自己是该作品创作者的信息。因此，在文学尚未自觉的上古时代，作为原创文学传播主体的作家是个模糊的概念。笼统地说，其时文学传播主体是劳动人民，文学是劳动的副产品，它在劳动过程中，或是因为劳动而产生，劳动者是作家，是原创文学的传播主体。对此鲁迅先生曾有过描述：文学的存在条件首先要会写字，那么，不识字的文盲群里，当然不会有文学家的了。然而作家却有的。你们不要太早地笑我，我还有话说。我想，人类是在未有文字之前，就有了创作的，可惜没有人记下，也没有法子记下。我们的祖先的原始人，原是连话也不会说的，为了共同劳作，必需发表意见，才渐渐地练出复杂的声音来，假如那时大家抬木头，都觉得吃力了，却想不到发表，其中有一个叫道“杭育杭育”，那么，这就是创作；大家也要佩服，应用的，这就等于出版；倘若用什么记号留存了下来，这就是文学；他当然就是作家，也是文学家，是“杭育杭育派”。［《鲁迅全集》（第六卷）］。

在劳动中产生的文学，是原创的文学。此种例证我们可以在《诗经》这部以民歌为主要内容的诗集里找到许多证明。如《伐檀》：坎坎伐檀兮，置之河之干兮，河水清且涟猗。不稼不穑，胡取禾三百廛兮？不狩不猎，胡瞻尔庭有县貆兮？彼君子兮，不素餐兮！坎坎伐辐兮，置之河之侧兮，河水清且直猗。不稼不穑，胡取禾三百亿兮？不狩不猎，胡瞻尔庭有县特兮？彼君子兮，不素食兮！坎坎伐轮兮，置之河之漘兮，河水清且沦猗。不稼不穑，胡取禾三百囷兮？不狩不猎，胡瞻尔庭有县鹑兮？彼君子兮，不素飧兮！

这首诗显然是劳动者在劳动中或劳动后创作的文学作品。全诗三章都以叙述伐檀木起始，可见作者是当时干着繁重伐木劳动的奴隶。他们一边劳动一边想到生存中的不平，而随口唱出这些内容；诗歌形式上的回旋重沓、反复咏叹，也符合歌唱者当时宣泄思想和感情的心理特征，而诗歌中的一些象声词更与当时的劳动内容和场景相吻合。

原创性文学作品或文学信息在上古时代是很普遍的，其根本原因在于当时文学传播主体的普遍。《诗经》中的《硕鼠》《东方未明》都是劳动者对不劳而获的统治者有所怨恨而唱的诗歌；庄子的鼓盆而歌则是悲痛时的作品。这些歌所唱的内容和唱时的心态尽管与《论语》所写道“暮春者，春服既成，冠者五六人，童子六七人，浴乎沂，风乎舞雩，咏而归”的休闲唱歌有所差异，但作为原创是没问题的。当时人们随时随地地唱歌，歌就是原创文学或原创文学信息，唱歌者则是文学传播的主体。

与此相类似，讲故事的人也是文学传播主体。在人类的日常生活领域，“叙事”反映的是人们对自己生活事件相关的认知结构，使人更好地理解自己周围的世界，以叙事的方式反思并改变着自己的生活。因此在人类发展史和文学发展史上，就曾经出现和正在出现着许多讲故事的人，他们差不多是文学创作中的一个永恒存在的群体。人类不仅赖故事而生，而且是故事的组织者，写得好的故事接近经验，因为它是人类经验的表述，同时它们也接近理论，因为它给出的故事对参与者和读者有教育意义。故事通过教育生活经验的叙述，以促进人们对于生活及生活意义的理解，同时故事的本质也在于寻找一种合适地呈现和揭示生活经验乃至穿透经验的话语方式或理论方式，为听者及其他读者提供一种能让他们参与进来的生活语言风格的文本。这样，人们编造故事而加以讲演，这个编造故事并实施讲演的人也是文学传播的主体。这里所谓的故事，就是文学史上的神话传说。此外，古代人不仅编造和讲演有关生活及其经验和理论的故事这样的文学作品，还制造或生产游记、自传或书信一类的文学信息，其创作者也都是文学传播的主体。

到了文学自觉时代，作家作为文学传播主体已经非常明确。他们本身的创作意识已经突出，创作动机已经明显，要通过文学使自己得到社会承认，立言不朽的意向也非常突出。所以，作家作为文学传播主体的特征也就更明确了。如明人王世贞《艺苑卮言》所记的谢灵运等人：

谢灵运移籍会稽，修营别业，傍山带江，尽幽居之美。每一诗至都，贵贱莫不竞写，宿昔之间，士庶皆编。梁世，南则刘孝绰，北则邢子才，雕虫之美，独步一时。每一文出，京师为之纸贵，读诵俄遍远近。灵运尤为所赏，惜其不终，所谓东山志立，当与天下推之，岂唯鼻祖。

这是以单独作家为文学传播主体的很好说明。谢灵运作为文学信息的制造者，其文学作品都以他为源点而传播，他是文学的创作者，也是文学传播的主体。

二、已存文学传播中的传播主体

文学创作自觉时代以后，一些作家或者因为创作风格接近，或者思想倾向比较一致，或者因为生活在特定圈子里，组成许多类型的文学团体，从而出现了原创文学传播主体的团体化倾向。作为团体性的文学传播主体群落在表现出团体化倾向的同时，其文学创作社团的特征也非常明显。一般说来，文学社团是指由文学作家或文学批评家组成的文学组织。其内涵比较宽泛，文学同乡会、文学体派、文学沙龙、文学协会、文学俱乐部、诗歌创作协会、人文沙龙、文学角等都属于其范畴。

在文学传播过程中，以文学社团为传播主体而进行传播的情况比较普遍。这种现象在古代、近代和当代都屡见不鲜。此先就中国古代的文学社团作为文学传播主体的情况做一说明。当文学进到自觉以后，中国古代文学史上的文学社团就代不乏人。《南齐书·列传第三十三·文学一》所记的齐朝以沈约为代表的“永明体”就是一个典型的例证：永明末，盛为文章。吴兴沈约、陈郡谢朓、琅邪王融以气类相推毂；汝南周颙善识声韵。约等文皆用宫商，以平上去入为四声，以此制韵，不可增减，世呼为“永明体”。这个因为创作共同文学体式而形成的文学团体，其主要成员有四人。他们致力标榜文学创作中的声律——“宫羽相变，低昂互节。若前有浮声，则后须切响，一简之内，音韵尽殊，两句之中，轻重悉异。”辞既美矣，理又善焉。

明人王世贞《艺苑卮言》也追述过这一情况：沈约曰：“天机启则六情自调，六情滞则音韵顿舛。”又曰：“五色相宣，八音协畅，由乎玄黄律吕，各适物宜。欲使宫羽相变，低昂互节，若前有浮声，则后须切响。一篇之内，音韵尽殊；两句之中，轻重悉异。妙达此旨，始可言文。”

显然，这个文学团体主要是在诗文的音韵方面发表主张、进行实践。他们创造出“永明体”这一文学体式，在征得他人效仿的同时，造成了文学的传播：“永明体”诗文作为特定文学传播中的信息主要是通过该体式所构成的文学团体传播出去，“永明体”作家团体于是成为文学传播的主体。

唐朝元稹、白居易等人的“元和体”与此相同。《新唐书·列传第九十九》云：稹尤长于诗，与居易名相埒，天下传讽，号“元和体”，往往播乐府。穆宗在东宫，妃嫔近习皆诵之，宫中呼元才子。稹之谪江陵，善临军崔潭峻。长庆初，潭骏方亲幸，以稹歌词数十百篇奏御，帝大悦，问：“稹今安在?”曰：“为南宫散郎。”即擢祠部郎中，知制诰。变诏书体，务纯厚明切，盛传一时。宋人晁公武《郡斋读书志》对此也有记述。言：《张籍诗集》五卷右唐张籍文昌也。和州人。贞元十五年登进士第。终国子司业。籍性狷急，为计长于乐府，多警句元和中，与白乐天、孟东野相酬唱，天下宗之，谓之“元和体”云。其集五卷，张洎为之编次。

从记述中可知，元稹、白居易、张籍、孟郊等人组成的文学团体，其创制的文学信息不仅“往往播乐府”“妃嫔近习皆诵之”，还产生了“盛传一时”“天下宗之”的传播效果，可见该团体作为文学传播主体是名副其实的。

中国古代文学发展史上这样的文学团体难以尽数，它们往往以一种特殊的文学体式呈现出来。对此，宋人严羽《沧浪诗话》有概括：

以时而论，则有建安体（汉末年号，曹子建父子及邺中七子之诗），黄初体（魏年号，与建安相接，其体一也），正始体（魏年号，嵇阮诸公之诗），太康体（晋年号，左思潘岳二张二陆诸公之诗），元嘉体（宋年号，颜鲍谢诸公之诗），永明体（齐年号，齐诸公之诗），齐梁体（通两朝而言之），南北朝体（通魏周而言之，与齐梁体一也），唐初体（唐初犹袭陈隋之体），盛唐体（景云以后，开元天宝诸公之诗），大历体（大历十才子之诗），元和体（元白诸公），晚唐体，本朝体（通前后而言之），元祐体（苏、黄、陈诸公），江西宗派体（山谷为之宗）。以人而论，则有苏李体（李陵、苏武也），曹刘体（子，建、公干也），陶体（渊明也），谢体（灵运也），徐庾体（徐陵、庾信也），沈宋体（佺期、之问也），陈拾遗体（陈子昂也），王杨卢骆体（王勃、杨炯、卢照邻、骆宾王也），张曲江体（始兴文献公九龄也），少陵体，太白体，高达夫体（高常侍适也），孟浩然体，岑嘉州体（岑参也），王右丞体（王维也），韦苏州体（韦应物也），韩昌黎体，柳子厚体，韦柳体（苏州与仪曹合言之），李长吉体，李商隐体（即西昆体也），卢仝体，白乐天体，元白体（微之、乐天，其体一也），杜牧之体，张籍、王建体（谓乐府之体同也），贾浪仙体，孟东野体，杜荀鹤体，东坡体，山谷体，后山体，王荆公体，邵康节体，陈简斋体（陈去非与义也，亦江西之派而小异），杨诚斋体（其初学半山、后山，最后，亦学绝句于唐人，已而尽弃诸家之体，而别出机杼，盖其自序如此也）。又有所谓选体（选诗时代不同体制随异，今人例谓五言古诗为选体非也），柏梁体（汉武帝与群臣共赋七言，每句用韵，后人谓此体为柏梁体），玉台体（《玉台集》乃徐陵所序，汉魏六朝之诗皆有之，或者但谓纤艳者为玉台体，其实则不然），西昆体（即李商隐体，然兼温庭筠及本朝杨、刘诸公而名之也），香奁体（韩偓之诗皆裾裙脂粉之语，有《香奁集》），宫体（梁简文伤于轻靡，时号宫体。其他体制尚或不一，然大概不出此耳）。

明人张岱《夜航船》也重述了这一观点。其《诗体》一节云：诗体始于国风、三颂、二雅，流为《离骚》，古乐古选《十九首》。后有建安体，汉万年曹氏父子及邺中七才子之诗；黄初体，魏年号，与建安相接、其体一也；正始体，魏年号，嵇、阮诸公之诗；太康体，晋年号，左思、潘岳、二张、二陆之诗；元嘉体，宋年号，颜、鲍、谢诸公之诗；永明体，齐年号，齐诸公之诗；齐梁体，通两朝而言之。杜云："恐与齐梁作后尘"；南北朝体，通魏周而言之，与齐梁一体也；初唐体，谓袭陈隋之体；盛唐体，开元、天宝之诗；中唐体、晚唐体、宋元体，黄山谷、苏东坡、陈后山、刘后村、戴石斋之诗。

所以在古代中国，以诗歌体式为标志而体现的文学团体，大都作为文学传播的主体而存在。到了现代和当代，文坛上仍然活动着许多文学社团，如文学研究会、创造社、新月社、沉钟社、语丝社等；此外，还有一些以流派为标志的文学团体，如新月派、象征派、九叶派、学衡派、现代派、新感觉派、山药蛋派、荷花淀派、朦胧派等。这些文学社团或以创作倾向相接近，相推毂，或以共同文学主张相观照，形成一个个文学信息制作与传播中心，并以文学传播主体的身份在文学传播方面做出很大贡献。

二、已存文学传播主体

由作家所创作传播出来的原创文学，经过收集、改编、编纂、印刷等处理，就成为已经存在的文学。这类文学的传播就是我们所谓的已存文学传播。易言之，文学传播并不停止在创作者将其发表这一阶段，更多的情况是，绝大多数文学作品产生发表以后，还要历经继续传播的过程，有时这一过程甚至相当漫长。

文学传播学中的已存文学传播更为重要，因为古今中外的文学名著大都经过漫长的传播过程，历朝文学文献的传递实际是已存文学传播的体现，因此，已存文学传播构成文学传播的主要部分。从传播形式看，已存文学传播的类型和方式大致可以归纳为：整理加工传播、学术传播、编选传播、改编传播、评论或评点传播、翻译传播、“说话”传播、商业印刷传播、杂志期刊传播、电子媒介传播，以及今天的网络传播等。因为上述传播类型和方式不同，其文学传播主体也相应地有所区别。

（一）整理加工传播文学主体

文学信息在脱离原创传播阶段以后，亦即经过作家的原创阶段传播后，绝大多数作品仍处于继续传播过程中。这时，其传播主体就主要因着文学传播的方式而有所改变。在文学传播史上，较早出现的已存文学传播方式是整理加工，因为这一方式，出现了较早的文学传播主体乐府。

“乐府”是中国古代王朝设立的专门掌管音乐的官署，其具体任务是制定乐谱、培训乐工、搜集歌词等。该机构的设置是因袭周代的采诗制度而来。据文献记载，周朝设有采诗之官。《汉书·卷二十八》云：

孟春之月，群居者将散，行人振木铎徇于路以采诗，献之大师，比其音律，以闻于天子。

“行人”充当了已存文学的主体；到汉代，这一做法被承袭下来，形成了作为政府机构的乐府。班固《两都赋序》说：大汉初定，日不暇给。至于武宣之世，乃崇礼官，考文章。内设金马石渠之署，外兴乐府协律之事。《汉书·礼乐志》也说：至武帝定郊祀之礼，……乃立乐府，采诗夜诵，有赵、代、秦、楚之讴。以李延年为协律都尉，多举司马相如等数十人造为诗赋，略论律吕，以合八音之调，作十九章之歌。

《汉书·艺文志》则从该机构的功能角度说：自孝武立乐府而采歌谣，于是有赵代之讴，秦楚之风，皆感于哀乐，缘事而发，亦可以观风俗，知薄厚云。

汉武帝时代的乐府，据称备员 829 人，并设有令、音监、游檄等各级官吏。乐府的设置，一方面是为了制作宗庙的乐章，以歌功颂德，点缀升平；另一方面则是收集民间歌谣，了解民间对政府的意见，以便采取统治的对策。但是不管采诗目的如何，在客观上它却起了收集和保存民歌的作用，使当时四散于民间仅靠口头流传的许多文学作品得以集中和记录下来，并通过特定的方式再传播开去，从而成为已存文学传播主体。

武帝时乐府采集诗歌的范围甚广：北起燕、代，南至淮南，南郡，东起齐、郑，西至陇西，也就是遍及黄河流域和长江流域。现存的文献资料也说明了这一点：汉乐府采集到的各地民歌有：吴、楚、汝南歌诗 15 篇；燕、代讴、雁门、云中陇西歌诗 9 篇；邯郸、河间歌诗 4 篇；齐、郑歌诗 4 篇，淮南歌诗 4 篇；左冯翎、秦歌诗 3 篇；京兆尹、秦歌诗 5 篇；河东、蒲及歌诗 1 篇；洛阳歌诗 4 篇；河南周歌诗 7 篇；周谣歌诗 75 篇；周歌诗 2 篇；南郡歌诗 5 篇，其总数计有 138 篇。

汉乐府设立百年左右，哀帝刘欣将乐府俗乐罢去，只留下有关廊庙的雅乐，并裁革了 441 个演奏各地俗乐的讴员，留下 338 人用于演奏雅乐。但这并没有影响乐府作为已存文学传播主体的性质。东汉是否恢复了乐府机构的建制，史无明文，但光武帝刘秀曾“广求民瘼，观纳风谣”；和帝刘肇“分遣使者，徽服单行，各至州县，观采风谣”；灵帝刘宏“诏公卿以谣言举二千石为民蠹害者”等举措似跟乐府功能均有一定关系，因此汉代以后尽管采诗制度废除了，但魏晋时代却仍设有乐府。

从乐府产生及发展情况看，其根本任务是将从各地搜集到的民歌类文学作品经过特定加工再传播开去。因此，乐府作为特定的文学传播主体是成立的。

乐府的文学传播功能在于对已存文学的整理加工和再度传播，随着时代的发展和传媒技术的进步，尽管乐府的这一功能被后代所继承，但其载体却逐渐嬗变为后来的文学杂志刊物。从传播文学功能角度看，文学期刊杂志的作用就是收集和整理已存文学，并通过特定的编辑加工再行传播，因此文学杂志期刊成为乐府的演变体。

中国文学杂志在明朝就已出现，吴敬所等人编纂的《国色天香》和《绣谷春容》就属于这类杂志。文学杂志、期刊经过了近 700 年的发展，其风格面貌和刊载方式虽变化甚大，但作为文学传播的主体，其功能和作用却是一如既往。

（二）已存文学学术传播主体

所谓已存文学的学术传播是指通过辨伪、考据、校勘和传、疏、注、集解、索引，以及评论、评点和序跋等学术手段对古代文学作品，尤其是古典名著进行传播的活动。在中外文学传播史上，许多已存文学的传播大多是经过学术处理后完成的，这在中国古代文学名著上体现尤著：几乎所有的古代文学名著大都经过不同时代学者的整理、注释、校勘、辨伪、训诂等学术处理。显然这些学术处理方式，在传播学意义上也就是学术传播方式。中国古代几乎每一文学名著都拥有一个比较漫长的学术传播过程，有的甚至构成一部学术传播史。

这里以《诗经》为例做一说明。《诗经》的学术传播起始甚古，其最早的学术传播可能是删订：汉代就有人认为《诗三百》是经过孔子删订而成的，司马迁就认为：“古者诗三千余篇，及至孔子去其重，取可施于礼义……三百余篇，孔子皆弦歌之。”（《史记·孔子世家》）但后来学者对此持有怀疑，认为孔子弦歌诗章可能属实，删诗之说并不可信。孔子确实对《诗经》下过很大功夫，《论语》就记述道：“吾自卫返鲁，然后乐正，雅颂各得其所。”这与上述《史记》的记述文字是相互印证的。

《诗经》的学术传播更突出地表现在以后的传、注、解方面。该诗集在汉代复得流传，汉初传《诗经》者共四家，也即四个学派：齐之辕固，鲁之申培，燕之韩婴，赵之毛亨、毛苌。毛氏说诗，事实多联系《左传》，训诂多同于《尔雅》，称为古文；其余三家称今文。自东汉末年，儒学大师郑玄为毛诗作笺，学习毛诗的人逐渐增多，其后三家诗亡，独毛诗得大行于世。从郑玄曾为毛诗作笺，到卫宏作《毛诗序》，为《诗经》作注的学者代不乏人。历代为《诗经》作注的著作很多，其中较好的注本有《毛诗正义》（汉毛亨传，郑玄笺，唐孔颖达疏）、《诗集传》（宋朱熹著）、《诗毛氏传疏》（清陈奂著）、《毛诗传笺通释》（清马瑞辰著），以及今人高亨的《诗经今注》，这些也同时是《诗经》学术传播过程中的精品。

已存经典文学的学术传播方式还包括评论、评点和序跋传播。点评或评论主要体现在已存小说的学术传播上，李贽、金圣叹、脂砚斋的小说评点是其中的代表；而在小说序跋传播方面，则以明清以来的大量小说序跋为突出。序跋是对所序跋文学作品的介绍、概括或阐释。对其所序跋文学作品而言，其功用或为评价，或为阐述，或为价值揭示，或为作品导读，总之是倾向于学术的阐发。

按“五 W 模式”的界定，已存文学学术传播的传播主体应该是那些从事辨伪、考据、校勘和传、疏、注、集解、索隐，以及进行文学作品评论、评点和为文学作品写作序跋的学者。与乐府机构的整理加工已存文学类似，这些学者所展开的工作也是一种特殊的整理和加工，正是因为这些学者的学术传播上的努力，很多经典文学才得以大范围地长久流传。

此外，已存文学的传播还有其他传播主体。除以上所罗列的已存文学传播方式外，编选、改编、翻译、“说话”传播，以及印刷传播、杂志期刊出版，以及今天的电子媒介传播等也作为常用的传播方式，因为这些传播方式比较接近于今天的新闻传播方式，其传播主体也因具体传播方式而体现为编选者、改编者、翻译者、“说话”人，以及文学印刷和出版企业，比如书社、书斋、杂志期刊社等。

三、文学传播主体的主要特征

从过程角度看，文学传播最主要的是原创文学和已存文学传播过程，传播过程的不同决定了文学传播主体的差异，导致文学传播学中原创文学传播主体和文学传播主体的产生。

众所周知，一个具体传播过程大多由六方面要素构成，即传播主体、传播对象、传播手段、传播内容、传播方式和传播环境。其中先决的要素是文学传播主体，它是最具能动性的要素。一般来说，主体是人，文学传播的主体也首先是人，或根本是人。无论是文学创作还是文学传播，必须是人的参与和作用。人作为文学传播主体是从作品到读者这种传播与接受关系的主宰者和操作者；另外，尽管人是文学传播的主体，但这个主体并非一成不变的，而是一个动态发展的过程。随着文学传播方式和技术由低级向高级发展，文学传播主体也经历了由一元（作家）向多元（乐府、社团、学者、杂志等）的转变，而且随着文学传播媒介技术的发展，文学传播主体的大众化趋向也势在必然。这样，在文学传播学上，我们即可见出文学传播主体的许多特征。

（一）文学传播主体的个性化

在文学传播过程中，虽然作家个人、政府机构、文学印刷和出版企业、文学团体都可以称作文学传播主体，但它们却有着本质上的区别。文学传播主体的不同也就决定了文学传播性质与形态的不同。以政府机构为主体的文学传播是政府信息传播的延伸，是政府传播的组成部分。一般说来，政府传播者代表国家行使传播职能，具有绝对的权威性。当它通过媒体进行传播时，它既是传播者，也是把关人，这是其他任何文学传播主体不具备的特性。与政府传播不同，文学印刷和出版企业的文学传播是一种商业行为，为的是追求商业利润。因此，以推销文学产品为目的的广告宣传，或以树立作者自身形象为目的的宣传，也就成为企业文学传播中的重要内容。文学团体呈现为不同类型，而不同类型主体主导下的文学传播性质也不尽相同。例如，创作性文学社团的文学传播属于团体式传播或发表传播范畴；批评类文学团体的文学传播属于文学理论传播范畴，它们各有其传播规律与特殊要求。个人作为文学传播主体，其性质随着时代的发展而发展变化。在文学尚未自觉的古代，作家传播主体具有隐匿性、分散性、随意性的特点，其传播规律和要求与上述主体显然不同。总之，传播主体性质的不同也决定了传播目标、传播形态及其内容的不同。因此，我们在研究文学传播主体共性的同时，有必要对不同传播主体的个性特征进行考察分析。

（二）文学传播主体的影响力差异性

在文学传播中，传播主体的影响力是不同的。在诸多文学传播主体中，乐府一类的政府机关作为文学传播主体是强势主体，最具影响力。它所传播的文学信息可以在一个国家、一个地区形成一致性的注意，并形成统一的舆论，对社会的发展起到特定的推动作用。在诸多文学传播主体中，作家个人作为文学传播主体其影响力最小，他们是一个个分散的传播个体，而个体的声音远不及国家、社会组织或企业响亮。但也有一些例外，比如作家个人的知名度很高，其文学传播影响力也可以很大。在中国古代像庾信、徐陵、白居易、柳永等人的文学传播影响力就很突出。另外，权威性文学传播主体失语或提供的文学信息失真时，个人作为传播主体就会成为补充性的文学信息源，它们聚少成多，最终也会形成强大的文学传播声势。

（三）文学传播主体采用的媒体影响传播力度

文学传播主体利用媒体的程度不同也对其传播功能和性质造成影响，这决定文学传播主体在媒体选择和使用上的差异。国家机关作为文学传播主体是强势传播主体，它对媒体的使用是全方位的。因为政府机关对文学媒体具有控制与管理的权力，这种权力或通过行政、法律、制度等手段表现出来，或通过信息手段表现出来。在控制状态下，尽管文学媒体对政府的依赖性不像新闻媒体那样显而易见，但文学媒体也希望获得来自政府的权威信息，并借此显示自己的权威性和可信度。因此，政府机关作为文学传播的主体也存在媒介的选择问题，也考虑如何通过媒体将信息快速、准确地传达到公众那里。文学印刷和出版企业是营利性的传播主体，它们更多的是采取商业制作来传播文学；个人利用传统媒体自主传播文学信息的可能性很小，只有到今天通过互联网，他们才能成为自由、独立的传播主体。

总之，文学传播主体是文学传播行为的发出者，是对文学传播过程与结果都产生直接影响的重要因素。随着人类文学交流的不断扩大和文学文化地位的提高，文学传播自由的加强，个人作为文学传播主体的作用与影响将越来越突出，相应地，这方面的现象也将更多地纳入研究者的视野。

第三节　中国古代文学传播方式及其影响

“中国古代文学作为时代沉淀的产物，不仅富含文学底蕴，还反映着人们生活状态的变迁，是历史研究的重要参考材料，直至今日，部分古代文学作品中的思想仍具有重要影响”①。中国古代文学对我国的文学发展具有重要的意义，尤其是在当今时代，我国对传统文化的传承尤为缺失，在文学界，中国古代文学的传承状况也不乐观。因此，为了继承和发扬我国古代文学，有必要对其进行深入的研究。

一、中国古代文学传播的发展

第一，口语传播时代。口语传播时代的起源一直存有争论，学术界部分认为从甲骨卜辞时代开始，中国古代文学便已经开始了口语传播。更多的人认为中国古代文学的口语传播严格来说应该是起源于《诗经》产生的时代。但无论是甲骨卜辞时代还是《诗经》产生的时代，两者同属于商周时期。从两者的传播形式来看，甲骨卜辞时代更多的是通过事物的外观形状向人们传播文学，而非利用口头语言传播。而相对来说《诗经》时代在语言传播上的影响力是远远大于甲骨卜辞时代的。由于口头语言是人类有史以来最简单、最有效的传播方式，因此，在传播内容上《诗经》也更利于人们口口相传。

第二，抄写传播时代。在中国古代文学的传播过程中，抄写传播是最主要的传播方式。抄写传播的起源于秦汉，自秦代时期便已具雏形，到了西汉抄写传播已经成了当时最主要的传播手段。抄写传播的发展主要受秦代秦始皇颁布的“书同文，车同轨”政策和汉代颁布的“废挟书令”影响。通过文字统一和废除儒生私藏典籍当诛的法令，中国古代文学的抄写传播得到了发展。文字的统一使古代文学的传播更为便捷，而“废挟书令”大大刺激了儒生对古代文学的渴求，使抄写传播变得广泛。而抄写是需要书写载体的，在秦汉时代，古代文学的抄写载体主要分为简牍、绢帛和纸质载体。在秦代和西汉时期，抄写传播的主要载体还是依赖于简牍。而到了东汉年间绢帛和纸质的传播载体才逐渐出现，在东汉时期，中国古代文学的传播载体主要是依赖于绢帛，而纸质传播载体则在一些史书记载中才用得比较广泛。

第三，雕版印刷传播时代。在隋唐年间，印刷术的应用给中国古代文学传播带来了巨大的影响。在这一时期，中国古代文学的传播主要在传播效率上得到了发展。同时传播载体也得到了改良，纸质传播载体的生产工艺和生产效率都得了大幅度的提高。这为中国古代文学的雕版印刷传播时代奠定了基础。同时由于科举制度的产生，政府大量整理中国古代文学，雕版印刷术的使用需求大量增加，大大刺激了雕版印刷术的发展。因此，在雕版

① 杨晓溪. 中国古代文学的传播方式［J］. 汉字文化，2021（8）：58-59.

印刷传播时代，我国古代文学传播开始呈现出以纸质书籍为主批量传播的模式。

二、中国古代文学传播的方式

（一）语言传播方式

语言传播是中国古代文学传播方式中最为便捷、普遍的传播方式。在不同的文明时期，语言传播的方式存在很大差异。从文学的发展上看大体可以分为三大类：口头传播、唱和、乐伎演唱。

1. 口头传播方式

语言的诞生要早于文字的出现，上古时期由于文字还没有在人类的生活中出现，因此，先民早期的文学都是通过口头创作，然后经过人们口耳相传才得以保留下来。在最初的文学传播中，大多数的早期文学都是由部落的祭祀人员构建的神话传说。在神话和传说中，先民也通过他们的智慧将神话和传说做了明确的区分。把纯粹的幻想和虚构叫作神话，把一些具有史事实影的叫作传说。同时在早期文学中，歌谣也是先民口头传播文学的主要形式之一，人们利用歌谣来表达内心的思想情感，同时通过歌谣歌颂自己心中的英雄形象。在早期的歌谣中，为了利于传播，大多数的歌谣都显得比较简洁、生动、形象。

2. 唱和方式

唱和是一种诗词术语，是作诗与他人相唱和。唱和有两种不同的方式：一是甲方赠予乙方诗词，乙方根据甲方所赠的诗词用原韵来回答。唐代白居易、元稹二人采用这种依韵唱和方式所作的诗颇多。另一种是乙方回答甲方的诗词，只根据原作的意思而另自用韵。唱和一词语出《诗·郑风·萚兮》“叔兮伯兮，倡予和女”。陆德明释文：“本又作‘唱’。”晋左思《吴都赋》：“荆艳楚舞，吴愉越吟，翕习容裔，靡靡愔愔。若此者，与夫唱和之隆响，动钟鼓之铿耾，有殷坻颓于前，曲度难胜，皆与谣俗汁协，律吕相应。”文学史上，许多名公先达曾以他们显赫的身份来辅助其作品的传播。这是由于在封建时代，信息的传播价值更多是由传播者本身的身份地位决定的。这也是为什么很多诗词都是经过社会名流赞扬后才被广泛传播。

3. 乐伎演唱方式

乐伎演唱融入中国古代文学主要是从魏晋六朝开始。在唐宋时期，乐伎演唱对中国古代文学的传播影响尤为深刻。自唐宋以来，乐伎向文人索词的现象已经较为普遍。而将词融入乐伎演唱，无论是对于乐伎还是词人都是一个双赢的过程。这种双赢的模式对乐伎演出和中国古代文学的传播都有积极的影响。

（二）文字传播方式

文字的出现对于中国古代文学的传播具有重大的影响力，与语言传播的特点相比，文字传播对于中国古代文学的传播更具有完整性和文学性。文字和语言在文学上的表现力度本来就存在差异，站在文学角度上说，文字传播更有利于文学的表达，因为文字不仅可以表达出许多口头语言，同时一些不适合口头表达的书面语言也能在文字传播中适用，因此，自文字出现以来，我国古代文学的传播方式便主要是以文字为主。而文字传播的表现形式主要分为两种：一是题壁传播，二是文本传播。

1. 题壁传播方式

题壁始于两汉，盛于唐宋。其中的文体形式主要是以诗歌为主。据《晋书》记载，汉末师宜官是可以考证的较早的题壁者之一。自汉代以后，题壁逐渐增多，以南北朝为界限，题壁开始得到发展，在唐宋时期形成了一种风气。在唐宪宗时期题壁种类主要以官壁、驿墙壁题诗居多。而在唐宪宗时期，著名的两位题壁诗人便是白居易和元稹。元、白二人也亲为题壁。葛立方《韵语阳秋》卷三云："元白齐名，有自来矣。元微之写白诗于阆州西寺，白乐天写元诗百篇，合为屏风，更相倾慕如此。"正如白居易在《答微之》诗中所说："君写我诗盈寺壁，我题君句满屏风。与君相与知何处，两叶浮萍大海中。"而在宋代，题壁之风方兴未艾，举凡邮亭、驿墙、寺壁等处多有题咏，叫人目不暇接。由此可见，题壁之风在我国古代盛行。而通过题壁的形式能够有效保留我国古代文人遗留下来的文学瑰宝，在考究我国古代文学上有重要的意义。

2. 文本传播方式

文本传播的兴起，主要是依赖于印刷术的出现，提高了我国古代文学的传播效率。文本传播主要有两种表现形式：一是在印刷术兴起之前，我国古代文人为了读书常常采用借阅抄写的模式。二是在印刷术兴起的时期，我国古代文学得以广泛传播。对于抄写传播模式来说，它在一定程度上促进了我国古代文学的发展，但在效率上却远远达不到印刷术带来的影响。然而就算在我国古代印刷术成熟的时代，抄写传播仍然是一种不可缺少的文本传播形式。对于贫寒子弟来说，由于缺乏经济支持，往往都只能采用借阅和抄写的方式来满足读书要求。而在历史上，由于一些书籍被官府定义为禁书，禁止传播，因此，为了不让这类书籍失传，通常部分文人都会采用借阅和抄写的方式达到传播目的。比如，《红楼梦》。由此可见，通过文本传播，我国古代文学才得以在当今时代流传，文本传播对于我国古代文学的完整性保护具有重要的意义。

三、中国古代文学传播方式的影响

（一）语言传播方式带来的影响

从语言传播的不同形式上看，语言传播主要分为口头传播、唱和、乐伎演唱这三种表达形式。口头传播除了宣扬一些神话故事和传说外，最常见的便是先民的歌谣。尽管口头传播具有一定的神话色彩，但在《诗经》和歌谣的传播中便具有一定的文学和艺术色彩。而在唐宋时期的唱和中，语言传播便具有浓厚的文学色彩，唱和本身就是一种诗词术语，因此，在文学艺术上表现比较强烈。而在唐宋时期，唱和的表现形式不仅可以通过语言传播，同时文本传播也是其重要的表现形式，比如，唐宋时期盛行的题壁之风便是其一。而乐伎演唱则是将中国古代文学和歌舞技艺完美结合的典范，通过乐伎演唱这种语言传播形式不仅可以促进我国古代文学的发展，同时对我国古代歌舞艺术的发展也具有重大的影响。由此可见，中国古代文学的语言传播方式不仅对我国古代文学领域带来了剧烈的影响，同时对我国古代歌舞艺术的发展也具有重要的促进作用。

（二）文字传播方式带来的影响

文字传播作为中国古代文学传播的最主要方式，它的地位与作用是毋庸置疑的。在文字传播中，主要有题壁传播和文本传播两种形式。对于题壁传播来说，主要与我国古代文人雅士喜好山水的习惯有关，题壁的重点不仅是为了传播我国古代文学，同时，我国古代的文人雅士在题壁过程中往往会注重山水的景观结构，既要保证题壁的内容意味深长，又要注重题壁与山水景观的融合。在构成上不仅具有文学作用，还表达了一种万物归于自然的景观思想。与此同时，印刷术的传播主要提高了我国古代文学的传播效率，改变了我国古代文字的传播方式，为我国古代文学的流传做出重大贡献。

综上所述，我国古代文学的传播形式和发展随着时代的变化正在逐渐进步，无论是通过语言传播还是文字传播，中国古代文学在当今时代仍然具有重大的影响力，因此，加大对中国古代文学的研究力度，对传承我国优秀的传统文化具有重要的意义。

第四节　新媒体时代中国古代文学传播的创新革新

“中国古代文学传播时，应当契合新时代信息传播规律，合理发挥出新媒体传播载体的优势，如开展自媒体传播、网络平台传播、视频媒介传播等，通过多样化的传播形式，推动中国古代文学的现代传播，对传统文学中的文化精髓进行传承。”① 新媒体时代的到来，标志着人类科学技术的提升，是文化发展的革新原因。新媒体技术使文学作品的传播由传统的纸质、口口相传等媒介转化为数字化、全球化技术，具有实时性、开放性、交互性的基本特点，为中国古代文学的传播带来机遇。但凡事皆有两面性，新媒体环境也为古代文学的传播带来影响，网络上参差不齐的信息易导致受众在接受文学知识时受到误导。因此，新媒体视域下，探究中国古代文学传播渠道的革新方法具有重要的现实意义。

一、新媒体时代为中国古代文化带来的影响

大多数中国古代文学作品仅在图书馆有所保存，从而鲜为人知，而新媒体环境的出现，使受众在网络上便可了解到不同类型的古代文学作品。但由于新媒体环境基于互联网而言，具有开放性、交互性等特点，受众可自行在网络上发布、转载不同文学作品，在多次的传播后，易导致所传播的作品真实性有待考量，网友所评论的消极话语也会为文学作品的传播带来负面影响。各类传播媒介水平的差异，也导致中国古代文学的形态被改变。例如，李白、杜甫等诗人的形象在网络上被恶搞，这实际上是一种反文化价值的体现，亟待消除这样的不良风气，从而促使文学的正确传播。此外，传承古代文学的方式应是将传统与创新有机融合，改编经典也是文学传播的一种展现。通常经典的改变会由影视传播媒介展现，一旦缺乏优秀的剧本或导演，最终呈现的效果不尽如人意，受众在接受此类文学的传播时，也会受到负面的影响。因此，在新媒体环境下，必须把握好互联网信息的优劣，用包容与开放的心态审视古代文学的新媒体媒介传播，主动摒除消极、负面的信息。

---

① 张莉萍. 中国古代文学在新媒体时代的传播路径探究［J］. 文化创新比较研究，2021，5（34）：65-68.

二、新媒体时代中国古代文学传播渠道的革新

（一）新媒体时代中国古代文学的声音传播

第一，戏曲。戏曲的传播其实是一种最原始的传播形式，但在新媒体环境下，戏曲的呈现形式得到了创新，古代文学的戏曲传播也有很大的革新优势。新媒体环境使戏曲出现很多新型元素，即使在舞台上表演，也可利用新媒体技术创造丰富多彩的演出背景、舞美等，将古代文学与戏曲进行融合，观众更易被带入文学意境中。例如，京剧作品《天下归心》中融入了《左传》中的故事，新媒体技术将古代战争的场面呈现于舞台之上，相比于传统的戏曲而言，观众更易接受此类传播形式，通过视觉与听觉两大感官感受戏曲的内容，实现古代文学的传播。

第二，音乐。中国古代文学历史悠久、博大精深，但将其转化为音乐进行传播的却十分稀少。因此，可利用新媒体技术，将音乐与古代文学相融合，利用信息技术手段合成多种乐器的声音，形成美妙的音乐。例如，苏轼的词《水调歌头》，加入作曲与音乐混编技术，最终由邓丽君演唱，随后广为流传。听众也在听歌的同时记诵了一首满腹情感的词，更能了解词人苏轼的思想感情。

第三，数字音频技术。中国古代文学中的小说、诗词等原是声音传播后形成的文本记录形态，因此，利用数字音频技术进行传播，在古代文学领域具有明显的优势。例如，我国的四大名著:《三国演义》《水浒传》《西游记》《红楼梦》皆可通过数字音频技术合成评书、电子乐等，从艺术形式的创新入手，为古代文学的传播赋予生命。此外，文学的传播离不开其特定的艺术媒介，仅用声音进行艺术传播，需要扎实的基本功，但若与新媒体环境相融，年轻人的接受程度较高。因此，在数字制作时，需要联系文学背景，加强逻辑感受，利用深刻的理解促进古代文学的数字传播。

（二）新媒体时代中国古代文学的视频传播

针对古代文学的传播，大部分受众应是学生群体，而接受古代文学的途径主要是影视节目，主要包括电影、电视剧等载体。在视频传播中，文化脱离了原有的理性主义形态，不仅将语言作为传播中心，还包括形象与影像的感性主义形态。同时，利用影像表达生活、传递情感已成为一种习惯。因此，利用视频媒介将中国古代文学进行传播，可有效满足受众的审美需求。例如，《红楼梦》的电影传播，使受众既获得了娱乐的消遣，也获得

了视觉的快感。因此，可将古代文学作品利用影像分批放映，也可利用数码相机拍摄影像，潜移默化地影响受众对文学的接受程度，从而有效扩大古代文学的传播范围。但由于利益的驱使，会有很多影视作品出现问题，仅注重观赏性，而忽视其文学性。这便需要受众具有新媒体意识，自觉甄别传播内容的优劣，从而使古代文学得到正确传播。

（三）新媒体时代中国古代文学的网络传播

中国古代文学的创作通常以口口相传为辅，以手写为主。但随着时代的发展，打字机、计算机的不断出现，成功取代了手写的传播渠道，其快速、好修改的特征为受众所接受。写作方式的转变是新媒体环境下对文学传播的最直观改变。同时，互联网的交互性特征打破了时间与空间的限制，很大程度上提升了文学作品传播的实效性。优秀的作品自转载起，就能在很短的时间内被多人阅读，并继续传播，完成了传统几十年才能积累的传播量。在网络传播过程中，要设置相关管理人员，及时删除不良评论，防止其将文学作品的传播带到错误的方向。同时，也可在文学作品传播过程中发表正确的观点，使文学逐步平民化，利用文学传递正确的价值取向，从而更加深入人心。

（四）新媒体时代中国古代文学的自媒体传播

自媒体的兴起，使越来越多的人更加依赖手机，对古代文学的传播有重要影响。自媒体使全民阅读、全民感受成为可能。通常情况下，自媒体在小范围内传播，最后由于网络的力量以爆发式趋势进行传播。准确来说，自媒体来源于博客，很多网络作者会结合自身感受，将古代文学作品写入博客，读者与原作者的身份发生互换，博客也成为传播文学作品的一大途径。文学的价值走向也逐步向平民化靠拢，最终实现全民参与，以繁荣古代文学。现阶段，随着新媒体环境出现，博客逐步消逝，取而代之的是微时代背景下的微博与微信。微博相较于博客来说具有更多功能，不仅可以传播文字，还可以将上述视频媒介、声音媒介与其融合，使其成为古代文学的传播途径。可选取微博上影响力较大的用户，定时发布与古代文学相关的视频、音频等，并及时纠正当前电视剧、电影中出现的错误，从而及时将文学走向引入正轨，真正实现中国古代文学的有效传播。

（五）新媒体时代中国古代文学的现代化教育传播

第一，搭建传播平台。学校可创新古代文学的产品出版传播策略，将传播的重心从传播者逐步倾向于受众，并将传统的“意义传播”逐步转变为“意义”与“形象”并重的传播模式。因此，为了有效突出受众对文化的主导特点，可在校园内搭建传播平台，为新媒体环境下古代文学的现代化教育传播提供机会与平台。例如，在传播四大名著《西游记》的文化内涵时，可在校园的名著传播中或网络平台上开辟“名著专栏”，并设置网页介绍，同时上传专家对《西游记》的讲解视频，利用新媒体形式传播《西游记》。

第二，创新思维，运用新媒体产品丰富教学内容。除了搭建平台外，还须利用新媒体产品创新教学模式，丰富教学内容，使中国古代文学适应当代新媒体环境，将网络资源、媒体资源等充分融入课堂，发挥课堂教育的主阵地作用。同时，还须进行创新性发展，将网络内容与教材融合，丰富教学内容，提升学生学习积极性。此外，还可充分利用新媒体产品，改善教学方法，利用手机、电脑等终端设备实现师生的交流，打破文学传播的局限性，提高学生对中国古代文学的理解能力，并增强其主动传播文学的意识。

参考文献

[1] 房伊宁. 浅谈中国古代文学理论的表现主义阐释——评《中国古代文学理论》[J]. 语文建设，2021（02）：82.

[2] 毛文轩. 道家思想对中国古代文学的启示 [J]. 北方文学，2020（35）：34-35+38.

[3] 张玉敏. 浅谈中国古代文学的发展 [J]. 黑龙江科学，2013（12）：236.

[4] 王齐洲. "君子谋道"：中国古代文学观念的主体意识——兼论中国早期知识分子的来历和特点 [J]. 中山大学学报（社会科学版），2009，49（01）：14-33.

[5] 罗志明. 浅谈中国传统文学审美标准——言不尽意 [J]. 课程教育研究，2014（22）：20.

[6] 侯洁. 看中国古典文学审美形态里的中和文化渊源和思想基础 [J]. 科技创新导报，2012（31）：250+252.

[7] 楚冬玲. 中国古代文学审美理想的一脉相承性 [J]. 民营科技，2010（07）：99+52.

[8] 王颖. 中国古代文学松柏题材与意象研究 [D]. 南京：南京师范大学，2012：15.

[9] 张晓东. 中国古代文学灵芝意象与题材研究 [D]. 南京：南京师范大学，2019：23.

[10] 任健. 中国古代文学蔷薇意象与题材研究 [D]. 南京：南京师范大学，2019：31.

[11] 邵美玲. 中国古代文学桃花题材与意象研究 [J]. 牡丹，2019（11）：64-65.

[12] 李利，王奕琳. 中国古代文学在当代的价值探讨 [J]. 戏剧之家，2021（02）：185-186.

[13] 马笑峰. 中国古代文学的爱国主义教育价值 [J]. 文学教育（下），2021（09）：42-44.

[14] 徐珮. 中国古代文学在当代的价值探讨 [J]. 山西财经大学学报，2016，38（S1）：136-138.

[15] 赵丽玲. 中国古诗词暮愁主题的美感魅力解读 [J]. 湖北工业大学学报，2010，25（03）：130-134.

[16] 吴晓旭. 论中国古诗词中哀怨意象的审美价值 [J]. 齐齐哈尔大学学报（哲学社会科学版），2012（01）：113-114.

[17] 曹漫. 中国古诗词歌曲的审美价值研究 [J]. 戏剧之家，2019（34）：46.

[18] 戴学慧. 中国古代文学的传播特点与经验启示 [J]. 兰州教育学院学报，2015，31（10）：9-10.

[19] 曹萌. 中国古代文学传播的主体 [J]. 沈阳师范大学学报（社会科学版），2008，32（06）：47-52.

[20] 杨晓溪. 中国古代文学的传播方式 [J]. 汉字文化，2021（08）：58-59.

[21] 张莉萍. 中国古代文学在新媒体时代的传播路径探究 [J]. 文化创新比较研究，2021，5（34）：65-68.

[22] 王齐洲. 中国古代文学观念发生史 [M]. 北京：人民文学出版社，2014.

[23] 王宗峰. 中国文学古今演变研究的观察与思考 [J]. 求索，2012（10）：121-123.

[24] 徐亚玲. 论中国古代文学的文学史与作品选教学 [J]. 青年文学家，2011（13）：56-57.

[25] 姚思博. 浅谈中国古代文学的前世今生 [J]. 鸭绿江（下半月版），2014（07）：33-34.

[26] 姚雪亮. 中国古代文学发展与政治的关系 [J]. 文学界（理论版），2011（03）：109+171.

[27] 于小飞. 中国古代文学中的言、象、意关系及审美意义 [J]. 青年文学家，2021（32）：120-121.

[28] 左硕丰. 新媒体生态下中国古代文学传承与发展问题新探 [J]. 中国民族博览，2020（24）：244-246.

[29] 陈波，邱明磊. 中华优秀传统文化与网络传播——互联网时代的传承与发展 [J]. 社会科学动态，2021（01）：43-48.

[30] 郎娟娟. 中国古代文学作品中的“离魂”现象——以《倩女离魂》和《牡丹亭》为例 [J]. 普洱学院学报，2019，35（01）：79-81.

[31] 李芳. 中国古代文学与佛教文献之间的关系 [J]. 青年文学家，2015（15）：48.

[32] 李福，崔亚虹. 中国古代文学中的抗灾意识 [J]. 大连民族学院学报，2013，15（06）：637-640.

[33] 赵红. 中国古代文学研究与当代价值使命的双向思索 [J]. 今古文创，2021（04）：

34-35.

[34] 李莎. 中国古代文学作品的艺术特征及文化价值［J］. 宿州教育学院学报，2019，22（01）：30-33.

[35] 杨丽璇. 浅谈中国古代文学经典的现代价值［J］. 散文百家，2018（08）：60-61.

[36] 尤蒙玥. 中国古代文学的当代价值探讨［J］. 青年文学家，2018（18）：88.

[37] 戴瀛滢. 中国古代文学流派形成过程中的文学传播价值［J］. 边疆经济与文化，2016（11）：98-100.

[38] 常征. 中国古代文学教育的意义和价值［J］. 现代交际，2014（03）：75.

[39] 李健. 中国古代文学理论范畴的当代价值［J］. 南京社会科学，2011（04）：133-139.

[40] 郝若帆. 试论中国古代文学在当代的价值［J］. 青年文学家，2021（32）：84-85.